U0109353

古典詩歌研究彙刊

第三一輯

龔鵬程 主編

第 **1** 冊

〈洛神賦〉的傳播與接受（上）

簡 瑞 隆 著

國家圖書館出版品預行編目資料

〈洛神賦〉的傳播與接受（上）／簡瑞隆 著 -- 初版 -- 新北市：
花木蘭文化事業有限公司，2022〔民 111〕
目 4+198 面；17×24 公分
（古典詩歌研究彙刊 第三一輯；第 1 冊）
ISBN 978-986-518-674-6（精裝）
1.CST：三國文學 2.CST：研究考訂
820.91   110022037

ISBN-978-986-518-674-6

9 789865 186746

古典詩歌研究彙刊
第三一輯 第 一 冊   ISBN：978-986-518-674-6

〈洛神賦〉的傳播與接受（上）

作　　者　簡瑞隆
主　　編　龔鵬程
總 編 輯　杜潔祥
副總編輯　楊嘉樂
編輯主任　許郁翎
編　　輯　張雅淋、潘玟靜、劉子瑄　美術編輯　陳逸婷
出　　版　花木蘭文化事業有限公司
發 行 人　高小娟
聯絡地址　235 新北市中和區中安街七二號十三樓
　　　　　電話：02-2923-1455／傳真：02-2923-1452
網　　址　http://www.huamulan.tw 信箱 service@huamulans.com
印　　刷　普羅文化出版廣告事業
初　　版　2022 年 3 月
定　　價　第三一輯共 7 冊（精裝）新台幣 13,000 元　　版權所有・請勿翻印

〈洛神賦〉的傳播與接受（上）

簡瑞隆　著

作者簡介

簡瑞隆，1966 年出生於臺北市，輔仁大學中國文學系學士，國立政治大學行政管理碩士學程碩士，國立東華大學中國語文學系博士。經由金庸《天龍八部》以曹植〈洛神賦〉描寫神仙姊姊的絕美脫俗而初識〈洛神賦〉，從此即為宓妃的容貌與神采，特別是多愁善感的心靈世界，一往情深的愛情追求而著迷。為探究〈洛神賦〉的源流與影響，分析整理與〈洛神賦〉相關文學作品及藝術創作，並歸納出〈洛神賦〉傳播與接受的重要特質。

提　　要

　　宓妃最初只是神話中河伯的配偶神，經由戰國屈原、兩漢文學家揚雄、司馬相如及張衡的踵事增華，曹植據此形象並借鑒宋玉〈神女賦〉創作〈洛神賦〉，從此奠定宓妃絕美與多情的形象。魏晉亂世，文人轉而投身對神仙世界的嚮往，王羲之、王獻之父子透過書寫《洛神賦》以抒胸臆，顧愷之《洛神賦圖》則是將文本轉譯成連續圖畫。六朝吟詠情性的文學觀，再加上曹植在當時的光芒，〈洛神賦〉主題思想與表現技巧成為賦家摹擬的典範，宮體詩人也紛紛師法〈洛神賦〉對美人的描繪與宓妃典故。唐、宋時期〈洛神賦〉憑藉《文選》的特殊地位，吸引多情文人的注意，而李善注引的〈感甄記〉，除引發評論家注目外，對後世傳播也立下不世之功。唐詩、宋詞將〈洛神賦〉個別意象轉化，其中「陵波微步」及「羅襪生塵」也獨立成為新生命。古典小說與傳統戲曲受到〈洛神賦〉人神戀愛與〈感甄記〉才子佳人故事影響，作家在時代背景意識制約下，根據記憶、認知、詮釋的創造性和玩味的心理改寫自〈洛神賦〉。現當代對〈洛神賦〉的接受是全面性，發展內容也最為多元，舉凡小說、戲曲、電影、電視劇、舞劇，甚至音樂，造成〈洛神賦〉傳播與接受呈現空前的繁榮景象。

　　研究發現〈洛神賦〉的傳播與接受具有三項重要特質：一、〈洛神賦〉傳播接受行為與時代背景意識步調一致；二、互文性造就〈洛神賦〉與接受作品相互輝映；三、民間文學、作家文學與俗文學交織融貫的「洛神文學接受史」。

謝　辭

　　一開始只是喜歡花蓮的山水風光，並重拾起對中國文學的熱愛，每次赴花蓮上課，心情就像小學生郊遊般，興奮中充滿著期待。入學後，選修文進老師的專題研究，其深厚的學識就在無所不談中，豐富整個學習過程，除促成光華老師賡續指導論文外，更不時期勉鼓勵，當是成就本論文的重要因緣。指導教授光華老師的循循善誘，不僅提綱挈領擘劃架構，且鉅細靡遺字斟句酌，一步步帶領完成學位論文。四年多來，看似無法突破的瓶頸，總是在其悉心點撥下豁然開朗，若不是光華老師無私的付出與無比的耐心，斷不會有今日豐碩的成果。

　　論文口試時，幾位口試老師的殷切提點與觀點啟發，讓論文有了更多改進的契機。顏瑞芳老師除對論文所下功夫予以肯定外，也針對研究範圍的設定、西方理論的運用觀念以及作品詮釋方面，提出重要的指點。梁淑媛老師從文學隱喻性的詮釋、接受觀念的思辨，以及行文論述等，舉出不少可再深入思考的角度。丘慧瑩老師則聚焦研究章節調整、研究結論、研究材料選擇、分析敘述方式等方面，並補充〈洛神賦〉現當代小說、歌仔戲等相關接受作品的缺略。衍綸老師對如何突顯研究特色，如何深化接受史中的文化思維，以及調整作品分類、論文格式，或是適時運用表格等，均不厭其煩一再叮嚀囑咐。諸位老師的指正與提醒，為本論文發揮最關鍵力量，惟自己學識能力有限，未及修改之處，也將列為未來精進之目標。

　　另外，在學期間參與多場論文發表會，幾位論文特約討論人，如佛光大學蕭麗華老師與許聖和老師、曲阜師範大學陳濤老師，均給予不可或缺的建言，其專業評論更提升論文寫作的功力。

　　在這好山好水的花蓮，得遇明陽老師的再次啟蒙，不僅導讀《莊子》，還帶領認識在地環境與美食。蜀蕙老師在宋詩學專題研究，針對「東坡的海外創作」有諸多討論，一圓探索「莊子思想對蘇軾文學作品影響」的初衷。惠萍老師在中國神話研究，介紹中國神話起源及神話歷史化的演變，其中伏羲神話更是論文立論的依據。冠宏老師總是為我的休學及復學申請手續奔忙，他那溫文儒雅的氣度就如同玄學與魏晉文化專題研究裏魏晉名士的丰采。慈德主任為學位論文各項審查把關，系辦助理星羽協助相關申請手續，都是順利完成學業的基石。非常榮幸能與來自海內外的同學，在課堂上切磋砥礪開拓多元視野，從而豐厚學術研究生活。

　　贊禹學長以其深厚的國學基礎，精闢的英文造詣翻譯摘要，為論文增色。秀珍從入學考試、打掃宿舍到辦理離校的陪伴，昱妘協助論文口試的順利進行，母親、良夙、志峯、昱伶，是你們的幫忙與鼓勵，讓我能無後顧之憂，完成夢想。愛駒布萊克在環島時帶領途經母校，從此就與這個美麗校園有了不解之緣，論文寫作過程中無數的構思，也都是在其陪伴奔馳於河濱自行車道時有所斬獲。還有生命與學習過程中這許許多多的貴人，讓我不斷成長茁壯，迎接挑戰。

　　謹以此論文獻給遠行的父親，感念其一直以來的支持與栽培！

簡瑞隆　謹誌
2021 年 8 月

目

次

第一章 緒 論

第一節 研究動機與目的

　　黃初四年（223）〔註1〕，曹植（192～232）朝京返回鄄城，途經洛水，觸景生情寫下〈洛神賦〉。〔註2〕曹植被譽為「譬人倫之有周、孔，麟羽之有龍鳳」〔註3〕、「賦頌之宗、作者之師」〔註4〕，而〈洛神賦〉辭藻華美，更是其辭賦的代表作。〈洛神賦〉除對宓妃外貌與裝飾有鉅細靡遺刻畫外，並對宓妃性情與神采有深刻描寫，特別是多愁善感的心靈世界，一往情深的愛情追求，徘徊不定的惆悵痛苦，皆在曹植筆下創造出一個形貌充實而鮮明的人物形象，並留下人神戀愛，卻人神殊途的憾恨。

〔註1〕「〈魏志〉曰：黃初三年，立植為鄄城王。四年，徙封雍丘，其年朝京師。又《文紀》曰：黃初三年，行幸許。又曰：四年三月，還雒陽宮。然京域謂雒陽，東蕃即鄄城。〈魏志〉及諸詩序並云四年朝，此云三年，誤。一云〈魏志〉三年不言植朝，蓋〈魏志〉略也。」梁·蕭統編，唐·李善注，清·胡克家考異：《文選附考異》（臺北：藝文印書館，1989年），卷19，頁275。

〔註2〕梁·蕭統編，唐·李善注，清·胡克家考異：《文選附考異》，卷19，頁275～277。

〔註3〕梁·鍾嶸撰，陳延傑注：《詩品注》（北京：人民文學出版社，1961年），卷上，頁20。

〔註4〕吳質〈答東阿王書〉，梁·蕭統編，唐·李善注，清·胡克家考異：《文選附考異》，卷42，頁608。

　　〈洛神賦〉不僅是曹植的代表作，在文學史上亦有重要地位，〈洛神賦〉除文本內容與藝術形式受到推崇之外，其對後世文學作品及藝術創作更是產生深遠的影響。從六朝至今，詩、詞、賦、小說、戲曲等各種文學體類對其接受從未間斷，甚至還擴展到書法、繪畫、電影、電視劇、舞劇及音樂等藝術領域。隨著〈洛神賦〉重要性與時俱增，〈洛神賦〉也成為評論家關注的重點，從唐代李善（630～689）以來，歷代評論家引用各種文史資料集中對〈洛神賦〉的寫作年代與主題思想進行考證，提供新的思考與學術見解，更增加〈洛神賦〉的傳播價值。〈洛神賦〉影響時間既長、範圍又廣，幾乎形成「後代讀書人沒有一個沒有讀過〈洛神賦〉」的現象。〔註5〕而從〈洛神賦〉在各個時代、各體類文學作品與藝術創作領域均擁有接受者來看，〈洛神賦〉無疑具有跨越時空的恆久吸引力。

　　自〈洛神賦〉問世流傳之後，洛神傳說逐漸匯聚成巨流，洛神本身成了新的文學原型，而各個時代特定的社會思想與文化背景也在〈洛神賦〉的傳播和接受過程留下痕跡。六朝是〈洛神賦〉接受史上的鼎盛期，從賦壇開始，西晉張敏（約280前後在世）〈神女賦〉，南朝宋謝靈運（385～433）〈江妃賦〉，梁沈約（441～513）〈麗人賦〉及〈傷美人賦〉、江淹（444～505）〈麗色賦〉及〈水上神女賦〉等辭賦均取法於〈洛神賦〉。東晉顧愷之（348～405）《洛神賦圖》為〈洛神賦〉情節的具體呈現，王羲之（303～361）、王獻之（344～386）《洛神賦》也為〈洛神賦〉文字所吸引，分別成為中國繪畫史及書法史上的名作。六朝詩人喜用「洛妃」來指代「宓妃」，亦明顯受到〈洛神賦〉影響，而在宮體風格的詩歌中，洛妃最顯著的特徵在於她美麗的外貌與裝飾，這又脫胎於〈洛神賦〉對宓妃的刻畫。

　　唐代詩人延續《文選》李善注〈感甄記〉，與〈洛神賦〉有關的「洛

〔註5〕洪順隆：〈論洛神賦〉，《辭賦論叢》（臺北：文津出版社，2000年9月），頁124。

神」、「洛川」、「洛浦」、「洛水」、「宓妃」及「陵波」、「羅韤」〔註6〕等
語詞不斷出現在詩句中。〔註7〕在唐代詩人中，李商隱（813～858）特
別對〈洛神賦〉情有獨鍾，其〈無題四首〉其二、〈涉洛川〉、〈韤〉、〈東
阿王〉、〈代魏宮私贈〉、〈可歎〉及〈蜂〉等均流連於〈洛神賦〉。詞為
「豔科」，〈洛神賦〉描寫的又是曹植與宓妃纏綿悱惻的戀情，因此宋詞
在〈洛神賦〉的接受上有更蓬勃的發展。宓妃的「陵波微步」、「羅韤生
塵」恰如水仙佇立水中，出淤泥而不染，詞人們也紛紛以宓妃歌頌水
仙，將宓妃與水仙花意象重合。

　　由於〈洛神賦〉透過神話題材與歷史人物結合，將那繾綣纏綿「人
神戀愛」悲劇，賦予濃郁的抒情意味和絢麗的傳奇色彩，留給後世無限
的想像，因此，從唐代段成式（803～863）《酉陽雜俎》〈妒婦津〉開始，
杜光庭（850～933）〈洛川宓妃〉、裴鉶（約860前後在世）《洛神傳》，
清代蒲松齡（1640～1715）《聊齋志異》的〈甄后〉、樂鈞（1766～1814）
《耳食集》的〈宓妃〉及管世灝（約1801前後在世）《影譚》的〈洛
神〉等古典小說，甚至曹雪芹（1715～1763）的《紅樓夢》，紛紛改編
或從〈洛神賦〉中吸取養分，創作膾炙人口的作品。由於〈洛神賦〉與
〈感甄記〉所描述、體現的「才子佳人」故事具有強烈藝術感染力，非
常有利於戲劇的鋪陳與烘托，從元代傳奇《甄皇后》，明代汪道昆（1525
～1593）雜劇《洛水悲》、清代呂履恆（1650～1719）傳奇《洛神廟》、
黃燮清（1805～1864）傳奇《凌波影》等傳統戲曲，均延續或改編〈洛
神賦〉情節，形成豐富多彩的版本。

　　現當代的各種傳播媒體，如小說、戲曲、電影、電視劇、舞劇、
音樂等都不斷從〈洛神賦〉或〈感甄記〉衍生各種版本，並有突飛猛進
的發展。兩岸學者對於〈洛神賦〉的研究及論著，更是不遺餘力從宓妃

〔註6〕「陵波」、「羅韤」從重刻宋淳熙本之《文選附考異》，除尊重其他文本
　　　　異體字外，皆從之。
〔註7〕黃守誠：《曹子建新探》（臺北：雲龍出版社，1998年9月），頁407～
　　　　538。

形象演變、〈洛神賦〉主題思想、〈洛神賦〉對後世文學作品及藝術創作的影響等，進行全方位的討論。總之，無論時代如何變化，也無論文學體類如何消長，〈洛神賦〉均能以其特有的魅力在各個歷史時期，各體類文學作品或藝術創作領域保有一席之地，其流風遺韻，千古猶存。

　　〈洛神賦〉影響了後世文學作品及藝術創作，但長期以來〈洛神賦〉研究較偏重其創作特色及主題思想，然若能轉換視角，著眼於〈洛神賦〉對後世的傳播過程與讀者的接受行為，則勢必更能開闊視野，得見異采紛呈的文學風景。二十世紀六〇年代後期，西方各國興起以讀者為中心，研究文本的接受歷史與讀者對文本審美反應規律的一種全新文學研究範式。以讀者為中心的研究視角，似乎正可提供重新審視〈洛神賦〉獨特價值的契機，並填補〈洛神賦〉目前研究成果上的空缺。因此，本論文試圖透過接受者的研究視角，以〈洛神賦〉在歷史上的傳播狀態、歷代讀者的接受方式與原因為研究對象，尋求〈洛神賦〉傳播的動態過程及其所蘊含的美學意義。同時，也將兼顧作者、文本及讀者，讓〈洛神賦〉的研究更為全面完整。

　　文學藝術作品的價值，除了由作者創造，也常有待讀者的發現。俄國學者鮑列夫（Борев, Юрий Борисович，1925～2019）就認為：

> 藝術家給予藝術欣賞者以思考的原動力，為他造成一定的情感狀態和加工已獲信息的方向，然而，他們既保持著意志的自由，又保持著創作邊想的廣闊天地。……偉大的形象總是多側面的，它有著無窮的涵義，這些涵義只有在若干世紀中才能逐漸揭開。每個時代都在經典形象中發現新的側面和特點，並賦予它自己的解釋。〔註8〕

就如同「橫看成嶺側成峰，遠近高低總不同。」〔註9〕文學作品的接受

〔註8〕〔俄〕鮑列夫（Борев, Юрий Борисович）著，喬修業、常謝楓譯：《美學》（北京：中國文聯出版公司，1986 年 2 月），頁 236～237。

〔註9〕〈題西林壁〉，宋・蘇軾：《蘇軾詩集》（北京：中華書局，1982 年 2 月）第 4 冊，卷 23，頁 1219。

者除受到各個時代的社會思想文化背景影響外，讀者本身的能力與素養亦會造成美學接受的角度不同，從此角度來看，正可說明〈洛神賦〉影響時間既長、範圍又廣的最主要原因。

德國學者姚斯（Hans Robert Jauss, 1921～1997）指出「文學的接受」：

> 一方面，它必須說明文本的效果和意義所賴以具體呈現在當代讀者面前的實際過程；另一方面，它要重新構造讀者在不同時代以不同方式接受和解釋同一文本的歷史過程。〔註10〕

無論是作家、評論家或文學史家，最初都曾經是一名讀者，而一部文學作品的歷史生命，最重要的是讀者的參與。而讀者並非只徒具「被動」的功能，其自身就是一股構成歷史的動力。也惟有通過讀者的接受，文學作品才能進入一種「連續性變化的歷史」中。

陳文忠（1952～）也認為：

> 接受史就是詩歌本文潛在意義的外化形式的衍化史，是作品在不同階段經讀者解釋後所呈現的具體面貌，也就是讀者閱讀經驗的歷史。它通常體現為不同時期的接受者，包括讀者、詩評家及詩人作家，對作品不斷作出鑒賞、闡釋及創作中的吸收借用等等。〔註11〕

另外，陳文忠針對單一作品傳播與接受的研究指出：

> 就我國古典詩歌豐富而複雜的接受史實來看，研究「單個作品」的接受闡釋史，不僅作為一個有待開拓的學術領域大有可為，而且對深化古典佳作的欣賞、闡明名作賞析中的爭議和歧見，以及總結華夏民族獨特的文學接受原則、規律和方

〔註10〕〔德〕漢斯・羅伯特・耀斯（Hans Robert Jauss）著，顧建光、顧靜宇、張樂天譯：《審美經驗與文學解釋學》（上海：上海譯文出版社，1997年），頁4。

〔註11〕陳文忠：《中國古典詩歌接受史研究》（合肥：安徽大學出版社，1998年8月），頁10。

法，都是極為必要、極其重要的。〔註12〕

單一作品的接受史已成為當前文學研究的一項任務與趨勢，如劉宏彬《《紅樓夢》接受美學論》〔註13〕、華麗娜《〈孔雀東南飛〉古代接受史》〔註14〕、高日暉與洪雁《水滸傳》接受史》〔註15〕、劉淑麗《《牡丹亭》接受史研究》〔註16〕、陳仕國（1984～）《《桃花扇》接受史研究》〔註17〕等，成果頗為豐碩，本論文亦受此啟發，嘗試循此脈絡，針對〈洛神賦〉的傳播與接受進行探究。

作家離不開傳統的繼承與借鑒，文學作品及藝術創作也不排除原作的影響，故意誤讀或修正前人、脫胎換骨與推陳出新，都是一種創新。因此，本論文不僅從〈洛神賦〉本身的藝術價值談起，也將嘗試從傳播與接受的觀點，分析各個時代、各體類文學作品或藝術創作對〈洛神賦〉的接受情形。並藉以探討〈洛神賦〉如何在不同時代或不同藝術創作載體間發揮傳播力量，讓歷代作家從〈洛神賦〉吸收內涵，進行新的闡釋或創作，造成洛神形象歷久彌新，持續以各種媒介吸引著人們的目光。

第二節　文獻檢討

〈洛神賦〉是曹植名篇，在中國文學傳統研究頗受重視，尤其是九〇年代引進西方的「接受美學」（Reception aesthetic）理論後，相關著作更是急速增加，以下就〈洛神賦〉研究重點及〈洛神賦〉研究開

〔註12〕 陳文忠：〈柳宗元〈江雪〉接受史研究〉，《文史知識》1995 年第 3 期，頁 18。
〔註13〕 劉宏彬：《《紅樓夢》接受美學論》（鄭州：河南人民出版社，1992 年 10 月）。
〔註14〕 華麗娜：《〈孔雀東南飛〉古代接受史》（濟南：山東師範大學碩士學位論文，2004 年 1 月）。
〔註15〕 高日暉、洪雁：《水滸傳接受史》（濟南：齊魯書社，2006 年 7 月）。
〔註16〕 劉淑麗：《牡丹亭接受史研究》（濟南：齊魯書社，2013 年 10 月）。
〔註17〕 陳仕國：《桃花扇接受史研究》（北京：中國戲劇出版社，2016 年 12 月）。

展，針對相關著作進行探討。

一、〈洛神賦〉研究重點

（一）宓妃形象的演變

　　江曉昀《〈洛神賦〉中女神原型之思維發展研究》〔註18〕從洛水女神宓妃，回顧女神原型存在於民族意識中的形象及其所發展而成的文學作品，並運用符號學理論解讀神話文學文本，以思考女性價值在文化符碼中的意識型態。接著透過神話原型的思維體系，剖析長久以來存在於社會之中的性別差異，是如何深入文化結構之中。最後探討文學作品中所反應出的性別文化差異，重新建構女性主體意識的價值定位。作者以〈洛神賦〉中女神原型思維發展脈絡，探討文學創作發展的思想背景與當代女性主義之間的衝突與矛盾，有其時代意義與價值。

　　張茜《洛神宓妃形象演變研究》〔註19〕認為宓妃形象經由歷代文人創作題詠、踵事增華、蔚為大觀的遞嬗過程，正反映出中國古代文學繁衍發展的規律性走向——由俗趨雅、由雅趨俗、雅俗共榮的基本特徵。宓妃形象的演變，從社會歷史方面來說，宓妃形象與特定時期的社會經濟、文化、政治環境有著潛在的微妙關係。從作家主觀方面而言，宓妃形象除與作家的個人經歷及主觀意識有關外，也有不斷積累的歷史文化因素。作者將宓妃形象追溯至先秦，並認為〈洛神賦〉對宓妃形象演變有無法取代的關鍵地位。

　　陳婧《洛水文學審美研究》〔註20〕認為因〈洛神賦〉而名聲大噪的洛神，具有中國文學史上獨具魅力、光采照人的形象。雖然洛神在萌芽期只是一個沒有自我符號，被任意塑造和想像，尚未形成獨立人格

〔註18〕 江曉昀：《〈洛神賦〉中女神原型之思維發展研究》（嘉義：南華大學文學系碩士學位論文，2006 年 5 月）。

〔註19〕 張茜：《洛神宓妃形象演變研究》（南京：東南大學碩士學位論文，2011年 11 月）。

〔註20〕 陳婧：《洛水文學審美研究》（南京：南京師範大學碩士學位論文，2012年 4 月）。

的女神。但在〈洛神賦〉裏，洛神的形象豐滿，不僅填補故事情節，使洛神神話成為一個完整的體系，並對以後的洛水文學產生深遠影響。在洛神形象的演繹期，〈感甄記〉被廣為接受，洛神形象就朝著現實化、凡人化的方向發展。影響所及，明代汪道昆雜劇《洛水悲》，清代蒲松齡小說《聊齋志異》〈甄后〉，紛紛以〈洛神賦〉裏宓妃為主角，演繹動人的人神戀愛故事。由於論文闡釋文本取材的涵蓋面與影響性仍未盡周延，以致無法完整說明宓妃形象演變的意義。

汪偉《論宓妃形象及其文化內涵的發展演變》〔註21〕依據宓妃形象演變的時間脈絡梳理相關文學作品，以分析不同歷史時期宓妃形象的特點。認為在唐代以前宓妃都是無可爭議的神女形象，尤其是〈洛神賦〉的出現，更是將宓妃的神女身分推升至一個前所未有的高度。但是隨著唐代的經濟發展及思想開放，文人逐漸重視市民階層的文學需求，宓妃形象也從此走入世俗化階段，從行蹤不定、虛無縹緲的神女，成為有歷史可考的人間美婦。到了明清小說與戲曲中，宓妃神性已所剩無幾，淪為一個借用神女身分行使人間女性權利的世俗女子。另外，從與宓妃相關的男性來考察，伏羲之女、后羿之妻、屈原（前 340？～前 278？）、曹植、太和處士蕭曠、一面之緣的劉仲堪、書生等，與宓妃交接的男性身分地位呈現逐步降低的趨勢，也同時反映宓妃神性的消解。研究發現，宓妃形象及其內涵的發展正是其世俗化的過程，而世俗化過程中神性的消解也正是神話歷史化的反映。雖然作者認為宓妃形象的世俗化始於唐代，但從宮體詩人著重在宓妃體貌外表的描寫，並跨越人神阻隔的界線，宓妃似乎在六朝就已走下了神壇。

（二）〈洛神賦〉的寫作年代

黃守誠（1928～2012）《曹子建評傳》〔註22〕在曹子建作品繫年專

〔註21〕 汪偉：《論宓妃形象及其文化內涵的發展演變》（長春：長春理工大學碩士學位論文，2019 年 6 月）。

〔註22〕 黃守誠：《曹子建評傳》（臺北：水牛圖書出版事業有限公司，1987 年 5 月）。

章中，於黃初三年（222）項下，徵引歷代學者對〈洛神賦〉寫作年代的考證資料，其中有《文選》李善注的黃初四年說；何焯（1661～1722）故意改竄，以寓懷思說；鄧永康引〈贈白馬王彪〉詩與〈洛神賦〉內容對照，認定應是黃初四年所作說。由於引據內容相當豐富，對於研究〈洛神賦〉寫作年代有很大的助益。

邢培順《曹植文學研究》〔註23〕認為〈洛神賦〉創作時間由於小序說法與史傳記載有所抵牾，如唐代李善、今人張可禮等，主張曹植自序中所說的「三年」有誤，因為史料中沒有曹植黃初三年朝京師的記載，另有學者認為小序無誤，是史傳失載，以致長期以來造成學者們眾說紛紜。經過作者考證，所謂小序中「余朝京師」不過是隱諱的說法，真實的情況是，黃初二年（221），曹植派人去鄴城私祭父親，卻被倉輯（約 220 前後在世）、王機（約 220 前後在世）等人誣告為私祭甄后（183～221），曹植被詔至洛陽「待罪南宮」，等到事情澄清後，曹植便於黃初三年春天回歸封國，途中經過洛川，有感於甄后的不幸遭遇以及關於洛水的神話傳說，於是創作〈洛神賦〉，故而「黃初三年」不誤。作者藉由結合歷史，還原序中的寫作年代，對於理解〈洛神賦〉的內容，也是至關重要的。

另外，徐公持《魏晉文學史》〔註24〕及許浩然〈曹植〈洛神賦〉作年新考〉〔註25〕考證曹植作品內容、繫年及時序，斷定〈洛神賦〉寫作年代，鄧永康《魏曹子建先生植年譜》〔註26〕則詳加檢閱當時的史實加以論證；其中李文鈺〈〈洛神賦〉寫作年代與背景重探〉〔註27〕

〔註23〕邢培順：《曹植文學研究》（濟南：山東師範大學博士學位論文，2010年 11 月）。

〔註24〕徐公持：《魏晉文學史》（北京：人民文學出版社，1990 年 9 月）。

〔註25〕許浩然：〈曹植〈洛神賦〉作年新考〉，《洛陽師範學院學報》2009 年第 3 期，頁 76～79。

〔註26〕鄧永康：《魏曹子建先生植年譜》（臺北：臺灣商務印書館，1981 年 12月）。

〔註27〕李文鈺：〈〈洛神賦〉寫作年代與背景重探〉，《書目季刊》第 42 卷第 3期（2008 年 12 月），頁 55～73。

更是在前人研究基礎上，含英咀華後指出現當代學者研究重點。

（三）〈洛神賦〉的主題思想

　　楊永《唐人論建安文學——建安文學學術史考察》〔註28〕認為〈洛神賦〉是曹植留給後人的一個千古之謎，由於〈洛神賦〉的創作主旨多年以來一直眾說紛紜，不同時期的讀者、社會主流思潮和時代審美旨趣，往往會得出不同的結論，就算是同一時期讀者，也會因立場、觀點和閱讀興趣的不同而產生差異。文中證明唐人認同「感甄說」，並非只有李善一家。如元稹（779～831）〈代曲江老人百韻〉「班女恩移趙，思王賦感甄」，就直接點出曹植〈洛神賦〉的創作動機。李商隱亦持相同觀點，其〈無題〉四首之二「賈氏窺簾韓掾少，宓妃留枕魏王才。春心莫共花爭發，一寸相思一寸灰」、〈可歎〉「宓妃愁坐芝田館，用盡陳王八斗才」，不僅認為此賦是「感甄之作」，同時還認定曹植、甄后二人之間確實存在曖昧關係。晚唐裴鉶《洛神傳》，則是借蕭曠和洛神的對話，再次印證了「感甄說」的合理性。另外，作者認為李商隱在詩文中化用、引述洛神故事竟達十餘次之多，對宓妃有一種毫不掩飾的偏愛，因而深入李商隱人生際遇，探討「宓妃情結」的緣由，所提論述有其獨到的觀察。

　　呂則麗《曹植辭賦與散文研究》〔註29〕認為〈洛神賦〉雖然沿襲眾多神女賦一貫創作模式，但無疑是繼承創新、集百家之長的典範之作。作者針對〈洛神賦〉主題，提出闡釋不能脫離文本，一味地尋繹古史，推導出拍案驚奇的結論，固然對作品歷史背景的介紹有所幫助，也滿足讀者的獵奇心態，但卻會褪去作品原有的明麗色彩，墮入奇文異事的敘說，在一定程度上辜負曹植為讀者創造的美麗意境。主張主題說雖然對於增強讀者的感性認識有其意義，卻會令〈洛神賦〉豐富

〔註28〕楊永：《唐人論建安文學——建安文學學術史考察》（鄭州：鄭州大學碩士學位論文，2005年5月）。

〔註29〕呂則麗：《曹植辭賦與散文研究》（濟南：山東師範大學碩士學位論文，2005年5月）。

多彩的內容黯然失色，故應脫離主題論說，直接由文本進行詮釋。

木齋（1951～）《古詩十九首與建安詩歌研究》〔註30〕其中關於曹植與甄后戀情的研究，突破以往兩者之間不可能發生情愛關係的線索，以史實史料及黃初二年甄后之死為依據，從而指出古詩十九首失去作者的原因。「早期思甄之作與〈涉江采芙蓉〉」一章，從曹植建安十七年（212）七月所寫的〈離思詩〉開始分析，一直到寫於長江北岸的〈離友〉其二的採擷靈芝以贈遺，指出此詩與〈涉江采芙蓉〉是一種題材的兩種寫法，並從甄后隨後所作的〈朔風詩〉考證出〈涉江采芙蓉〉為曹植由江北返回魏都時思念甄后所作。從大量曹植作品中探究曹植與甄后的關係，且將此成果與「古詩十九首」予以內在的連接。但此說一出，引起包括袁濟喜〈「說詩者，不以文害辭，不以辭害志」　　木齋先生《古詩十九首》主要作者為曹植說商兌〉〔註31〕、高幸佑〈論植甄隱情為古詩背景的接受——木齋學說的情愛革命〉〔註32〕，不應「以意逆志」的批判。但另一方面，卻獲于國華〈重回邏輯的整體——與袁濟喜先生商榷〉〔註33〕、龔斌〈驚人之論、精湛考索——關於木齋《古詩十九首》與建安詩歌研究的思考〉〔註34〕、李孟宣〈木齋甄后研究的學術反思〉〔註35〕等人聲援。劉躍進〈文學史研究的多種可能性——

〔註30〕木齋：《古詩十九首與建安詩歌研究》（北京：人民出版社，2009 年 12月）。

〔註31〕袁濟喜：〈「說詩者，不以文害辭，不以辭害志」——木齋先生《古詩十九首》主要作者為曹植說商兌〉，《中國文化研究》2013 年冬之卷，頁 41～54。

〔註32〕高幸佑：〈論植甄隱情為古詩背景的接受——木齋學說的情愛革命〉，《瓊州學院學報》第 20 卷第 4 期（2013 年 8 月），頁 30～37。

〔註33〕于國華：〈重回邏輯的整體——與袁濟喜先生商榷〉，《陝西師範大學學報（哲學社會科學版）》2010 年第 1 期，頁 10～13。

〔註34〕龔斌：〈驚人之論、精湛考索——關於木齋《古詩十九首》與建安詩歌研究的思考〉，《江西師範大學學報（哲學社會科學版）》第 43 卷第 6期（2014 年 11 月），頁 39～47。

〔註35〕李孟宣：〈木齋甄后研究的學術反思〉，《瓊州學院學報》第 20 卷第 3期（2013 年 6 月），頁 32～37。

—從木齋《古詩十九首與建安詩歌研究》說起〉〔註36〕，甚至認為木齋的觀點創新，且是對歷史本相的追尋和探究。

楊貴環《曹植文學的批評史略》〔註37〕發現自魏晉至明清時期，歷代評論家對曹植詩文推崇備至者有之，貶抑者亦有之，因此形成一個動態的文學批評史。認為後代評論家的批評又與前代的批評在不同程度上存在著承傳與新變，這與不同時期的審美觀念、審美趣味的變化，以及文化思潮、批評標準等密切相關。因此，試圖在梳理歷代曹植詩文相關批評文獻的基礎上，與選本選錄情況進行個案研究，並結合不同時代的批評觀念與批評標準，釐清曹植詩文批評的歷史發展脈絡，揭示詩文批評規律及發展過程，從而建構「專人文學批評史」。研究指出，歷代學者對〈洛神賦〉的文學批評，除了語言辭藻之外，多集中在主題思想上，歷代學者也會隨著不同時代背景產生不同的說法。作者提出不同時代背景影響〈洛神賦〉主旨思想解讀的觀點，為〈洛神賦〉的闡釋史開創新的研究方向。

于國華《曹植詩賦緣情研究》〔註38〕認為六朝的筆記小說是以傳聞為基礎，與後世小說純然虛構不同，即使真幻交織，亦真大於幻。就連以志怪聞名的《搜神記》亦稱「雖考先志於載籍，收遺逸於當時」，「群言百家，不可勝覽；耳目所受，不可勝載」。主張以李善之嚴謹與博覽群書，其所選必然為當時盛傳或載之典籍，來證明「感甄說」之可信。並分別以史籍對甄后死因記載的矛盾與暗示，如甄后死後被髮覆面，以糠塞口的殯葬失儀；黃初二年，曹植與甄后先後都受到不合理的懲罰，證明甄后的死因應該與曹植的愛戀有關。作者從不同的角度力證曹植創作〈洛神賦〉的目的，就是為了感念甄后，有其獨特的見解。

〔註36〕 劉躍進：〈文學史研究的多種可能性——從木齋《古詩十九首與建安詩歌研究》說起〉，《文學遺產》2011 年第 5 期，頁 48～50。
〔註37〕 楊貴環：《曹植文學的批評史略》（揚州：揚州大學博士學位論文，2010 年 4 月）。
〔註38〕 于國華：《曹植詩賦緣情研究》（長春：吉林大學博士學位論文，2016 年 12 月）。

　　沈達材《曹植與洛神賦傳說》〔註39〕以比較研究方法，首先對〈洛神賦〉傳說詳加考證，分別就甄后與曹植關係、賚枕事件發現〈洛神賦〉非為「感甄」，認為〈洛神賦〉是摹仿〈神女賦〉，以宓妃神女為對象所作。

　　但支持「感甄說」的學者亦不在少數，如據周汛、高春明《中國傳統服飾形制史》「《洛神賦圖》中洛神梳靈蛇髻，靈蛇髻為甄后發明，可見畫中之洛神，即以甄后為原型。」〔註40〕郭沫若（1892～1978）《歷史人物》〔註41〕則從情理的面向推測，陳祖美〈恨人神之道殊，怨盛年之莫當——〈洛神賦〉的主題和藝術特色〉〔註42〕以洛神風姿可能保留著曹植對甄后「姿貌絕倫」的深刻記憶。另外，張文勛〈苦悶的象徵——〈洛神賦〉新議〉〔註43〕、吳從祥〈生命的焦慮，苦悶的宣洩——〈洛神賦〉主旨新論〉〔註44〕與王書才〈曹植〈洛神賦〉主旨臆解〉〔註45〕的愛情說，還有張亞新〈略論洛神形象的象徵意義〉〔註46〕與鄭文惠〈絕章的情賦：人神戀曲223——洛神形象暨曹植〈洛神賦〉及其接受史〉〔註47〕的理想抱負說，張瑗〈再談〈洛神賦〉的

〔註39〕沈達材：《曹植與洛神賦傳說》（上海：華通書局，1933年5月）。

〔註40〕周汛、高春明：《中國傳統服飾形制史》（臺北：南天書局，1998年10月），頁159～160。

〔註41〕郭沫若：《歷史人物》（北京：人民文學出版社，1979年）。

〔註42〕陳祖美：〈「恨人神之道殊，怨盛年之莫當」——〈洛神賦〉的主題和藝術特色〉，《文史知識》1985年第8期，頁30～37。

〔註43〕張文勛：〈苦悶的象徵——〈洛神賦〉新議〉，《社會科學戰線》1985年第1期，頁222～227。

〔註44〕吳從祥：〈生命的焦慮，苦悶的宣洩——〈洛神賦〉主旨新論〉，《阜陽師範學院學報（社會科學版）》2009年第1期（總第127期），頁48～50。

〔註45〕王書才：〈曹植〈洛神賦〉主旨臆解〉，《達縣師範高等專科學校學報》第15卷第3期（2005年5月），頁37～39。

〔註46〕張亞新：〈略論洛神形象的象徵意義〉，《中州學刊》，1983年第6期，頁100～112。

〔註47〕鄭文惠：〈絕章的情賦：人神戀曲223——洛神形象暨曹植〈洛神賦〉及其接受史〉，《典藏古美術》第240期（2012年9月），頁136～141。

主旨〉〔註48〕的懷戀故主說，也都人言言殊，各有所本，呈現學術研究不拘成說的多元性。

（四）〈洛神賦〉對後世作品的影響

沈達材《曹植與洛神賦傳說》是目前惟一以〈洛神賦〉為主題的專著。作者認為〈洛神賦〉裏的宓妃，在古人及曹植的心目中，都是一個神女，但從李善所引〈感甄記〉開始，一直到汪道昆的雜劇《洛水悲》、梅蘭芳（1894～1961）京劇《洛神》，卻產生種種不同的演變。因此針對受〈洛神賦〉影響的後世詩人、小說家、劇曲家作品追本溯源，以試圖尋找其中脈絡。為探究〈洛神賦〉原型，除詳加考證〈洛神賦〉最初有關甄后的傳說外，甚至還將戰國以至兩漢文學家的賦作都列入討論範圍，並就〈洛神賦〉與宋玉（前298？～前222？）〈神女賦〉淵源進行深入分析。本書開創各種文學體類對〈洛神賦〉接受情形的探討，對之後〈洛神賦〉的相關研究有非常重大的啟發。

李宗為（1944～）《建安風骨》〔註49〕認為曹植〈洛神賦〉的故事性遠超過以往的辭賦作品，對古典小說的產生有推波助瀾作用。從〈遊仙窟〉再到唐傳奇，小說中出現了許多描寫人神戀愛的作品，又衍生為人鬼戀愛、人妖戀愛的題材，推本溯源，曹植可以說是始作俑者。從古典小說創作角度來看〈洛神賦〉的影響，雖然未提出更多的相關證據證明，但卻也言人所未言。

周宗亞《故宮藏《洛神賦圖》之圖像研究》〔註50〕從宋代摹本《洛神賦圖》的圖像學發現，《洛神賦圖》整體布局不僅在形象安排上擺脫前代的「笨拙」，而做到疏密有致、遷迴曲折，甚至還能夠透過營造豐富複雜的畫面氣氛，增強作品的感染力。《洛神賦圖》不僅注重人物的

〔註48〕張瑗：〈再談〈洛神賦〉的主旨〉，《南京師大學報（社會科學版）》1986年第1期，頁86～90。
〔註49〕李宗為：《建安風骨》（北京：中華書局，2004年1月）。
〔註50〕周宗亞：《故宮藏《洛神賦圖》之圖像研究》（北京：中國藝術研究院博士學位論文，2008年4月）。

精神面貌，其運用在山石、樹木及雲水的「高古遊絲」描，更奠定了中國畫眾多描法的基礎，對於豐富中國畫的形式及表現作出卓越貢獻。另外，魏晉南北朝時期由於自我的覺醒，對於自然美的追求漸成風尚，《洛神賦圖》對「洛神迷醉」情懷的刻畫，對空靈幺遠山水意境的表現分析，其典範性是不言而喻的。

　　陳葆真《《洛神賦圖》與中國古代故事畫》〔註51〕內容結合結構分析、圖像比較和相關的文獻資料，分別為存世的九卷《洛神賦圖》斷代，並建構其風格系譜。同時，經由對這些《洛神賦圖》的研究，探討故事畫中通則性議題，包括：敘事技法、構圖方式、時間與空間的表現、圖文轉譯與互動等問題；且藉由這些問題的處理，觀察漢代以降中國故事畫的發展情形。藉由考察畫作的圖像安排和圖文關係，發現顧愷之使用直譯法、隱喻法、暗示法和象徵法等，以轉譯賦文的涵義。而在技巧上，顧愷之亦以十分高超的技術，巧妙地將〈洛神賦〉表現在畫卷的形制、構圖、圖像造形，以及圖文互動關係上。截至目前為止，本書堪稱是對《洛神賦圖》和中國古代故事畫研究最具權威的著作。

　　田珊《王獻之小楷《洛神賦》的複製與傳承》〔註52〕先從文獻對王獻之楷書的評論入手，通過評價，探究世人對王獻之書法的接受過程，進而了解不同時代對王獻之書法地位的評論，其實都代表著當時的書法態度。另外，《洛神賦》作為經典的小楷作品，雖原作已佚，但通過刻本的流傳和獨特的藝術魅力，已成為眾書家追摹的對象，後世書家也藉由對《洛神賦》的臨摹過程，從中找到屬於自己的藝術風格。作者對於王獻之經典小楷作品《洛神賦》的刻本流傳與演變，有深入的研究。

〔註51〕　陳葆真：《《洛神賦圖》與中國古代故事畫》（杭州：浙江大學出版社，2012 年 5 月）。

〔註52〕　田珊：《王獻之小楷《洛神賦》的複製與傳承》（廣州：暨南大學碩士學位論文，2016 年 3 月）。

　　馮帆《文學形象轉化舞蹈形象之探究──以王玫《洛神賦》中甄宓形象為例》〔註53〕以舞劇《洛神賦》中「甄宓」的形象為研究主題，透過剖析該劇核心人物「甄宓」，從表象到內在，由點到面的塑造方式，探討整個舞劇獨特的創作和思想。為探尋舞劇《洛神賦》中「甄宓」形象的轉化和塑造，首先就〈洛神賦〉「甄宓」原型著手。接著由「甄宓」舞臺形象的塑造過程，從中了解編導王玫實際上是藉舞劇《洛神賦》表達自己對人性的叩問，以及探索人如何才能保有尊嚴的活在這個時代等一系列哲學問題。〈洛神賦〉的文化背景、人物關係及命運歸宿是可考的，但《洛神賦》舞蹈形象的定位卻是王玫通過文學作品加注自身靈感和視角成功轉化而成的。

　　除此之外，由於從六朝以來，書、畫、賦、詩、詞、古典小說及傳統戲曲等對〈洛神賦〉接受從未間斷，並吸引學者的注意。其中隨著《洛神賦圖》流出帝王之家，學者才得一窺風貌，因此以《洛神賦圖》討論最多。周晴《淺談《洛神賦圖》的時空表現特點》〔註54〕、張燕清《由顧愷之《洛神賦圖》看魏晉繪畫的自覺性》〔註55〕、張紅《解析《洛神賦圖》的美學思想》〔註56〕、唐勉嘉《從文本到繪畫：《洛神賦圖卷》、《女史篇圖卷》、《列女仁智圖卷》研究》〔註57〕等學位論文均以美術專業角度，先從魏晉特殊的歷史文化背景著手，探討動亂歷史時期社會文化活動對藝術產生的影響，接著分析畫家是如何發揮高度藝術想像力，營造原賦的意境氛圍，在尊重詩畫界限的前提下，成功

〔註53〕　馮帆：《文學形象轉化舞蹈形象之探究──以王玫《洛神賦》中甄宓形象為例》（濟南：山東藝術學院碩士學位論文，2019 年 6 月）。

〔註54〕　周晴：《淺談《洛神賦圖》的時空表現特點》（瀋陽：魯迅美術學院碩士學位論文，2016 年 6 月）。

〔註55〕　張燕清：《由顧愷之《洛神賦圖》看魏晉繪畫的自覺性》（福州：福建師範大學碩士學位論文，2014 年 5 月）。

〔註56〕　張紅：《解析《洛神賦圖》的美學思想》（蘭州：西北師範大學碩士學位論文，2009 年 5 月）。

〔註57〕　唐勉嘉：《從文本到繪畫：《洛神賦圖卷》、《女史篇圖卷》、《列女仁智圖卷》研究》（上海：復旦大學碩士學位論文，2011 年 6 月）。

地完成從文學藝術至造型藝術的變換，總結《洛神賦圖》藝術價值及其在美術史的重大意義。

　　在期刊論文方面，石守謙〈《洛神賦圖》：一個傳統的形塑與發展〉〔註58〕發現不管是文學、書法或繪畫的〈洛神賦〉，均能以既整合又各自獨立的方式，對後世創作者產生各種啟示，形成飽含生機的「傳統」，讓〈洛神賦〉不斷吸引下一代創作者投入，進而豐富〈洛神賦〉整體形象。支琪皓〈〈洛神賦〉的文化衍生——從文本到繪畫、書法〉〔註59〕認為〈洛神賦〉和《洛神賦圖》在相互闡釋的同時，超越文學文本和圖像藝術所不具備的內涵，形成不可分離的「語言－圖像」整體。汪涵〈顧愷之《洛神賦圖》的人物形象美學賞析〉〔註60〕透過圖像學研究，發現顧愷之不僅開創中國繪畫長卷的先河，還開啟中國古代藝術美學新時代，將描繪人物神韻作為藝術追求目標，並著重表現其人格，表達新與美理想，使繪畫境界達到新的層次。劉亞寧〈《洛神賦圖》的美學思想研究〉〔註61〕分析《洛神賦圖》的美學思想除具有傳神寫照與遷想妙得特點外，《洛神賦圖》的美學特徵和藝術價值還包含高超畫技與構思、生動形神氣韻、畫面連續及浪漫主義等。

　　除《洛神賦圖》對〈洛神賦〉的接受研究外，古典小說與傳統戲曲對〈洛神賦〉的接受，也是另一個研究重點。由於〈洛神賦〉原本就有人神戀愛主題，再加上〈感甄記〉的才子佳人故事，吸引後世文人爭相演繹改編不同版本的作品。王林飛〈洛神故事的演變〉〔註62〕、吳

〔註58〕　石守謙：〈《洛神賦圖》：一個傳統的形塑與發展〉，《國立臺灣大學美術史研究集刊》第 23 期（2007 年），頁 51～80。

〔註59〕　支琪皓：〈〈洛神賦〉的文化衍生——從文本到繪畫、書法〉，《常州工學院學報（社科版）》第 36 卷第 5 期（2018 年 10 月），頁 63～66。

〔註60〕　汪涵：〈顧愷之《洛神賦圖》的人物形象美學賞析〉，《美與時代（下）》，2017 年第 2 期，頁 69～71。

〔註61〕　劉亞寧：〈《洛神賦圖》的美學思想研究〉，《美術教育研究》2017 年第 9 期，頁 14～15。

〔註62〕　王林飛：〈洛神故事的演變〉，《廣東技術師範學院學報（社會科學版）》2015 年第 3 期，頁 29～35。

冠文〈論宓妃形象在中國古代文學史上的演變——兼論由此反映的中國文學發展的趨勢〉〔註63〕、華唐〈〈洛神賦〉的原型與流變〉〔註64〕、王亞培〈〈洛神賦〉對後世小說的影響〉〔註65〕等，均就古典小說與傳統戲曲對〈洛神賦〉接受情形及源流進行探討。

〈洛神賦〉的影響時間既長、範圍又廣，其獨特魅力不僅吸引歷代文人關注目光，更由於接受者眾，相關創作及論著豐富多元，蔚為大觀。現當代學者在資訊流通與普及環境下，得以檢視歷代文獻與其他學者研究成果，學者們一方面在古文獻裏爬梳，一方面接受不同的研究觀點，去蕪存菁而成一方之論。

二、〈洛神賦〉研究開展

九〇年代以後，「接受美學」理論受到海峽兩岸學者注意，並開始運用在〈洛神賦〉研究上，一時之間蔚為風潮。由於以讀者或接受者為視角的研究方法，正可彰顯〈洛神賦〉的真正價值，〈洛神賦〉接受史研究也成為〈洛神賦〉研究發展的新趨勢，以下就其中具有代表性者加以探討。

白雲《元前曹植接受史》〔註66〕研究指出六朝是曹植接受的第一個黃金時期，曹植作品在文辭上的清麗特質，與當時對華麗辭采的追求相呼應，受到文學批評家的廣泛推崇。因此六朝湧現出大批摹擬曹植的作品，從題目、內容、文辭到意象不一而足，顯示曹植對當時文學的重要影響，從而確定曹植典範作家的地位。初唐陳子昂（661～

〔註63〕 吳冠文：〈論宓妃形象在中國古代文學史上的演變——兼論由此反映的中國文學發展的趨勢〉，《復旦學報（社會科學版）》2011 年第 1 期，頁 32～42。

〔註64〕 華唐：〈〈洛神賦〉的原型與流變〉，《明道文藝》第 248 期（1996 年 11 月），頁 118～128。

〔註65〕 王亞培：〈〈洛神賦〉對後世小說的影響〉，《湖北社會科學》2012 年第 8 期，頁 128～130。

〔註66〕 白雲：《元前曹植接受史》（哈爾濱：黑龍江大學碩士學位論文，2005 年 6 月）。

702）對「建安風骨」的大力提倡，曹植作為建安文學的傑出代表，故被廣大風骨論者所接受。另外，唐詩的博大包容性並未完全排斥華麗辭藻的運用，曹植作品「詞采華茂」的特點使其有生存的土壤。《文選》在唐代的重要地位，也推動文人對曹植的學習。有唐一代，曹植的地位雖較六朝有所下降，但仍然是詩歌創作的典範。宋代隨著理學興盛和「古文運動」的進一步發展，審美趣味逐漸演變為平淡之美的追求，曹植接受走入了低潮，其地位也迅速下降。作者驗證不同時期文藝風氣和審美趣味，影響讀者對曹植作品的接受，造成曹植接受史上的地位變化。

王玫《建安文學接受史論》〔註67〕以姚斯的接受美學為其論文理論基礎，並在第十章作品個案舉隅以曹植〈洛神賦〉作為後世接受的個案，從效果史、闡釋史、影響史三方面爬梳史料，探索〈洛神賦〉在讀者、評論者、創作者間不同的接受型態、接受效果的歷史演變。明確指出，因為《文選》的關係，造成〈洛神賦〉在後世聲譽日隆，讓後世讀者對曹植賦作的接受大多集中在〈洛神賦〉。接著以〈洛神賦〉在歷史上實存狀態、歷代讀者對其接受方式及原因為考察對象，尋繹〈洛神賦〉流傳的動態過程及其所蘊涵的深層美學意義。研究發現，〈洛神賦〉以其獨特魅力在各個歷史時期，各個文學藝術領域都投入自己的影子，各個時代特定的社會思想文化背景也在〈洛神賦〉流傳和接受過程留下痕跡。從為數眾多受〈洛神賦〉影響而創作的後世文學作品中分析，〈洛神賦〉審美經驗包括：對洛神之美的欣賞，洛神成為美的代表或象徵，或是美女的代稱，特別是指男性心儀而只可神交不可接近的對象，或是萍水相逢、一見傾心愛情邂逅的女主角，否則就是男性主體心目中的理想戀人。其次是對人神之間可望不可及愛情阻隔的感歎，同時可作為接受者抒發個人意願難成的媒介，其中包括對無數理想境界無法企及的悲哀。最後總結〈洛神賦〉接受史，

〔註67〕 王玫：《建安文學接受史論》（上海：上海古籍出版社，2005 年 7 月）。

指出審美經驗發展呈現世俗化趨勢，即從感性到理性，由美感體驗到道德說教。〈洛神賦〉原本表達的是精神追求與失落，後代小說戲曲的洛神形象則注入報恩、報應、報復的思想，洛神成為人間的節婦、妒婦或蕩婦，使〈洛神賦〉主題、人物都趨向世俗化，宓妃、洛神等名號也淪為徒具虛名。

楊娟《從曹植接受史中考察歷代對曹植賦的接受情況——兼論曹植賦的藝術成就》〔註68〕藉由梳理古代文獻，並以曹植詩歌的接受為參照，考察曹植辭賦在不同時代的傳播接受情形，力求整理出曹植辭賦的接受史。分析曹植詩、賦接受情況不平衡的原因，主要是受到距離曹植最近的第一代讀者群，如魏曹丕（187～226）、梁劉勰（464～522）、鍾嶸（？～518），以及蕭統（501～531）等評論家的批評所影響。對〈洛神賦〉的研究，集中在三個方面：第一是對〈洛神賦〉主旨的研究；第二是對「洛神」形象的研究；第三是對〈洛神賦〉篇章結構及語詞運用的研究。認為〈洛神賦〉就是曹植賦的代名詞，後世對〈洛神賦〉的接受主要集中在〈洛神賦〉主旨的闡釋上。除此之外，〈洛神賦〉塑造絕美的洛神形象，不但能引起無限遐想，其撲朔迷離寓意也引起接受者無窮的思考，導致〈洛神賦〉廣為接受者喜愛。而且〈洛神賦〉獨特篇章結構和其中的語辭、聲律等文字功夫，給接受者帶來無盡美的享受。

王津《唐前曹植接受史》〔註69〕將論文架構設定在歷時型態上，把握重點讀者史、創作接受史、闡釋評價史和視野史等四條縱線，並將效果史蘊含其中。建安時期曹植是文壇與政壇的耀眼之星，但黃初之後，卻被驅逐至政治權力的邊緣，加上建安文士多已謝世，朝中對曹植保持了普遍的沉默。直到從曹叡（206～239）而至何晏（195？～249）、

〔註68〕 楊娟：《從曹植接受史中考察歷代對曹植賦的接受情況——兼論曹植賦的藝術成就》（青島：中國海洋大學碩士學位論文，2008年6月）。
〔註69〕 王津：《唐前曹植接受史》（濟南：山東大學博士學位論文，2014年11月）。

嵇康（223～263）、阮籍（210～263），他們對曹植作品的學習，使其接受逐漸脫離建安、黃初年間具有政治色彩的評論，而轉向個體特徵的摹擬。兩晉時期，曹植作品中的經典意象、辭彙、語句等漸為文壇普遍化用，但由於普遍化用淪為因襲之程式，且出現庸俗化、娛樂化傾向，作品內含之人格與精神已喪失殆盡。南北朝時期，由於曹植文學接受泛化、俗化，從讀者接受創造性而言，曹植文學影響已呈衰落之勢。另一方面，曹植形象因宗教、史學、文學和儒學人士不斷重塑而產生更為豐富的內涵，因此呈現宗教化、歷史化、文學化和道德化傾向。南北朝對曹植個人形象與文學作品的接受往往糅合一起，兩者互相生發，形成曹植接受史上的獨特風貌。最後指出在兩晉，王羲之《洛神賦》是對〈洛神賦〉的首次完整接受，其中亦寄寓王氏政治理想，並側面表達出對曹植作品的企慕。顧愷之《洛神賦圖》的接受意義在於對〈洛神賦〉故事內涵的突顯，通過對原賦情節的變化、調整，把原賦多變而富風骨之情感節奏轉換為幽遠深長的格調，表現在魏晉玄學思想影響下，以人物體道的繪畫理念。到了南北朝，江淹〈水上神女賦〉是對〈洛神賦〉結構思路、描寫手法、寄寓手法的摹擬與吸收。沈約〈麗人賦〉對〈洛神賦〉的接受具有其特殊性：一方面改變〈洛神賦〉的寄寓主題，著眼於兩性聲色歡娛，使洛神形象朝向世俗化發展，直接影響後世文人對洛神形象之接受。另一方面，沈約把賦賦寫美女之功能轉向詩歌來表現，影響南朝齊以後文壇創作，且隨著宮體詩創作興盛成熟，詩歌更成為表現美女的重要載體。

　　張則見《曹植〈洛神賦〉接受史研究──以詩文為討論中心》〔註70〕是目前最早以〈洛神賦〉接受史為研究對象的學位論文。透過相關詩文的整理與分析，發現〈洛神賦〉在闡釋史與影響史中呈現出多樣性特點。認為〈洛神賦〉的主旨，無論是「感甄說」還是「寄心君王說」都與曹植形象的建構相互影響，因此有著截然不同的解讀。也由於每

〔註70〕張則見：《曹植〈洛神賦〉接受史研究──以詩文為討論中心》（上海：華東師範大學碩士學位論文，2018 年 5 月）。

位接受者不同的思想背景，往往會在接受過程中影響對〈洛神賦〉的認知，並對賦文內涵進行刪減或補充。接著發現〈洛神賦〉所建構的洛神美人形象與強烈情感，引發後世學者好奇心，企圖以「知人論世」理論，結合曹植生平際遇、傳說，對〈洛神賦〉進行闡釋，但因期待視野的差異，而有不同結論。在影響史方面，由於每位讀者在閱讀〈洛神賦〉時往往會與本身過往經歷相融合，從而創作出一篇篇獨具個性的詩文，延續〈洛神賦〉的生命與活力。除此之外，宓妃也逐漸脫離〈洛神賦〉文本語境，成為一個獨立意象，或存在於詩詞中某一句、某一聯，又或是整首作品的象徵比興。其中〈洛神賦〉名句「陵波微步」、「羅韈生塵」，因其具有多重闡釋角度，在闡釋史方面，與〈洛神賦〉一樣產生截然不同的理解：或踏水、或上岸；而在影響史上，不僅描寫洛神輕盈靈動的體態，同時又提到了水勢的大小，生動活潑的語詞，也廣為後世文人所運用，從〈洛神賦〉轉化而成為新生命。

馮媛雲《曹植〈洛神賦〉的主題考察及敘事策略研究》〔註71〕通過考察〈洛神賦〉的接受史發現，南北朝之前的接受者對〈洛神賦〉主要是個體化零星學習，雖然沒有出現普遍接受的情形，但不同接受者的文學作品使洛神形象不斷被強化。到了唐宋，基於生存語境和生命體驗提出「感甄說」情愛主題；明清則基於反對情愛主題提出「寄心文帝說」政治主題。這兩個時期的讀者對〈洛神賦〉的接受更加系統全面，創造性也更強，打破南北朝對〈洛神賦〉接受之局限，將闡釋、發展、開拓與對洛神精神的挖掘融為一體。分析「感甄說」主題產生原因，源起於〈洛神賦〉在歷史流傳中的市井文化審美需求，而這種欲望結構隱藏著身體化閱讀的心理期待。而「寄心文帝說」則為士君子話語言說方式的延續，也是對屈原、宋玉文學的繼承發展及文化傳統的延續。最後，通過文本中所隱含關於神話敘事虛構策略的運用，結合曹植生活遭遇和情感經歷，還原〈洛神賦〉為曹植企圖藉神話敘事，以建構

〔註71〕 馮媛雲：《曹植〈洛神賦〉的主題考察及敘事策略研究》（廣州：廣東外語外貿大學碩士學位論文，2018 年 5 月）。

自我為主的神話世界，曹植對神仙幻境的恣意描寫，也正是其對美好的渴望及對現實的反抗。

除接受史外，洪順隆對〈洛神賦〉研究有無法取代的重要貢獻，其《辭賦論叢》共彙集五篇〈洛神賦〉相關論文，〈論〈洛神賦〉〉認為曹植〈洛神賦〉的創作態度是觸景生情、懷古憶往，因傳說仿神女以成篇。並駁斥李善據〈魏志〉疑「序」言之不當，確立「黃初三年說」之無誤。接著詮釋〈洛神賦〉內容，再分問答體、賦、比、用典、對句五方面，分析表現技巧；歸納出〈洛神賦〉在語言、意象、句法、章法的襲用、融化、運用等方式。〈論〈洛神賦〉對六朝賦壇的投映〉論析〈洛神賦〉與張敏〈神女賦〉、謝靈運〈江妃賦〉、沈約〈麗人賦〉及〈傷美人賦〉、江淹〈麗色賦〉及〈水上神女賦〉關係，肯定〈洛神賦〉在六朝賦發展上的轉折地位，其中包括主題的啟示、結構的傳承、意象的灌輸、語法的移植、語言的過渡、美學意識的沉潛等六種型態。〈洛神賦〉更促進六朝賦的俳體化、抒情化、簡短化、聲律化。〈論洛神形象的襲用與異化——由〈洛神賦〉到明清戲曲小說的脈絡〉不僅詳加檢閱受〈洛神賦〉影響的古典小說與傳統戲曲，並總結洛神形象的三個系統：一是伏羲之女，為男人仰慕傾訴的對象，愛情屬於精神層面，對象分別是曹植及報恩施情的書生。二是甄逸之女，愛情亦屬於精神層面，對象分為慕才續緣的曹植及因情報恩的蕭曠；還有愛情是肉體層次，因情報恩的劉仲堪。三是狐仙，愛情是守禮義存友誼，因情報恩。〈〈洛神賦〉創作年代補考〉則是補充〈洛神賦〉作於「黃初三年說」的證據，其一，曹植對於曹丕受禪雖未必同意，但絕不會以「不欲亟奪漢年」公然反抗。其二，史書詳略互見，〈魏志〉自有省略之時，若以〈魏志〉未載，就疑〈洛神賦〉序所記，則失之草率。其三，李善懷疑〈洛神賦〉序記年有誤，似是過分信任《三國志》，而未詳細參考其他史書，豈不知「史家有略筆」。其四，日本漢學家西野貞治〈曹植の作者生涯と其の詩賦〉也主張黃初三、四年分別有一次朝京。〈論〈洛神賦〉中洛神形象的象徵指向〉認為以接受美學原則，尊重接受者倫理，洛神形象是

「感甄說」、「寄心君王說」及「曹植說」三說可共和。以表層形象來說，洛神就是伏羲之女，〈洛神賦〉深層意象，是曹植追求神女洛神的失敗，而洛神所代表的失落對象，可以是政治理想，也可以是人生目標。

但目前的〈洛神賦〉接受史研究，如《曹植〈洛神賦〉接受史研究——以詩文為討論中心》、《從曹植接受史中考察歷代對曹植賦的接受情況——兼論曹植賦的藝術成就》受限於個別文學體類。而《元前曹植接受史》藉由分析曹植接受史上不同時期的地位變化，發掘當時文藝風氣與審美趣味的轉換軌跡；《唐前曹植接受史》則著重在曹植不同時期的個人形象如何影響接受者對其文學作品的接受，除均受限於個別朝代外，也未特別針對〈洛神賦〉在歷代接受情形深入探究。因此，總結〈洛神賦〉在歷代接受行為，並遍及各種文學體類及藝術創作的接受史研究，實有待後繼者為之。

〈洛神賦〉魅力甚至風靡東瀛，日本研究中國文學的著名學者目加田誠（1904～1994）《洛神の賦》〔註72〕對於〈洛神賦〉的歷史背景、「感甄說」、作者曹植等均有深入探討，連李商隱受到〈洛神賦〉影響創作的〈東阿王〉、〈無題四首〉其二都能詳細分析接受過程。另外，寧佳文曾發表〈曹植文學の後世への影響：「洛神賦」を中心〉〔註73〕，對於〈洛神賦〉對後世文學作品的影響，亦有相當著墨。除此之外，尚有山口為広〈曹植「洛神賦」考——その作意のめぐって〉〔註74〕、溝口晋子〈曹植「洛神」賦に見られる構成の特徴について〉〔註75〕、

〔註72〕 〔日〕目加田誠：《洛神の賦》（東京：株式會社講談社，1989 年 8 月）。
〔註73〕 〔日〕寧佳文：〈曹植文學の後世への影響：「洛神賦」を中心〉，《大手前比較文化學會會報》第 15 期（2014 年），頁 3～8。
〔註74〕 〔日〕山口為広：〈曹植「洛神賦」考——その作意のめぐって〉，《國文學論考》第 27 期（1991 年 3 月），頁 27～34。
〔註75〕 〔日〕溝口晋子：〈曹植「洛神」賦に見られる構成の特徴について〉，《時の扉：東京學芸大學大學院伝承文學研究レポート》第 3 期（1999 年 3 月），頁 21～26。

鈴木崇義〈曹植「洛神賦」小考〉〔註 76〕、渡辺滋〈古代日本におけ
る曹植「洛神賦」受容：秋田城出土木簡の性格を中心として〉〔註77〕、
猿渡留理〈曹植「洛神賦」の特徴：『楚辭』の典故援用を手がかりと
して〉〔註 78〕等，可見日本對於〈洛神賦〉的研究非常廣泛，不管是
創作目的、結構特徵、從秋田城出土木簡探討古代日本對〈洛神賦〉的
接受、楚辭典故的運用，都能有傑出研究成果。日本漢學學者對〈洛神
賦〉研究，在〈洛神賦〉整體研究成果中實有不可或缺之處。

第三節　研究方法

（一）文獻資料分析法

　　由於「文獻資料分析法」適用於歷史性和系統性比較主題研究，
故作為本論文的主要研究方法。首先確定以「〈洛神賦〉的傳播與接受」
為研究主題，接著擬定〈洛神賦〉對後世文學作品及藝術創作有明確影
響力的假設，利用相關文獻資料檢索工具，如國家圖書館的館藏目錄
查詢系統、臺灣碩博士論文知識加值系統、臺灣期刊論文索引系統，中
國知網的中國期刊全文數據庫、中國博士學位論文全文數據庫及中國
優秀碩士學位論文全文數據庫等。〈洛神賦〉亦風靡東瀛，吸引日本漢
學學者的重視，因此透過由日本國立情報學研究中心（National Institute
of Informatics，簡稱 NII）建置的 CiNii 日本學術圖書書目資料庫進行
檢索，以掌握〈洛神賦〉相關文獻資料與研究著作，接著藉由深入閱讀
提出初步看法與意見，並掇菁擷華整理出重要文獻及對相關重要論著
作出評論。除此之外，相關論著徵引的文獻具有重要參考價值，不僅足

〔註76〕　〔日〕鈴木崇義：〈曹植「洛神賦」小考〉，《中國古典研究》第 53 期
　　　　　（2008 年 12 月），頁 49～67。
〔註77〕　〔日〕渡辺滋：〈古代日本における曹植「洛神賦」受容：秋田城出
　　　　　土木簡の性格を中心として〉，《文學・語學》第 207 期（2013 年 11
　　　　　月），頁 1～13。
〔註78〕　〔日〕猿渡留理：〈曹植「洛神賦」の特徴：『楚辭』の典故援用を手
　　　　　がかりとして〉，《日本文學》第 113 期（2017 年 3 月），頁 201～216。

以彌補資料的缺略，其中的論點更可提出不同的思考方向。對於評論後的論著則以作者曹植研究、〈洛神賦〉綜論、宓妃形象的接受、〈洛神賦〉主題思想與寫作年代、〈洛神賦〉對後世文學作品的影響、〈洛神賦〉對後世藝術創作的影響分門別類，以備將來論文引據之用。〔註79〕

（二）接受美學理論

除文獻資料分析法外，亦引用傳播與接受觀點，以突顯〈洛神賦〉的多元價值。鍾嶸〈詩品序〉曾提出讀者接受反應與作品價值之間的關係：

> 詩有三義焉：一曰興，二曰比，三曰賦。文已盡而意有餘，
> 興也；因物喻志，比也；直書其事，寓言寫物，賦也。宏斯
> 三義，酌而用之，幹之以風力，潤之以丹彩，使味之者無極，
> 聞之者動心，是詩之至也。〔註80〕

「文已盡而意有餘」，就是通過讀者的接受反應來評定作品的價值，並以「使味之者無極，聞之者動心」作為「詩之至」的最高標準，認為作品價值的評定必須由讀者的加入方能完成。

另外，陳善（約1147前後在世）《捫蝨新語》則首倡「出入」說：

> 讀書須知出入法。始當求所以入，終當求所以出。見得親切，
> 此是入書法；用得透脫，此是出書法。蓋不能入得書，則不
> 知古人用心處；不能出得書，則又死在言下。惟知出知入，
> 乃盡讀書之法。〔註81〕

「出入」說蘊含讀者的接受觀念，又是對作者、作品、讀者這三者關係的全面關照。在文學接受活動中，「出」和「入」是相互補充，彼此影響的。「入」是立足作品，進入作品，「出」是跳出作品，善「出」者必

〔註79〕 以上研究方法參考葉至誠、葉立誠：《研究方法與論文寫作》（臺北：商鼎文化出版社，2003年10月），頁146～153。

〔註80〕 梁・鍾嶸撰，陳延傑注：《詩品注》，頁2。

〔註81〕 宋・陳善：《捫蝨新語》上集，卷4，《叢書集成新編》12（臺北：新文豐出版公司，1984年6月），頁39。

善「入」。劉月新認為：

> 「入」是指讀書時要善於進入作品境界，用心體驗作品內在
> 神韻與作者為文之用心，縮短與作品和作者的心理距離。
> 「出」是指不被作品所局限，跳出作品的圈子，多方拓展思
> 路，在充分理解作品的基礎上，將作品精神融入自己的思想
> 感情中，從而有益於自己的生活實踐與創作實踐。〔註82〕

西方的「接受美學」，亦稱「接受理論」，或「接受與效果研究」，首見於德國學者姚斯於 1967 年 4 月 13 日在康斯坦茨大學（University of Konstanz）發表〈向文學理論挑戰的文學史〉（Literary History as a Challenge to Literary Theory）一文。其所提倡的是挑戰傳統文學史研究的一種新的文學及文學史觀念和研究方法，企圖從讀者對文學作品的接受觀點出發，把文學史設定為作品對讀者產生效果的歷史，以及讀者接受作品的歷史。姚斯認為：

> 一部文學作品，並不是一個自身獨立、向每一時代的每一讀
> 者均提供同樣觀點的客體。它不是一尊紀念碑，形而上學地
> 展示其超時代的本質。它更多像一部管弦樂譜，在其演奏中
> 不斷獲得讀者新的反響，使文本從詞的物質型態中解放出
> 來，成為一種當代的存在。〔註83〕

另外，姚斯強調在審美經驗主要視野中，接受一篇文本的心理過程，絕不僅是一種只憑主觀印象的任意排列，而是在感知定向過程中特殊指令的實現：

> 一部文學作品，即便它以嶄新面目出現，也不可能在信息真
> 空中，以絕對新的姿態展示自身。但它可以透過預告、公開
> 或隱蔽的訊號、熟悉的特點、或隱蔽的暗示，預先為讀者提

〔註82〕劉月新：〈「出入」說——中國古代的接受理論〉，《名作欣賞》1997 年
　　　　第 1 期，頁 7。
〔註83〕〔德〕H. R.姚斯、〔美〕R. C.霍拉勃著，周寧、金元浦譯：《接受美學
　　　　與接受理論》（瀋陽：遼寧人民出版社，1987 年 9 月），頁 26。

示一種特殊的接受。它喚醒以往閱讀的記憶，將讀者帶入一種特定的情感態度中，隨之開始喚起「中間與終結」的期待，於是這種期待便在閱讀過程中，根據這類文本的流派和風格的特殊規則被完整地保持下去，或被改變、重新定向、或諷刺性地獲得實現。〔註84〕

比較接受美學與一般文藝理論中的欣賞和批評研究可以發現，接受美學不是美學中的美感研究，而是以現象學和解釋學為理論基礎，從人的接受實踐為依據的獨立自足理論體系。因此，接受美學與一般文藝理論中的欣賞和批評研究有幾點不同：

一、文學作品概念的不同。一般所理解的文學作品就是文學文本，兩者是一致的。但接受美學認為，任何文學文本都具有未定性，是一個多層面未完成的圖式結構。文學文本的存在本身不能產生獨立的意義，而意義的實現要透過讀者的閱讀使之具體化，就是要以讀者的感覺和知覺經驗將作品中的空白處填滿，使作品中的未定性得到確定，最終完成文學作品的實現。所以，接受美學認為，沒有讀者的閱讀，沒有讀者將文本具體化，文本只能是未完成的文學作品，還沒有完成文學作品的意義。

二、讀者的作用不同。由於接受美學將讀者對文本的具體化納入文學作品構成要素中，所以必然要承認讀者的動能創造，並給這種創造充分而廣闊的自由天地。在接受美學看來，讀者對文本的接受過程，就是對文本的再創造過程，也是文學作品得以真正實現的過程。接受美學認為，文學文本是一個多層面的開放式圖式結構，存在意義和價值僅在於讀者可以對其作出不同的解釋，這些解釋可以因人而異，也可以因時代變化有所不同，但無論哪一種意義都是有意義的，都是合理的。所以，接受美學認為，文本是文學效應史中永無止盡的顯現，根本沒有所謂獨立、絕對的文本。

〔註84〕〔德〕H.R.姚斯、〔美〕R.C.霍拉勃著，周寧、金元浦譯：《接受美學與接受理論》，頁29。

　　三、讀者的地位不同。一般的文藝理論雖重視讀者的欣賞和批評，但都認為欣賞和批評必須以作品為基礎，即作品是第一性的，讀者的欣賞和批評是第二性的。但在接受美學理論中，卻是以讀者為主，以具體化為主，讀者的具體化是第一性的，未完成的文本是第二性的。接受美學所說的文學作品只存在於人的主觀觀念之中，這個主觀觀念又不只是文學文本在人的頭腦中的反映，而是人的期待視野或流動視點處於主導動能的地位，並對文學文本的再創造。〔註85〕

　　姚斯認為，文學活動必須包括三個主要環節，即作家（生產）──作品（文本）──讀者（接受），這三個環節是一個動態的實現過程，其仲介是作品（文本）。作品的產生並不是文學活動的終點，而僅僅是文學活動的第一階段；作品的價值只有在讀者的接受活動中才逐步得到實現，這是文學活動的第二階段。這兩個階段，缺一不可：

　　　　必須把作品與作品的關係放進作品和人的相互作用之中，把作品自身中含有的歷史延續性，放在生產與接受的相互關係中來看，文學藝術才能獲得具有過程性特徵的歷史。〔註86〕

　　朱立元也認為：

　　　　文學價值的創造者，決不只是創作主體作家，還包括接受主體讀者。讀者也直接參與了文學作品的價值創造，是文學價值的重要來源之一。可以說，就價值來源而言，讀者與作家是文學價值的共同創造者。〔註87〕

文學價值必須包括作為滿足讀者審美需求的客體──文學作品，和向文學提出審美需求的主體──讀者。因此，若是沒有讀者閱讀時的再創造活動，文學作品就只是沒有價值化的純客體而已。

〔註85〕　以上參考〔德〕H. R.姚斯、〔美〕R. C.霍拉勃著，周寧、金元浦譯：《接受美學與接受理論》，頁4～6。
〔註86〕　〔德〕H. R.姚斯、〔美〕R. C.霍拉勃著，周寧、金元浦譯：《接受美學與接受理論》，頁19。
〔註87〕　朱立元：《接受美學導論》（合肥：安徽教育出版社，2004年11月），頁319。

　　龍協濤認為，文學作品只有通過讀者閱讀才能獲得藝術生命，實現審美價值和社會意義。優秀的文學作品不在於給讀者說了些什麼，而是在於給讀者誘導些什麼：

　　　　文學作品的不朽意義，正是在於它的文本是建立在多重意義
　　　　基礎之上的。換言之，它不是把一種意義強加給不同的讀者，
　　　　而是向不同的讀者和不同的時代顯示了不同的意義。〔註88〕

　　所以，「接受美學」主張，作品的價值不僅取決於作者的創作意識和作品的內容結構，更取決於不同時代讀者的接受意識及其所處的文化思想背景。

　　另外，尚學鋒、過常寶及郭英德也認為文學接受理論把文本作為一個生生不息的對象化產物，接受活動就是讀者對作品主動選擇、具體再創造並發現其意義的過程。所以，文學接受史就是打破過去以作品為中心的固定角度，轉而從讀者接受的角度來重新審視文學史。因此，古典文學接受史應當包括下列的內容：

　　　　一、從歷時性的角度探討歷代文學接受行為的發生、發展、
　　　　　　演變的過程及其在各個不同階段的特點。
　　　　二、研究古典文學接受的不同類型及其演變。
　　　　三、總結古典文學接受理論的形成與發展。
　　　　四、研究古典文學接受主體的構成情況和歷史變化。
　　　　五、考察各個時代對文學接受的制約因素。
　　　　六、深入探討古典文學接受與文學發展的關係。
　　　　七、總結古典文學接受的民族特點。〔註89〕

　　另外，文學史可視為一個審美接受和審美生產的過程，如姚斯指出：

〔註88〕龍協濤：《文學閱讀學》（北京：北京大學出版社，2004 年 11 月），頁
　　　　19。
〔註89〕以上參考尚學鋒、過常寶、郭英德：《中國古典文學接受史》（濟南：
　　　　山東教育出版社，2000 年 9 月），頁 2～7。

> 傳統的文學史是糾纏不清、永無止境不斷增長的文學「事實」
> 的總和。僅僅是將過去收集並歸類，所以絕不是歷史而是偽
> 歷史。任何人把這樣一系列的事實看作文學史，都是混淆了
> 藝術作品的動態生成的特點和一般的歷史事實。〔註90〕

文學作品在歷史上的獨特存在方式，應該是在歷代讀者的閱讀及接受，離開讀者的接受主體性，文學的歷史性就得不到全面正確的闡述。「接受美學」強調讀者在文學史發展中舉足輕重的地位，這在傳統文學研究中卻是被略而不論的。雖然曹植〈洛神賦〉享譽文壇，但其最有價值的所在，就是對後世文學作品及藝術創作的影響。由於接受活動就是讀者對作品主動選擇、具體再創造並發現其意義的過程。所以，研究〈洛神賦〉必須同時兼顧作者、文本及讀者等三個方面，才能開創新的研究方向。因此，借鑒「接受美學」理論，以讀者的接受實踐為依據，從接受者的觀點，探討〈洛神賦〉在歷代接受行為、發展、演變過程及其在各個不同時代的接受情形，總結〈洛神賦〉獨特接受原則、規律和方法，方能為〈洛神賦〉的深層意蘊與真正價值找到知音。

任何時期文學接受本質，總是與主流意識型態步調一致，對文學傳統的接受，總是與當代的審美趣味相融合。文學接受滋養著文學創作，文學創作引導著文學接受，共同推進一個時代文學的文學發展與變遷。因此，藉由探討〈洛神賦〉的傳播與接受，不僅可以了解文學接受的趨向及藝術的審美選擇，更可顯現文學接受與學術文化思潮之間的關係。

（三）互文性理論

「互文性」（intertextuality）是由法國法國學者茱莉亞・克莉斯蒂娃（Julia Kristeva, 1941～）在二十世紀六〇年代提出，其認為「任何一篇文本的寫成都如同一幅語錄彩圖的拼成，任何一篇文本都吸收和轉

〔註90〕〔德〕H. R.姚斯、〔美〕R. C.霍拉勃著，周寧、金元浦譯：《接受美學與接受理論》，頁 26～27。

化了別的文本。」〔註91〕法國學者蒂費納‧薩莫瓦約（Tiphaine
Samoyault）（1968～）則接著補充：

> 文本的性質大同小異，他們在原則上有意識地互相孕育，互
> 相滋養，互相影響；同時又從來不是單純而又簡單的相互複
> 製或全盤接受。借鑒已有的文本是偶然或默許的，是來自一
> 段模糊的記憶，是表達一種敬意，或是屈從一種模式，推翻
> 一個經典或心甘情願地受其啟發。〔註92〕

互文性的矛盾就在於其與讀者建立了一種緊密的依賴關係，不僅激發
讀者更多的知識和想像，而且又遮遮掩掩，從而體現個人的文化、記
憶、個性之間的差別。每個人的記憶與文本所承載的記憶既不可能完
全重合，也不可能完全一致，所以互文現象勢必包含主觀性。因此對文
本的追憶，無論是否定式，還是玩味般重複，只要創作是出於對前者的
超越，文學就會不斷地追憶和憧憬。

程錫麟認為互文性理論與傳統的文學研究的差異為：

一、傳統的文學研究以作品和作者為中心，注重文本／前文本
作者的作用；互文性理論則注重讀者／批評家的作用。

二、傳統的影響研究注重前文本對文本意義的影響；互文性
研究則更關心文本「內容被組成的過程」。

三、傳統的文學研究一般都力圖最終找出文本的正確意義；
互文性理論則拒絕明確那種所謂的固定不變的意義，而
主張語義的流動性。

四、傳統的影響研究注重一個文本對其他文本的具體借用，
而互文性理論的網撒得大得多，它還研究那些「無法追
溯來源的代碼」，無處不在的文化傳統的影響。

〔註91〕 〔法〕蒂費納‧薩莫瓦約（Tiphaine Samoyault）著，邵煒譯：《互文性
研究》（天津：天津人民出版社，2003年1月），頁4。

〔註92〕 〔法〕蒂費納‧薩莫瓦約（Tiphaine Samoyault）著，邵煒譯：《互文性
研究》，頁1。

五、尤其引人注目的是，與傳統的文學研究相比，互文性
　　理論十分注重文學與非文學的其他種種文化因素的關
　　係。〔註93〕

互文性理論不僅僅注重文本形式之間的相互作用和影響，而且更注重文本內容之間的相互作用和影響。其中最重要的觀點就是：文學是通過文學之外的話語（extra-literary diseourse）來進行思考的，互文性研究不僅擴展到文本與其他文學體類間的研究，而且還擴展到文本與其他藝術創作間的研究。

　　根據互文性理論，郁玉英提出「共生說」，其認為共生現象通常有以下兩類情形：

其一，同類文學體裁中的共生現象。這類共生現象一般表現
為創作型讀者以原先存在的某作品為範本，創造新的作品的
同時保留原作的主要特徵。古典詩詞中的唱和即屬於這種共
生現象的典型代表。在此現象中，新作的創作和流傳時，原
作借此也得到傳播，而新作也因為和原作的這種關係在某種
程度上受到一定的關注。

其二，與他類藝術樣式共生的現象。創作型讀者或編撰人員
將原先存在的作品全部或部分地引入到自己新創／編的作
品中，由於這種巧妙恰當的引用或借鑒，往往使原作和新作
相映生輝。〔註94〕

在共生現象中，原作所藉以共生作品的藝術成就越高，影響力越大，數量越多，則原作獲得的影響力越強。這種共生式傳播具有不同於一般傳播方式優勢，因為原作依賴他人的再創作，所以不受特定時代、特定的藝術樣式和傳播媒介局限。而且藉由他人創作或他類藝術樣式，傳播客體能夠突破時空限制，與各種傳播方式結合。有聲的、無聲的，文

〔註93〕程錫麟：〈互文性理論概述〉，《外國文學》1996 年第 1 期，頁 78。
〔註94〕郁玉英：〈論文學傳播中的共生現象及其對文學經典生成的影響——以宋詞為中心〉，《江西社會科學》2012 年第 3 期，頁 87。

字的、影音的、紙本的、電子的，各種媒體都能成為原作的傳播工具，
對文學經典傳播有著重大意義。

　　〈洛神賦〉除影響六朝以來，賦、詩、詞、古典小說及傳統戲曲
等不同文學體類，書法、繪畫及各種表演藝術更是不斷從中吸取養分。
而互文性研究不僅擴展到文本與其他文學體類間的研究，而且還擴展
到文本與其他藝術創作間的研究。是故本論文嘗試取徑接受美學與互
文性研究，打破過去以作品為中心的研究視角，從讀者接受的視角來
重新建構文學接受史。

　　誠如姚斯所言「文本更多像一部管弦樂譜，在其演奏中不斷獲得
讀者新的反響，使文本從詞的物質型態中解放出來，成為一種當代的
存在。」如果〈洛神賦〉是管弦樂譜，那六朝文人就是以書法、繪畫的
創作及辭賦、詩歌的摹擬揭開序幕，讓〈洛神賦〉傳播有先聲奪人的氣
勢。到了唐代，李善注〈感甄記〉接替主旋律，在《文選》的影響下，
唐、宋文人紛紛以詩詞、小說為樂器，詮釋心目中的樂譜，在互文性與
共生效應下，〈洛神賦〉流傳愈廣、影響愈大。小說、戲曲則是各自根
據接受者的記憶、認知、詮釋的創造性和玩味的心理改寫自〈洛神賦〉，
或是採用其中片段，以提出新的文本，尤其是現當代拜新興傳播媒體
之賜，各種表演藝術如電影、電視劇、舞劇、音樂等在相互借鑒、此起
彼落間，交織完美的樂章，形成繽紛多元的成果。評論家在這場〈洛神
賦〉的音樂饗宴中，亦不曾缺席，在為寫作年代與主題思想據理力爭之
際，同時增添〈洛神賦〉的傳播價值與面向。

第四節　研究範圍

　　宓妃相傳是伏羲之女，而宓妃最早出現在先秦屈原〈離騷〉和《楚
辭‧天問》中，故研究範圍從先秦文本開始。接著西漢司馬相如（前
179？～前117？）〈上林賦〉、揚雄（前53～18）〈羽獵賦〉、〈甘泉賦〉
及〈太玄賦〉；東漢張衡（78～139）〈思玄賦〉及〈東京賦〉，蔡邕（133
～192）〈述行賦〉，邊讓（？～193？）〈章華臺賦〉，甚至「古詩十九

首」，在兩漢文人踵事增華下，宓妃形象逐漸豐滿，最後為曹植所接受，發展為〈洛神賦〉。

鍾嶸稱曹植為「建安之傑」〔註95〕，劉勰更多次提到曹植「獨冠群才」〔註96〕、「群才之俊」〔註97〕，就是說曹植為公認的建安作家代表，因此文學作品在六朝受到高度重視。魏晉時期，書法家及畫家根據〈洛神賦〉，創作了《洛神賦》及《洛神賦圖》。另外，張敏〈神女賦〉，謝靈運〈江妃賦〉，沈約〈麗人賦〉及〈傷美人賦〉，江淹〈麗色賦〉及〈水上神女賦〉等六朝辭賦對〈洛神賦〉均有摹擬的痕跡。南朝宮體詩，對女性外貌及體態的描寫似乎也是受到〈洛神賦〉的啟發。

唐代以後，李善引注〈感甄記〉，藉由神話題材與歷史人物的結合，將〈洛神賦〉繾綣纏綿人神戀愛的悲劇，賦予濃郁的抒情意味和絢麗的傳奇色彩，使唐詩及宋詞中不斷出現〈洛神賦〉相關的意象與語詞。唐代以後，受到〈洛神賦〉與〈感甄記〉人神戀愛、才子佳人故事的影響，古典小說與傳統戲曲不斷有不同演繹與創作，使〈洛神賦〉得以在庶民社會廣泛傳播。而歷代評論家對〈洛神賦〉有諸多的批評與獨特的見解，學者引經據典、極古窮今，雖然多集中在寫作年代與主題思想的論證，但這正是研究〈洛神賦〉接受史不可或缺的重要資源。

到了現當代，由於傳播媒體的多元化，小說、戲曲、電影、電視劇、舞劇及音樂等不斷翻新〈洛神賦〉情節，搬演動人的愛情故事，使洛神形象更加廣植人心。但〈洛神賦〉除經由現當代媒體向通俗表演藝術發展外，學者對〈洛神賦〉的研究也涉及各個面向，從接受史、宓妃形象演變、寫作年代、主題思想、對後世文學作品及藝術創作的影響，甚至〈洛神賦〉本身的歷史環境，都有學者從不同角度進行深入的討論。截至目前為止，兩岸對〈洛神賦〉的研究，相關專書、期刊論文及

〔註95〕 「故知陳思為建安之傑。」梁・鍾嶸撰，陳延傑注：《詩品注》，頁2。
〔註96〕 「陳思之表，獨冠群才。」梁・劉勰著，王更生注譯：《文心雕龍讀本》上篇，〈章表第22〉，頁407。
〔註97〕 「陳思之文，群才之俊也。」梁・劉勰著，王更生注譯：《文心雕龍讀本》下篇，〈指瑕第41〉，頁215。

碩博士學位論文已將近千篇，足可證明現當代學者對〈洛神賦〉的重視。

　　由於借鑒〈洛神賦〉內涵的創作至今仍未間斷，相關研究也持續進行。因此，研究〈洛神賦〉相關文本將從先秦開始，於不同時代、不同體類文學作品及藝術創作中廣泛蒐集，一直到本研究結束為止。而現當代新興媒體，如戲曲、電影、電視劇、舞劇、音樂等，除文本外，相關演出也是研究的範圍。中國文學浩瀚無垠，〈洛神賦〉更影響整個文學與藝術創作領域，要如何有效掌握相關作品，如何權衡取捨，將是一大挑戰。

　　故本論文的研究範圍，從神話宓妃及先秦至兩漢以來宓妃形象的發展，〈洛神賦〉的寫作年代與主題思想，〈洛神賦〉對各個朝代文學體類代表，如六朝辭賦與宮體詩、唐詩、宋詞，唐以後小說、元以後戲曲等文學作品；藝術創作與表演，如魏晉書法與繪畫，現當代電影、電視劇、舞劇、音樂等的傳播與接受；甚至是〈洛神賦〉與其他文學作品或藝術創作的互文性等，均是探討的內容。至於六朝以後辭賦、唐以後詩、宋以後詞，乃至域外漢學，亦可能仍有〈洛神賦〉傳播與接受痕跡，然本論文受限於時間、能力，尚無法一一顧及，故僅能暫時從略。

第五節　研究步驟

　　研究步驟分為：準備階段、文獻分析階段、整合研究階段、綜合整理階段。

一、準備階段

　　一方面首先透過兩岸及日本的檢索系統蒐集歷代有關宓妃、洛神文學作品及藝術創作的相關資料。另一方面，回顧〈洛神賦〉相關研究著作及「接受美學」相關理論，並試著以傳播與接受觀點審視〈洛神賦〉的接受史。

二、文獻分析階段

以時代及體類對受〈洛神賦〉影響文學作品及藝術創作進行分類，發現魏晉對〈洛神賦〉的接受主要表現在遊仙詩、書法及繪畫方面；六朝則以辭賦與宮體詩為繼；到了唐宋，〈洛神賦〉相關意象遍及詩詞創作；唐代以降，古典小說與傳統戲曲也加入了〈洛神賦〉接受的範圍，並著重在民間的傳播。到了現當代，〈洛神賦〉的多元發展，除了在學術界嶄露鋒芒外，更遍及小說、戲曲與電影、電視劇、舞劇、音樂等藝術領域。

三、整合研究階段

分析不同時代及體類對〈洛神賦〉接受情形後，發現魏晉書法、繪畫是對〈洛神賦〉「神仙世界」的嚮往而展開創造；六朝辭賦與宮體詩肇因於〈洛神賦〉的抒情性及對曹植文學的評價而進行摹擬；唐宋時由於文人對《文選》及李善注的重視，連帶使〈洛神賦〉的相關意象轉化於詩詞；唐代以後，〈洛神賦〉人神戀愛與〈感甄記〉才子佳人故事情節不斷改編成古典小說與傳統戲曲，以滿足庶民的需求。現當代對〈洛神賦〉的接受，呈現蓬勃的發展，不論是學術領域與表演藝術都有突出的表現。

四、綜合整理階段

以「接受美學」及「互文性」相關理論分析〈洛神賦〉在歷代接受行為、發展及演變過程，可以發現〈洛神賦〉的傳播與接受具有三項重要特質：一、〈洛神賦〉傳播接受行為與時代背景意識步調一致；二、互文性造就〈洛神賦〉與接受作品相互輝映；三、民間文學、作家文學與俗文學交織融貫的「洛神文學接受史」。

研究步驟表

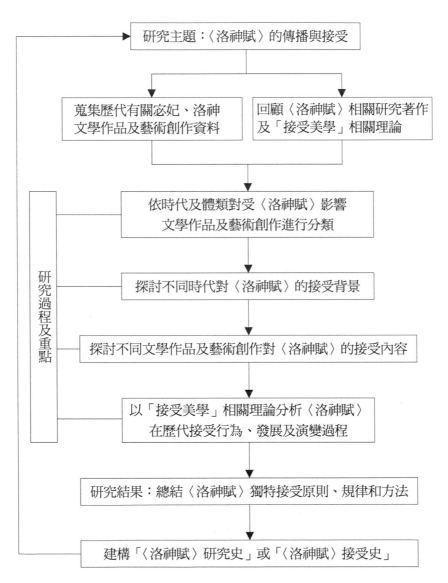

第二章 〈洛神賦〉對宓妃形象的刻畫

　　宓妃相傳是伏羲之女，〈洛神賦〉篇首李善引注《漢書音義》「如淳曰：宓妃，宓羲氏之女，溺死洛水為神。」〔註1〕而宓妃最早出現在屈原〈離騷〉和《楚辭·天問》，其後曹植接受先秦及兩漢以來的宓妃形象，並在〈洛神賦〉有突破性的進展，奠定宓妃絕美及多情的形象，使後世作者據此形象，不斷演繹各種不同文學體類或藝術創作的洛神故事。

第一節　伏羲神話與宓妃原型

一、伏羲神話

　　伏羲，又作「包犧」或「伏戲」，是中國神話始祖神之一，見諸《周易》〔註2〕、《莊子》〔註3〕、《荀子》〔註4〕等先秦典籍，雍際春認為：

〔註1〕梁·蕭統編，唐·李善注，清·胡克家考異：《文選附考異》，卷19，頁275。

〔註2〕「古者包犧氏之王天下也。」魏·王弼、韓康伯注，唐·孔穎達等正義：《周易正義》（上海：上海古籍出版社，1990年12月），卷8繫辭下，頁168。

〔註3〕「逮德下衰，及燧人伏戲始為天下。」錢穆：《莊子纂箋》（臺北：東大圖書股份有限公司，1989年4月），〈繕性〉，頁125～126。

〔註4〕「文武之道同伏戲。」周·荀況著，北大哲學系注釋：《荀子新注》（臺北：里仁書局，1983年11月），〈成相〉，頁495。

伏羲傳說自春秋戰國時代出現於儒家經典和諸子之書之後，
他不僅被納入了我國的古史系統，而且位居首席，是一位集
創世神、始祖神和發明神於一身的中華人文初祖。〔註5〕

宓妃相傳是伏羲之女，雖然此說未見於早期文獻，但〈洛神賦〉
篇首李善引《漢書音義》注「如淳曰：宓妃，宓羲氏之女，溺死洛水為
神。」後世學者即以此認定宓妃為伏羲氏之女。關於「伏羲」與「宓羲」
的關係，北齊顏之推（531～591）曾作以下的考證：

張揖云「處，今伏羲氏也。」孟康《漢書》古文注亦云「處，
今伏。」而皇甫謐云「伏羲或謂之宓羲。」按諸經史緯候，
遂無宓羲之號。處字從虍，宓字從宀，下俱為必，末世傳寫，
遂誤以處為宓，而《帝王世紀》因誤更立名耳。何以驗之？
孔子弟子處子賤為單父宰，即處羲之後，俗字亦為宓，或復
加山。今兗州永昌郡城，舊單父地也，東門有「子賤碑」，漢
世所立，乃曰「濟南伏生，即子賤之後。」是處之與伏，古
來通字，誤以為宓，較可知矣。〔註6〕

關於伏羲與女媧的婚姻關係，最早見於 1942 年湖南長沙子彈庫所
出土的楚帛書。另外，在目前已發現漢代墓室壁畫及畫像石、畫像磚
上，也經常出現伏羲、女媧人首蛇身交尾形象。因此，伏羲、女媧結為
夫妻始創人類的神話傳說，得到普遍的信仰。〔註7〕另外，伏羲又相傳
與女媧兄妹婚，李冗《獨異志》云：

昔宇宙初開之時，有女媧兄妹二人在崑崙山，而天下未有人
民，議以為夫妻，又自羞恥。兄即與其妹上崑崙山，咒曰「天
若遣我二人為夫妻，而煙悉合；若不，使煙散。」於煙即合，

〔註5〕 雍際春：〈論伏羲文化的演變與內涵〉，《甘肅社會科學》2008 年第 6
期，頁 68。

〔註6〕 北齊·顏之推：《顏氏家訓》（北京：中華書局，1954 年），〈書證第 17〉，
頁 34～35。

〔註7〕 以上參考劉惠萍：《伏羲神話傳說與信仰研究》（臺北：文津出版社，
2005 年 3 月），頁 55～57。

其妹即來就兄，乃結草為扇，以障其面。今時取婦執扇，象
其事也。〔註8〕

在母系氏族社會的初期，一切社會制度尚未建立之時，是伏羲觀
察天地自然之理以治理天下。班固（32～92）《白虎通》：

古之時未有三綱六紀，民人但知其母，不知其父，能覆前而
不能覆後，臥之呿呿，起之吁吁，飢即求食，飽即棄餘，茹
毛飲血而衣皮韋。於是伏羲仰觀象於天，俯察法於地，因夫
婦正五行，始定人道，畫八卦以治下。治下伏而化之，故謂
之伏羲也。〔註9〕

另外，《周易繫辭下傳》亦云：

古者包犧氏之王天下也，仰則觀象於天，俯則觀法於地，觀
鳥獸之文，與地之宜，近取諸身，遠取諸物，於是始作八卦，
以通神明之德，以類萬物之情。作結網而網罟，以佃以漁，
蓋取諸離。〔註10〕

由於伏羲不僅教民結網罟，耕獵捕魚，脫離茹毛飲血的生活，還創
制各種文明，從母系社會過渡到婚姻制度，並畫八卦來解釋天地的演化
規律和人文秩序，得到先民的愛戴，故被尊之為「三皇之首」。〔註11〕

二、宓妃原型

由於早期記載宓妃神話的文獻早已散佚，因此學者大多採用「宓
妃，宓羲氏之女，溺死洛水為神。」的說法。但清代學者屈復（1668
～1745）卻提出質疑：

〔註8〕唐・李冗：《獨異志》，收入《百部叢書集成》3（臺北：藝文印書館，
1965 年），頁 19。

〔註9〕漢・班固著：《白虎通》（北京：中華書局，1985 年），卷 1 上，頁
21。

〔註10〕魏・王弼、韓康伯注，唐・孔穎達等正義：《周易正義》，卷 8，繫辭
下，頁 168。

〔註11〕「三皇者，何謂也？謂伏羲、神農、燧人也。」漢・班固著：《白虎通》，
卷 1 上，頁 21。

下女佚女為高辛妃，二姚為少康妃，若以此意例之，則虙妃
當是伏羲之妃，非女也。〔註12〕

近代學者游國恩在肯定屈復之說的同時，又進一步補充說：

後人以為虙羲氏女，然既云虙妃，必必羲氏之妃無疑。若云
女也，則措辭之例，不當以妃稱之。後人自妄耳。〔註13〕

另外，姜亮夫（1902～1995）也持不同主張：

〈離騷〉又云「夕歸次於窮石兮，朝濯髮乎洧盤。保厥美以
驕傲兮，日康娛以淫游。」然則必妃與窮石、洧盤有關。窮
石，據《左傳》后羿自鉏遷於窮石；洧盤，王逸引《禹大
傳》言「洧盤之水，出崦嵫之山。」考〈天問〉「帝降夷羿，
革孽夏民。胡射夫河伯，而妻彼雒嬪？」王逸注「雒嬪，水
神，謂必妃也。」則必妃即雒嬪也。依屈子文義定之，則必
妃不得言伏羲氏之女，乃有窮后羿射河伯，豪奪之於河伯者
也。經儒以為用必字，而附會為伏羲氏女，不可從然此為北
土諸儒所不言，蓋亦楚左史倚相之徒所傳故事歟。〔註14〕

姜亮夫認為，「求必妃之所在」裏的「必妃」不是伏羲氏之女，而是夏
朝昏君「后羿」之妻。必妃活動範圍如「窮石」、「洧盤」與描述后羿相
關事蹟的歷史記載相吻合。

但后羿之妻與伏羲氏之女並不衝突，當不可斷言「必妃」不是伏
羲氏之女。而從最早先秦的《楚辭》及後來的兩漢辭賦，甚至是奠定必
妃形象的〈洛神賦〉，均不見必妃是伏羲之妃的記載，可見以上說法並
未得到學者的普遍認同。

必妃最初形象為河伯之妻，首見於屈原《楚辭・天問》：

帝降夷羿，革孽夏民。胡射夫河伯，而妻彼雒嬪？

〔註12〕 游國恩：《離騷纂義》（北京：中華書局，1980 年 11 月），頁 302。
〔註13〕 游國恩：《離騷纂義》，頁 304。
〔註14〕 姜亮夫：《楚辭通故》（昆明：雲南人民出版社，1999 年），第 2 輯，
頁 164。

王逸注：

> 雒嬪，水神，謂宓妃也。傳曰：河伯化為白龍，遊於水旁，
> 羿見射之，眇其左目。河伯上訴天帝，曰：為我殺羿。天帝
> 曰：爾何故得見射？河伯曰：我時化為白龍出遊。天帝曰：
> 使汝深守神靈，羿何從得犯？汝今為蟲獸，當為人所射，固
> 其宜也。羿何罪歟？深，一作保。羿又夢與雒水神宓妃交接
> 也。〔註15〕

宓妃溺死於洛水，成為洛神，並嫁給黃河水神河伯為妻，但河伯生性風
流用情不專，以致宓妃與后羿發生感情糾葛。在屈原〈天問〉中，曾對
這段糾葛進行簡單描述，屈原對宓妃僅是敘述性的語言，沒有表露出
愛憎之情。後來，在王逸注釋中，則詳細闡述后羿奪走宓妃的前因。原
來河伯被后羿射傷後尋求天帝的幫助，但天帝卻認為這是河伯私自化
身為龍咎由自取，與后羿無關。后羿從此之後，日有所思夜有所夢，經
常在夢中與宓妃交歡。

屈原《楚辭·天問》中，宓妃原始形象只是一位單純被兩個男人
爭奪的女神，故事的主角是河伯和后羿，宓妃只是配角，其容貌、性格
是缺失的，沒有過多的色彩。而這個單一形象，卻成為往後幾千年中，
被演繹成無數個性鮮明、生動矚目的原型。〔註16〕

接著，屈原《楚辭·遠遊》：

> 祝融戒而還衡兮，騰告鸞鳥迎宓妃。

王逸注：

> 馳呼洛神，使侍予也。……屈原得祝融止己，即時還車，將
> 即中土，乃使仁賢若鸞鳳之人，因迎貞女，如洛水之神，使
> 達己於聖君。〔註17〕

〔註15〕 宋·洪興祖：《楚辭補注》（臺北：漢京文化事業有限公司，1983 年 9
　　　　 月），〈天問章句第 3〉，頁 99。
〔註16〕 以上參考吳美卿、劉怡菲：〈論屈原〈離騷〉和曹植〈洛神賦〉中宓妃
　　　　 形象〉，《韓山師院學報》第 31 卷第 1 期（2010 年 2 月），頁 52。
〔註17〕 宋·洪興祖：《楚辭補注》，〈遠遊章句第 5〉，頁 172。

這裏的宓妃則是貞潔之女，是屈原心中理想的女神與伴侶，但仍是蒼白的女神形象。

在《楚辭》中關於宓妃的描述還有：

王褒（前90～前51）〈九懷·昭世〉：

> 聞素女兮微歌，聽王后兮吹竽。

王逸注：

> 伏妃作樂，百虫至也。〔註18〕

宓妃只是單純的女神形象。

劉向（前77～前6）〈九歎·愍命〉：

> 回邪辟而不能入兮，誠願藏而不可遷。逐下袟於後堂兮，迎
> 宓妃於伊雒。

王逸注：

> 宓妃，神女，蓋伊雒之精也。言己願令君推妾御出之，勿令
> 亂政，迎宓妃賢女於伊雒之水，以配於君，則化行也。〔註19〕

劉向理想中的「宓妃」是足以匹配君王美德的賢淑王妃，其身分還是配偶神，且仍無具體形象。

另外，在劉安（前179～前122）《淮南子·俶真訓》中：

> 若夫真人，則動溶於至虛，而游於滅亡之野。騎蜚廉而從敦
> 圄。馳於方外，休乎宇內，燭十日而使風雨，臣雷公，役夸
> 父，妾宓妃，妻織女，天地之間何足以留其志。是故虛無者
> 道之舍，平易者道之素。〔註20〕

宓妃與織女像娥皇、女英一樣同侍「真人」，宓妃仍只是配偶神。

先秦至西漢是宓妃形象的萌芽期，宓妃雖然有自己的名字，身分是伏羲之女溺水而亡，有時是河伯或真人之妻妾，有時又是貞女或賢

〔註18〕 宋·洪興祖：《楚辭補注》，〈九懷章句第15〉，頁273。
〔註19〕 宋·洪興祖：《楚辭補注》，〈九歎章句第16〉，頁302。
〔註20〕 漢·劉安著，漢·高誘注：《淮南子》（臺北：臺灣中華書局，1987年），
　　　　卷2，〈俶真訓〉，頁9。

女的代表，但是宓妃的容貌、性格卻付之闕如。由此可見，宓妃原型為個性蒼白沒有獨立意志的配偶神。

第二節　戰國至兩漢時期宓妃形象的演變

一、驕傲無禮的女神

屈原〈離騷〉中宓妃的形象是美麗性感，卻又驕傲放蕩，對這位女神是帶有否定色彩的。

> 吾令豐隆乘雲兮，求宓妃之所在。解佩纕以結言兮，吾令蹇脩以為理。紛總總其離合兮，忽緯繣其難遷。夕歸次於窮石兮，朝濯髮乎洧盤。保厥美以驕傲兮，日康娛以淫遊。雖信美而無禮兮，來違棄而改求。〔註21〕

在屈原〈離騷〉中，宓妃的形象逐漸發展，宓妃體好清潔，暮即歸窮石之室，朝則沐洧盤之水，是位自恃美貌的女神，在面對屈原的追求時，卻又有優柔寡斷、好聽讒言的個性。屈原賦予宓妃的形象是驕傲、美而無禮，徒具有美女的外表，只貪圖一時安逸享樂，卻沒有淑女品德的女神。

到了揚雄筆下，宓妃的美貌再次被強化。〈太玄賦〉中，宓妃不但有出色外貌，還是位性好音樂，能彈奏樂器的多才女子：

> 聽素女之清聲兮，觀宓妃之妙曲。〔註22〕

此外，揚雄〈甘泉賦〉主旨在於諷諫，而好色敗德是其諷諫的重要內容之一：

> 想西王母欣然而上壽兮，屏玉女而卻宓妃。玉女亡所眺其清矑兮，宓妃曾不得施其蛾眉。方攬道德之精剛兮，侔神明與之為資。

〔註21〕 宋・洪興祖：《楚辭補注》，〈離騷章句第1〉，頁31～32。

〔註22〕 漢・揚雄著，張震澤校注：《揚雄集校注》（上海：上海古籍出版社，1993年），頁142。

李善注：

> 言既臻西極，故想王母而上壽。乃悟好色之敗德，故屏除玉
> 女而及宓妃，亦以此微諫也。〔註23〕

《漢書・揚雄傳》對〈甘泉賦〉寫作動機有清楚揭示：

> 是時趙昭儀方大幸，每上甘泉，常法從，在屬車間豹尾中。
> 故雄聊盛言車騎之眾，參麗之駕，非所以感動天地，逆釐三
> 神。又言「屏玉女，卻宓妃」，以微戒齋肅之事。〔註24〕

漢成帝時寵幸後宮趙昭儀，揚雄以「屏神女，卻宓妃」微諫之，此時的宓妃形象是位狐媚女神。揚雄〈甘泉賦〉把美女與「紅顏禍水」聯繫起來，這裏的宓妃因美色而被賦予負面的意義。其實，自身容貌姣好並不一定會用美色勾引君王，敗壞道德。很明顯，宓妃在此依舊只是一個神女的形象，只不過這個形象被賦予美麗的外表。〔註25〕

揚雄〈羽獵賦〉：

> 乘巨鱗騎京魚，浮彭蠡目有虞。方椎夜光之流離，剖明月之
> 珠胎。鞭洛水之宓妃，餉屈原與彭胥。〔註26〕

揚雄在賦中極度誇飾宓妃邪惡的一面，認為必須鞭撻宓妃以款待屈原、彭咸及伍子胥等人。但劉勰卻對揚雄批評宓妃感到不滿，這或許就是受到〈洛神賦〉的影響，才會有「孌彼洛神」的不平之鳴：

> 子雲〈校獵〉（原作羽獵）鞭宓妃以饟屈原；……孌彼洛神，
> 既非魑魅，惟此水師，亦非魍魎；而虛用濫形，不其疏乎！
> 此欲夸飾其威，而忘其飾其事義睽剌也。〔註27〕

〔註23〕 梁・蕭統編，唐・李善注，清・胡克家考異：《文選附考異》，卷7，頁117。

〔註24〕 漢・班固著，清・王先謙補注：《漢書補注》（上海：上海古籍出版社，2008年12月）第9冊，〈揚雄傳第57上〉，頁5339。

〔註25〕 以上參考陳婧：《洛水文學審美研究》，頁13。

〔註26〕 梁・蕭統編，唐・李善注，清・胡克家考異：《文選附考異》，卷8，頁137。

〔註27〕 梁・劉勰著，王更生注譯：《文心雕龍讀本》下篇，〈夸飾第37〉，頁157。

在屈原〈離騷〉與揚雄的賦中，宓妃雖然都是負面人物，徒有美麗外表，個性或是驕傲、無禮，甚至優柔寡斷。但此時的宓妃，已經脫離原始蒼白的配偶神，而逐漸發展出自我形象。

二、嫵媚豔麗的神女

司馬相如在〈上林賦〉中對宓妃外貌與裝扮都有具體的形塑：

> 若夫青琴宓妃之徒，絕殊離俗，妖冶嫻都。靚妝刻飾，便嬛綽約。柔橈嫚嫚，嫵媚孅弱。曳獨繭之褕袘，眇閻易以卹削。便姍嫳屑，與俗殊服。芬芳漚鬱，酷烈淑郁。皓齒粲爛，宜笑的皪。長眉連娟，微睇綿藐。色授魂與，心愉於側。〔註28〕

賦中的宓妃與另一位神女青琴同時登場，司馬相如形容他們美貌絕俗、豔光照人，有精雕細琢的妝容，綽約的風姿；身材纖細柔弱，穿著曼妙輕柔的長裙，並發出濃烈的香氣；笑容盈盈微露皓齒，細長眉毛隨著明眸流動，令司馬相如魂不守舍，拜倒石榴裙下。

王莉認為：

> 漢賦中，宓妃還用來作為現實中美女的代稱。如司馬相如採用鋪陳的手法，以描寫上林苑中美女的氣質、妝容、服飾、笑容、香氣、神態的豔姿豐貌，如劉勰《文心雕龍·詮賦》所言「相如〈上林〉，繁類以成豔。」繁富的內容、豔麗的語言，讓這些上林苑的美女可謂堪與宓妃、青琴媲美。其實這一神女形象實際上也就是人間美女形象。〔註29〕

宓妃在〈上林賦〉中已逐漸擺脫邈不可及的女神形象，而有了人間美女的外貌與裝扮，對宓妃形象的演變產生重大影響。

東漢張衡在〈思玄賦〉中對宓妃絕世美人形象有更深入的描寫：

> 載太華之玉女兮，召洛浦之宓妃。咸姣麗以蠱媚兮，增嫮眼

〔註28〕 梁·蕭統編，唐·李善注，清·胡克家考異：《文選附考異》，卷8，頁131～132。

〔註29〕 王莉：〈論宓妃形象在中古時期的新變及其成因〉，《貴州社會科學》2013年第2期（總第278期）（2013年2月），頁57。

而蛾眉。舒訬婧之纖腰兮,揚雜錯之袿徽。離朱脣而微笑兮,顏的礫以遺光。獻環琨與琛縭兮,申厥好以玄黃。雖色豔而賂美兮,志浩蕩而不嘉。雙材悲於不納兮,並詠詩而清歌。〔註30〕

在〈思玄賦〉中,宓妃的形象更加姣麗而蠱媚,且看宓妃妖嬈魅惑,娥眉媚眼,纖腰曼妙,衣裾輕揚,朱脣微啟而笑溢,眉目間攝人魂魄,讓張衡難以自持。於是張衡獻上佩玉,申述愛慕之情,然女神情志逸蕩,棄之不顧。此時的宓妃已成為情欲的化身,具有難以抵禦的魅力。張衡惟有以禮自持,彰顯自身的道德素養,方能不為美色所迷惑。

當時文人不約而同以宓妃作為神女的象徵,張衡〈東京賦〉中,亦有宓妃身影:

宓妃攸館,神用挺紀。〔註31〕

另外,邊讓〈章華臺賦〉:

於是招宓妃,命湘娥,齊倡列,鄭女羅。揚《激楚》之清宮兮,展新聲而長歌。〔註32〕

賦中的宓妃,就如同娥皇、女英等水神一般,發出高亢淒清的歌聲,並無獨立的形象。

蔡邕〈述行賦〉:

操方舟而泝湍流兮,浮清波以橫厲。想宓妃之靈光兮,神幽隱以潛翳。〔註33〕

蔡邕久聞宓妃之靈光,途經洛水,操舟泝流想一睹其芳容,宓妃卻幽隱未出,令人無限悵惘,追悔不已。但蔡邕〈述行賦〉中思慕神女的安

〔註30〕 梁・蕭統編,唐・李善注,清・胡克家考異:《文選附考異》,卷15,頁224。

〔註31〕 梁・蕭統編,唐・李善注,清・胡克家考異:《文選附考異》,卷3,頁55。

〔註32〕 清・嚴可均校輯:《全上古三代秦漢三國六朝文》(北京:中華書局,1958年12月)第1冊,〈全後漢文〉,卷84,頁930。

〔註33〕 漢・蔡邕:《蔡中郎集》(臺北:中華書局,1971年),頁5。

排，卻為曹植〈洛神賦〉提供藍本。如吳冠文就認為：

> 蔡邕〈述行賦〉謂「想宓妃之靈光兮，神幽隱以潛翳」，顯然
> 是將宓妃作為一個心中思慕的神女來表現，這便為曹植開啟
> 了先聲。曹植〈妾薄命〉篇謂「想彼宓妃洛河」時，正是蔡
> 邕〈述行賦〉「想宓妃之靈光兮」的進一步發展。而其以洛神
> 宓妃作為主人公的〈洛神賦〉，更是為中國古代宓妃形象演變
> 呈現了最關鍵的一環。〔註34〕

另外，東漢末年的「古詩十九首」也化用宓妃典故，可見宓妃的
絕世美人形象，在當時已經深植人心。

> 凜凜歲云暮，螻蛄夕鳴悲。涼風率已厲，遊子寒無衣。
> 錦衾遺洛浦，同袍與我違。獨宿累長夜，夢想見容輝。
> 良人惟古懽，枉駕惠前綏。願得常巧笑，攜手同車歸。
> 既來不須臾，又不處重闈。亮無晨風翼，焉能凌風飛。
> 眄睞以適意，引領遙相睎。徙倚懷感傷，垂涕沾雙扉。〔註35〕

「錦衾遺洛浦，同袍與我違」，洛浦為洛水之濱，藉以代表宓妃，詩中
描寫思婦擔心情人在外遇到如宓妃一樣的女子而將自己遺忘。此處的
宓妃帶有誘惑性，但淡去女神色彩，成為一個人間的絕世美女。〔註36〕

東漢末年，由於宓妃的形象經過文人不斷增華，已經聲名遠播。
在兩漢時期，文人筆下的宓妃形象逐漸豐滿，且描寫美人的樣貌與裝
飾越趨深刻。在司馬相如〈上林賦〉和張衡〈思玄賦〉，宓妃被形塑成
美豔動人又超凡脫俗的女子，而蔡邕〈述行賦〉對神女的思慕，都為曹
植〈洛神賦〉做了鋪墊和準備。但此時的宓妃雖有容貌，也有些性情，
卻缺乏具體的故事情節，這就有待〈洛神賦〉完成。

〔註34〕 吳冠文：〈論宓妃形象在中國古代文學史上的演變——兼論由此反映
的中國文學發展的趨勢〉，頁36。

〔註35〕 梁・蕭統編，唐・李善注，清・胡克家考異：《文選附考異》，卷29，
頁420。

〔註36〕 以上觀點與例證參考王莉：〈論宓妃形象在中古時期的新變及其成
因〉，頁55～58。

第三節 〈洛神賦〉的宓妃形象

　　曹植接受先秦及兩漢以來宓妃的形象，在〈洛神賦〉有突破性的創造與發展，〈洛神賦〉並序：

> 黃初三年，余朝京師，還濟洛川。古人有言，斯水之神，名曰宓妃。感宋玉對楚王神女之事，遂作斯賦。其辭曰：

> 余從京域，言歸東藩。背伊闕，越轘轅，經通谷，陵景山。日既西傾，車殆馬煩。爾迺稅駕乎蘅皋，秣駟乎芝田，容與乎陽林，流眄乎洛川。於是精移神駭，忽焉思散，俯則未察，仰以殊觀，覩一麗人，於巖之畔。迺援御者而告之曰：爾有覿於彼者乎？彼何人斯？若此之豔也？御者對曰：臣聞河洛之神，名曰宓妃。然則君王所見，無迺是乎？其狀若何？臣願聞之。

> 余告之曰：其形也，翩若驚鴻，婉若遊龍。榮曜秋菊，華茂春松。髣髴兮若輕雲之蔽月，飄颻兮若流風之迴雪。遠而望之，皎若太陽升朝霞；迫而察之，灼若芙蕖出淥波。穠纖得衷，脩短合度。肩若削成，腰如約素。延頸秀項，皓質呈露。芳澤無加，鉛華弗御。雲髻峨峨，脩眉聯娟。丹脣外朗，皓齒內鮮。明眸善睞，靨輔承權。瓌姿豔逸，儀靜體閑。柔情綽態，媚於語言。奇服曠世，骨像應圖。披羅衣之璀粲兮，珥瑤碧之華琚。戴金翠之首飾，綴明珠以耀軀。踐遠遊之文履，曳霧綃之輕裾。微幽蘭之芳藹兮，步踟躕於山隅。

> 於是忽焉縱體，以遨以嬉。左倚采旄，右蔭桂旗。攘皓腕於神滸兮，采湍瀨之玄芝。余情悅其淑美兮，心振蕩而不怡。無良媒以接懽兮，託微波而通辭。願誠素之先達兮，解玉佩以要之。嗟佳人之信脩，羌習禮而明詩。抗瓊珶以和予兮，指潛淵而為期。執眷眷之款實兮，懼斯靈之我欺。感交甫之棄言兮，悵猶豫而狐疑。收和顏而靜志兮，申禮防以自持。於是洛靈感焉，徙倚傍徨，神光離合，乍陰乍陽。竦輕軀以

鶴立，若將飛而未翔。踐椒塗之郁烈，步蘅薄而流芳。超長
吟以永慕兮，聲哀厲而彌長。

爾迺眾靈雜遝，命儔嘯侶，或戲清流，或翔神渚，或采明珠，
或拾翠羽。從南湘之二妃，攜漢濱之游女。歎匏瓜之無匹兮，
詠牽牛之獨處。揚輕袿之猗靡兮，翳脩袖以延佇。體迅飛鳧，
飄忽若神，陵波微步，羅韈生塵。動無常則，若危若安。進
止難期，若往若還。轉眄流精，光潤玉顏。含辭未吐，氣若
幽蘭。華容婀娜，令我忘飡。

於是屏翳收風，川后靜波。馮夷鳴鼓，女媧清歌。騰文魚以
警乘，鳴玉鸞以偕逝。六龍儼其齊首，載雲車之容裔。鯨鯢
踴而夾轂，水禽翔而為衛。

於是越北沚，過南岡，紆素領，迴清陽。動朱脣以徐言，陳
交接之大綱。恨人神之道殊兮，怨盛年之莫當。抗羅袂以掩
涕兮，淚流襟之浪浪。悼良會之永絕兮，哀一逝而異鄉。無
微情以效愛兮，獻江南之明璫。雖潛處於太陰，長寄心於君
王。忽不悟其所舍，悵神宵而蔽光。

於是背下陵高，足往神留，遺情想像，顧望懷愁。冀靈體之
復形，御輕舟而上溯。浮長川而忘反，思綿綿而增慕。夜耿
耿而不寐，霑繁霜而至曙。命僕夫而就駕，吾將歸乎東路。
攬騑轡以抗策，悵盤桓而不能去。〔註37〕

賦中除了對宓妃體貌、裝飾與隨從有鉅細靡遺的刻畫，更對宓妃的性
情與神采有生動的描寫，特別是多愁善感的心靈世界，一往情深的愛
情追求，從此奠定宓妃絕美及多情的形象。洪順隆認為：

伏義之女宓妃，雖然在神話中只聞聲不見影，到了漢人賦中，
也只神龍見首不見尾的，一直到了曹植的手裏，才運用他那

〔註37〕 梁·蕭統編，唐·李善注，清·胡克家考異：《文選附考異》，卷19，
頁 275～277。

生花妙筆，在身分、心性、衣飾、隨從、儀衛、贈物等的烘
托下，用一連串生動奇逸的比喻，對洛神的靜態和動態，分
由寫意和寫實兩方面，進行細緻的刻畫。〔註38〕

一、斯水之神名曰宓妃

〈洛神賦〉一開始就極力以自然界各種景象描寫宓妃的神采：

其形也，翩若驚鴻，婉若遊龍。榮曜秋菊，華茂春松。髣髴
兮若輕雲之蔽月，飄颻兮若流風之迴雪。遠而望之，皎若太
陽升朝霞；迫而察之，灼若芙蕖出淥波。

其中王立洲對「翩若驚鴻」有獨到的看法：

其一當狀神女之嫻靜寓於靈動，隨波澹淡。這一取象的意義
是對神女的形式美的推崇與摹狀。其二乃倏忽湮幻之撲朔。
這是對神女這一意象的虛幻，不可切近的審美距離的體現。
其三祥和之美好。這是對神女意象光明與美好的願望理想的
寄予。其四便是感傷的蘊藏。這又是中國文化的憂患情感意
識的表徵。〔註39〕

除了以驚鴻、遊龍描寫宓妃體態輕盈矯捷外，接著以秋菊、春松對比宓
妃的明豔照人、貌豐體朗；又以輕雲蔽月、流風迴雪形容宓妃飄逸脫
俗、綽約靈動的氣質。然後由遠而近，將宓妃絢爛亮麗、皎潔神聖、光
采照人的形象表達至無以復加的地步。于國華認為：

此一段置於寫實性的身體髮膚美之前，構成了純然精神象徵
的飛鴻、遊龍、秋菊、春松、輕雲蔽月、流風迴雪、日出朝
霞、荷立綠波，以此意象群突出和強調人物的美好，標誌著
由肉體向精神的轉變。〔註40〕

〔註38〕洪順隆：〈論洛神形象的襲用與異化──由〈洛神賦〉到明清戲曲小說
的脈絡〉，《辭賦論叢》，頁183。

〔註39〕王立洲：《神女意象的文化蘊涵》（長春：東北師範大學碩士學位論文，
2006年5月），頁27。

〔註40〕于國華：〈情賦發展視域中的〈洛神賦〉愛情書寫〉，《瓊州學院學報》

關於宓妃的性情,〈洛神賦〉有如此的敘述:

> 佳人之信脩兮,羌習禮而明詩。抗瓊珶以和予兮,指潛淵而
> 為期。

「佳人之信脩」是形容宓妃的德性美好,有別於屈原〈離騷〉原型中的驕傲無禮,更重要的是,突顯宓妃嫻雅的氣質與天真活潑的性格。另外,賦中具體指出宓妃的性情是「習禮而明詩」,宓妃擁有絕世的美貌,更有豐富的文學素養,宓妃的「習禮」,並不是一般世俗禮法,而是源自內心的真誠,在面對曹植追求時,宓妃反應大膽主動,不但舉瓊珶答和,更指潛淵以為期,表現出勇敢追求愛情的純真。

二、華容婀娜令人忘飧

〈洛神賦〉對宓妃體貌服飾鉅細靡遺的描寫,不但超越前人作品,即使後來的創作都無法望其項背:

> 襛纖得衷,脩短合度。肩若削成,腰如約素。延頸秀項,皓
> 質呈露。芳澤無加,鉛華弗御。雲髻峨峨,脩眉聯娟。丹脣
> 外朗,皓齒內鮮。明眸善睞,靨輔承權。瓌姿豔逸,儀靜體
> 閑。柔情綽態,媚於語言。奇服曠世,骨像應圖。披羅衣之
> 璀粲兮,珥瑤碧之華琚。戴金翠之首飾,綴明珠以耀軀。踐
> 遠遊之文履,曳霧綃之輕裾。

曹植以細筆勾勒宓妃之美,從肩、腰、頸開始,逐漸聚焦到眉、唇、齒等局部特徵。接著再放大到整體儀態神情,顯現宓妃的溫柔寬和;最後則是極力以服裝、首飾、鞋襪等鋪寫宓妃的高貴與仙人氣質。吳冠文認為:

> 從遠望到近觀,從服裝到骨象,從頭飾到鞋子,從靜止時媚
> 於語言的柔情綽態,到嬉戲時的身段體型等等,曹植通過細
> 緻描摹,將讀者的眼耳鼻三個最主要的感官都調動起來,生
> 動形象地將一個活色聲香的美麗宓妃呈現在讀者面前。可以

第 23 卷第 3 期(2016 年 6 月),頁 4。

說曹植筆下的宓妃不但前無古人，也可以說後無來者，因為後代文學作品中的洛神宓妃儘管在性情上仍有種種演變，但形貌上卻幾乎不出曹植的表現範圍。〔註41〕

接著，曹植由靜而動，將宓妃飄逸出塵，欲走還留的景象淋漓盡致地顯現：

體迅飛鳧，飄忽若神，陵波微步，羅韤生塵。動無常則，若危若安。進止難期，若往若還。轉眄流精，光潤玉顏。含辭未吐，氣若幽蘭。華容婀娜，令我忘飧。

戴紹敏認為，正是曹植如此生動的語言，才使宓妃成為古典的東方女神：

「陵波微步，羅韤生塵」以舞蹈的語言，使女神生動起來。到此，女神的形象已經從肉體到精神，從靜止而活躍，人神兼備，有血有肉了。作者經過這樣的精雕細刻，用心打磨，使其盡善盡美，才最終完成了一尊活生生的古典東方女神的立體的塑像。〔註42〕

曹植對宓妃形象的塑造，先從整體的「穠纖得衷，脩短合度」，到局部的雲髻、肩腰、丹唇、皓齒，再到整體的「瓌姿豔逸，儀靜體閑」。從體態身姿到五官面貌再到服裝首飾，從靜到動，從外在美貌到內在氣質修養，以高度的形象化和豐富的想像力，創造了一個血肉豐滿的宓妃形象。賦體「鋪采摛文、體物寫志」〔註43〕的特色在曹植的筆下得以充分的體現，而〈洛神賦〉中的宓妃栩栩如生，彷彿就要躍然紙上。

三、長寄心於君王

〈洛神賦〉除了描寫宓妃的神采性情與絕世容貌外，宓妃與曹植

〔註41〕 吳冠文：〈論宓妃形象在中國古代文學史上的演變——兼論由此反映的中國文學發展的趨勢〉，頁37。

〔註42〕 戴紹敏：〈論〈洛神賦〉的古典美及其承傳〉，《大同職業技術學院學報》第18卷第3期（2004年9月），頁42～43。

〔註43〕 梁·劉勰著，王更生注譯：《文心雕龍讀本》上篇，〈詮賦第8〉，頁132。

的戀情，更是最大的突破。

> 余情悅其淑美兮，心振蕩而不怡。無良媒以接懽兮，託微波
> 而通辭。願誠素之先達兮，解玉佩以要之。嗟佳人之信脩兮，
> 羌習禮而明詩。抗瓊珶以和予兮，指潛淵而為期。執眷眷之
> 款實兮，懼斯靈之我欺。感交甫之棄言兮，悵猶豫而狐疑。
> 收和顏而靜志兮，申禮防以自持。

曹植受到宓妃外貌及氣質所吸引，託秋波、解玉佩以傳情，卻又對宓妃的感情有所懷疑而自我克制。但宓妃對曹植的追求，是一往情深的執著，面對曹植的求愛，宓妃以美玉回贈並且「指潛淵而為期」。當曹植心中狐疑時，引起了宓妃內心的巨大波動。

> 於是洛靈感焉，徙倚徬徨，神光離合，乍陰乍陽。竦輕軀以
> 鶴立，若將飛而未翔。踐椒塗之郁烈，步蘅薄而流芳。超長
> 吟以永慕兮，聲哀厲而彌長。

賦中揭示宓妃內心的憂慮，在無可奈何下她聳身鶴立，欲飛還留，只能以長吟表達內心的愛慕，所發出的聲音卻是如此淒厲悲涼。並以「若將飛而未翔」，將宓妃既愛戀又猶豫的複雜心理充分顯現，也將人神之戀推向高峰。

　　但人神終歸殊途不得交接，不忍離去又不得不離去時，宓妃終於抑制不住內心的情感：

> 恨人神之道殊兮，怨盛年之莫當。抗羅袂以掩涕兮，淚流襟
> 之浪浪。悼良會之永絕兮，哀一逝而異鄉。無微情以效愛兮，
> 獻江南之明璫。雖潛處於太陰，長寄心於君王。

　　就如同王林飛所言：

> 曹植刻畫了一位美豔絕倫、超凡脫俗的洛神，並與之深深相
> 戀、依依惜別而心裏念念不忘，對人神道殊感慨不已。這些
> 字句還成為後世文學中的重要意象。〔註44〕

〔註44〕王林飛：〈洛神故事的演變〉，頁30。

由於「人神道殊」，因此只能含恨「良會永絕」，短短幾個字，卻包含無盡的情意與深沉的悲傷，最後還念念不忘「雖潛處於太陰，長寄心於君王」。宓妃的形象不僅是一個曠世絕倫的美神，更被塑造成一往情深的癡情女子。

第四節　小結

宓妃形象在曹植〈洛神賦〉得到了很大的進展，〈洛神賦〉填補宓妃無故事情節的空白，不僅使宓妃神話成為一個完整的體系，更讓宓妃形象真正進入文學領域，成為一個血肉豐滿，有思想、有情感的女性。

關於〈洛神賦〉對宓妃形象接受方面，《楚辭》中屈原〈遠遊〉、王褒〈九懷·昭世〉及劉向〈九歎·愍命〉，揚雄〈羽獵賦〉、〈甘泉賦〉及〈太玄賦〉，張衡〈思玄賦〉及〈東京賦〉，蔡邕〈述行賦〉及邊讓〈章華臺賦〉，甚至「古詩十九首」，對宓妃都僅是空泛式的描述，宓妃的形象是模糊的。屈原〈離騷〉和司馬相如〈上林賦〉雖對宓妃的美貌與儀態有較深入的描繪，但都顯得流於形式化，而非為宓妃量身打造。直到〈洛神賦〉的出現，曹植對宓妃的五官、妝容、首飾、體態與髮型等都有生動的摹寫，宓妃的形象栩栩如生的呈現在讀者眼前。

另外，〈離騷〉中的宓妃是「保厥美以驕傲」自恃其美貌，無禮地拒絕屈原的追求，其拒絕的方式更是堅決無情的，使得屈原只好「違棄而改求」。而〈洛神賦〉中宓妃雖也是「華容婀娜」，擁有絕世的美貌，卻「習禮而明詩」，兼具美貌與美德。面對曹植「解玉佩以要之」的追求，也是「抗瓊珶以和」的熱情回應。在面對曹植的懷疑時，宓妃只好「聲哀厲而彌長」的失望離開，但宓妃對曹植是一往情深，雖然「恨人神之道殊，怨盛年之莫當」，仍「長寄心於君王」。宓妃的原型是高傲冷漠，〈洛神賦〉則將宓妃的形象刻畫成主動熱情且多愁善感，特別是與曹植間微妙的心理互動，超越之前所有文學作品。

曹植雖然接受先秦及兩漢以來文學作品中的宓妃形象，但對宓妃

的原型卻有大幅度改變。〈洛神賦〉除對宓妃外貌與裝飾有鉅細靡遺的
刻畫，更對宓妃的性情與神采有深刻的描寫，特別是多愁善感的心靈
世界，一往情深的愛情追求，徘徊不定的惆悵痛苦，創造了一個血肉豐
滿的人物形象，並留下了人神戀愛，卻人神殊途的憾恨。

第三章 〈洛神賦〉的寫作年代與主題思想

　　隨著〈洛神賦〉的影響力日益擴大，〈洛神賦〉也吸引評論家的注意。從唐代李善以來，歷代評論家引用各種文史資料集中對〈洛神賦〉的寫作年代與主題思想進行考證，不僅提供新的思考方向與學術見解，更增加〈洛神賦〉多元的傳播價值。

第一節　〈洛神賦〉研究的起點：從考證到闡釋

　　《文選》李善注對〈洛神賦〉寫作年代的勘誤，尤其是加入〈感甄記〉作為〈洛神賦〉的主題思想，激起〈洛神賦〉的傳播風潮，吸引後世評論家對〈洛神賦〉寫作年代與主題思想進行考證與闡釋，形成繽紛多元的說法，直到現當代仍餘波盪漾。《文心雕龍‧知音》：

> 夫篇章雜沓，質文交加，知多偏好，人莫圓該。慷慨者逆聲而擊節，醞藉者見密而高蹈，浮慧者觀綺而躍心，愛奇者聞詭而驚聽。會己則嗟諷，異我則沮棄，各執一隅之解，欲擬萬端之變，所謂「東向而望，不見西牆」也。〔註1〕

〔註 1〕梁‧劉勰著，王更生注譯：《文心雕龍讀本》下篇，〈知音第 48〉，頁 352。

　　〈洛神賦〉的歷代評論家，由於時代背景與本身素養的不同，對〈洛神賦〉也產生莫衷一是的見解，正如「東向而望，不見西牆」的「一隅之解」，但這不僅豐富〈洛神賦〉的傳播面向，更創造〈洛神賦〉多元的學術價值。

　　〈洛神賦〉的寫作年代與主題思想，自李善注後，即引起後世評論家的爭論。由於考據確切的寫作年代，對了解當時寫作背景、作者心境與作品的接受具有重大意義，因此李善在序中黃初三年，注云「此云三年，誤。」考諸史籍並參考曹植的其他作品，將〈洛神賦〉寫作年代定為黃初四年，但此舉不僅無法還原〈洛神賦〉真正寫作年代，卻反而引起從清代以來，尤其是現當代學者的論證，他們分別以當時史籍、時空背景，甚至季節時序提出佐證，闡釋所持主張。事實上，任何一種觀點的提出，都對〈洛神賦〉的傳播起了推動作用，正是因為百家爭鳴，所以〈洛神賦〉才能歷久彌新；正是因為各執己見，〈洛神賦〉才具有恆久的魅力。

　　李善認為〈洛神賦〉創作動機，絕非賦序所言「余朝京師，還濟洛川。古人有言，斯水之神，名曰宓妃。感宋玉對楚王神女之事，遂作斯賦」。因此引注〈感甄記〉，認為曹植創作〈洛神賦〉是為了紀念與甄后的一段情緣。但自李善提出「感甄說」後，吸引無數後世學者對〈洛神賦〉的「感甄說」進行辯駁，反對「感甄說」學者，首先從考據〈感甄記〉是否自李善所注，清胡克家（1757～1816）對照《文選》各個版本，發現似乎是南宋尤袤（1127～1194）將六臣注〈感甄記〉，誤以為李善注。然現當代學者則根據當時的文獻提出反駁，認為〈感甄記〉實為李善所注。至於「感甄說」的真偽，除了清代評論家提出「寄心君王說」駁斥其說外，現當代學者更分別提出相關憑據，以力證己說。就如同陳文忠所言：

　　　　文學作品是一種圖式化結構，充滿了無數有待具體化的未定
　　　　點，讀者詩評家則各有自己的審美取向和接受重點；即使在

　　同一個問題上也會見仁見智，發現多樣的闡釋角度。〔註2〕除了評論家的審美取向與接受重點外，〈洛神賦〉在不同時代背景下，亦有不同的詮釋，如唐代重視「情」的表達，因此有浪漫的「感甄說」；宋代以降，偏重「理」的接受，尤其是清代，道德意識滲入〈洛神賦〉的接受活動，以致「寄心君王說」成為當時評論家的重心。而〈洛神賦〉的評論家對於主題思想及寫作年代的爭議，總是在前人論述的基礎上，試著提出正確的解釋，避免後來接受者對〈洛神賦〉的誤解。但如此一來，不僅沒有形成共識，反而造成眾說紛紜，形成〈洛神賦〉豐富多元的闡釋史，並擴大〈洛神賦〉學術研究面向。

　　《文選》李善注〈洛神賦〉所引發的爭論，非但沒有削減〈洛神賦〉的文學價值，反而吸引歷代評論家的關注，讓〈洛神賦〉的研究持續發展蔚為大觀。以下將從〈洛神賦〉的寫作年代與主題思想進行分析，以了解歷代評論家對〈洛神賦〉的接受與闡釋。

第二節　〈洛神賦〉的寫作年代

　　關於〈洛神賦〉的寫作年代，有黃初四年說、黃初三年及太和六年說，以下就其主張進行探討。

一、黃初四年說

〈洛神賦〉序云：

> 黃初三年，余朝京師，還濟洛川。古人有言，斯水之神名曰宓妃。感宋玉對楚王神女之事，遂作斯賦。

然李善注：

> 〈魏志〉曰：黃初三年，立植為鄄城王。四年，徙封雍丘，其年朝京師。又《文紀》曰：黃初三年，行幸許。又曰：四年三月，還雒陽宮。然京域謂雒陽，東蕃即鄄城。〈魏志〉及

〔註2〕陳文忠：《中國古典詩歌接受史研究》，頁11。

諸詩序並云四年朝，此云三年，誤。一云〈魏志〉三年不言
植朝，蓋〈魏志〉略也。〔註3〕

李善根據〈魏志〉，認為黃初四年曹植確有朝京之行，然黃初三年朝京
則除〈洛神賦〉序外，未見史傳或其他文獻記載，因疑賦序「三年」為
「四年」之誤。

何焯雖然也主張〈洛神賦〉應作於黃初四年，但論點卻不同於李
善，其認為：

按〈魏志〉丕以延康元年十一月廿九日禪代，十一月改元黃
初，陳思實以四年朝雒陽，而賦云三年者，不欲亟奪漢年，
猶之發喪悲哭之志也，注家未喻其微旨。〈責躬詩〉表云，前
奉詔書，臣等絕朝，豈緣略也。〔註4〕

曹植朝京、作賦皆在黃初四年，但〈洛神賦〉序云「三年」，是曹植故
意改竄，以表現其「不欲亟奪漢年」的心跡，惜李善未察。

趙幼文引《魏書·文帝紀》為證，認為黃初三年四至八月，曹丕
都在許昌，〈洛神賦〉序謂三年朝京師洛陽，且賦中所敘地點，如伊闕、
通谷及景山皆在洛陽附近，則京都不指許昌：

黃初二年十二月行東巡。三年正月庚午行幸許昌宮。三月甲
午行幸襄邑。四月癸亥，行還許昌宮。八月蜀大將黃權率眾
降。〔註5〕

因此斷言，曹丕在許昌，而曹植至洛陽朝見，於理難通。其又引《魏
書·武文世王公傳》「高祖踐阼，祇慎萬機，申著諸侯不朝之令。」〔註
6〕即曹丕即位後曾嚴令諸侯如無詔令不得私自朝京，因此判斷黃初三

〔註3〕梁·蕭統編，唐·李善注，清·胡克家考異：《文選附考異》，卷19，
　　　　頁275。
〔註4〕清·何焯：《義門讀書記》（北京：中華書局，1987年），卷45，頁884。
〔註5〕晉·陳壽撰，南朝宋·裴松之注：《新校三國志注》（臺北：世界書局，
　　　　1972年9月）上冊，《魏書·文帝紀第2》，頁78～80。
〔註6〕晉·陳壽撰，南朝宋·裴松之注：《新校三國志注》上冊，《魏書·武
　　　　文世王公傳第20》，頁586。

年處境艱危的曹植萬無私離本國、悄然去京之可能。〔註7〕

鄧永康亦依據《魏書·文帝紀》認為曹丕回到洛陽是黃初四年三月至八月辛未前，曹丕黃初三年八月以後的行蹤為：

> 冬十月，孫權復叛，復郢州為荊州，帝自許昌南征。十一月辛丑，行幸宛。四年三月丙申，行自宛還洛陽宮。秋八月辛未，校獵滎陽。〔註8〕

以曹丕三年未留洛陽，故曹植無三年朝京之理。

另外，為證明〈洛神賦〉確實成於黃初四年，除了以任城王彰傳「三年，立為任城王。四年，朝京都，疾薨于邸，謚曰威。」〔註9〕及曹植本傳「三年，立為鄄城王，邑二千五百戶。四年，徙封雍丘王。其年，朝京都。」〔註10〕二者皆言四年朝京師。並就〈洛神賦〉與〈贈白馬王彪〉詩內容，如詩云「奈何念同生，一往形不歸，孤魂翔故城，靈柩寄京都。」「倉卒骨肉情，能不懷苦辛？」「離別永無念，執手將何時？」〔註11〕皆與賦「悼良會之永訣分，哀一逝而異鄉」，「雖潛處於太陰，長寄心於君王」，「遺情想像，顧望懷愁」等相互呼應。且「伊洛廣且深」、「怨彼東路長」與賦之「還濟洛川」及「命僕夫而就駕，吾將歸乎東路」，又直為同義異語，因此斷言「〈洛神賦〉與〈贈白馬王彪〉詩為同時之作，即同時作於黃初四年」。〔註12〕

另外，徐公持亦以時序考證云：

〔註7〕魏·曹植著，趙幼文校注：《曹植集校注》（臺北：明文書局，1985年4月），卷2，頁292～293。

〔註8〕晉·陳壽撰，南朝宋·裴松之注：《新校三國志注》上冊，《魏書·文帝紀第2》，頁82～83。

〔註9〕晉·陳壽撰，南朝宋·裴松之注：《新校三國志注》上冊，《魏書·任城陳蕭王傳第19》，頁556。

〔註10〕晉·陳壽撰，南朝宋·裴松之注：《新校三國志注》上冊，《魏書·任城陳蕭王傳第19》，頁562。

〔註11〕梁·蕭統編，唐·李善注，清·胡克家考異：《文選附考異》，卷24，頁348～349。

〔註12〕鄧永康：《魏曹子建先生植年譜》，頁34～36。

〈贈白馬王彪〉據詩序作於七月，詩中亦有秋日季候描寫，
如「秋風發微涼，寒蟬鳴我側。原野何蕭條，白日忽西匿」
等，而〈洛神賦〉中亦有「夜耿耿而不寐，霑繁霜而至曙」
語，「繁霜」，蓋秋季之徵候也。觀此知二篇皆作於秋日，時
序相合，當一時之作。〔註13〕

〈贈白馬王彪〉與〈洛神賦〉描寫的秋日背景時序相同，證明二者皆為
黃初四年七月朝京東返時所作。

二、黃初三年說

後世學者，也有力主〈洛神賦〉原序黃初三年之說。由於《魏書》
未載黃初三年曹植朝京之事，因此有學者提出黃初三年曹植私自朝京
的說法，如洪順隆就以《魏略》佐證云：

初植未到關，自念有過，宜當謝帝。乃留其從官著關東，單
將兩三人微行，入見清河長公主，欲因主謝。而關吏以聞，
帝使人逆之，不得見。太后以為自殺也，對帝泣。會植科頭
負鈇鑕，徒跣詣闕下，帝及太后乃喜。及見之，帝猶嚴顏色，
不與語，又不使冠履。植伏地泣涕，太后為不樂。詔乃聽復
王服。〔註14〕

認為曹植在黃初二年因「醉酒悖慢，劫脅使者」遭曹丕貶為安鄉侯後，
深感罪孽深重，內不自安，後來當遷鄄城侯詔書到，又加上兄弟都同
時由侯進爵為公，黃初三年三月又由公進爵為王，覺得事情有轉機，
才私自上京，希望透過清河長公主（約222前後在世）向曹丕謝罪，
曹丕卻早一步得到消息，使人「逆之」，而後卞太后（161～230）哭
著為曹植講情，曹植適時「科頭負鈇鑕，徒跣詣闕下」，終於得到「聽
復王服」的回報。那時正是黃初三年四月，曹植回歸鄄城，途經洛川，

〔註13〕 徐公持：《魏晉文學史》，頁99。

〔註14〕 晉·陳壽撰，南朝宋·裴松之注：《新校三國志注》上冊，《魏書·任
城陳蕭王傳第19》，引《魏略》，頁564。

寫下〈洛神賦〉。〔註15〕

　　黃守誠則是從「黃初三年，余朝京師」的「朝」實有隱晦之意推斷：

　　　　蓋是時子建雖為鄄城侯，實係幽居京師。一旦放歸，自多感
　　　　慨，然又不便筆之於文。序云「黃初三年，余朝京師。」意
　　　　當在遠怨也。故賦首言「余從京域，言歸東藩。」「京域」者，
　　　　指幽居京師之近域也。〔註16〕

認為曹植雖立為鄄城侯，但長期幽居京師，一直到黃初三年四月放歸
鄄城後，才抒發感慨作〈洛神賦〉。

　　另外，邢培順認為曹植所謂「余朝京師」不過是隱諱的說法，真
實的情況是，黃初二年，曹植又一次獲罪朝廷，獲罪的緣由是曹植派人
去鄴城私祭曹操，卻被倉輯、王機等人誣告為私祭甄后，曹植被詔至洛
陽「待罪南宮」，等到調查清楚還曹植清白後，曹植便於黃初三年春天
回歸封國，途中經過洛川，有感於甄后的不幸及關於洛水的神話傳說，
於是創作〈洛神賦〉，故而「黃初三年」不誤。至於〈贈白馬王彪〉序，
其真偽也有爭議，特別是關於「白馬王」稱號問題。所以，藉由結合歷
史，還原〈洛神賦〉序中的寫作年代，理解〈洛神賦〉的內容。〔註17〕

　　李文鈺根據《魏書·文帝紀》重新回顧黃初三年曹丕的行跡，發
現：

　　　　當年曹丕雖巡行各地，但並非如李善所言絕無返駕洛陽，因
　　　　此曹植於當年朝京並不能完全排除。又曹植黃初四年雖確有
　　　　朝京之行，但四年朝京與三年朝京並不必然牴觸，而〈魏志〉
　　　　未載亦不能作為黃初三年曹植絕無朝京的證明，此自〈魏志〉
　　　　未載白馬王彪黃初四年朝京，然當年曹彪確有朝京之行可
　　　　見。〔註18〕

〔註15〕洪順隆：〈論〈洛神賦〉〉，《辭賦論叢》，頁107。
〔註16〕黃守誠：《曹子建評傳》，頁205。
〔註17〕邢培順：《曹植文學研究》，頁247。
〔註18〕李文鈺：〈〈洛神賦〉寫作年代與背景重探〉，頁73。

認為在未有確切證據證明曹植三年絕無朝京之行，或序所言「三年」是誤書的情況下，故仍應尊重賦序為宜。

三、太和六年說

許浩然主張太和六年（232）說，以曹植於太和六年朝見明帝，當時作有〈妾薄命〉詩：

> 攜玉手，喜同車，北上雲閣飛除。釣臺蹇產清虛，池塘觀沼可娛，仰汎龍舟綠波，俯擢神草枝柯。想彼宓妃洛河，退詠漢女湘娥。〔註19〕

曹植重到洛陽，追憶早年對洛水美妙的遐想，受到神女傳說的啟發，稱要「退詠」其事，〈洛神賦〉序亦云「黃初三年，余朝京師，還濟洛川。古人有言，斯水之神名曰宓妃。感宋玉對楚王神女之事，遂作斯賦。」「遂作斯賦」是承古人之言並一己之感而發，與序開頭「黃初三年，余朝京師，還濟洛川」無直接相承關係，「還濟洛川」指往昔旅行，「感事作賦」當為另一事，或許曹植當時因憶作文，致使序文語義略顯含混。〈妾薄命〉與〈洛神賦〉詩賦相合，賦可能就是由詩而發，作於其後，與黃初四年時隔九年。〔註20〕

李善是著名文學家和書法家李邕的父親，其「注」非常淵博，據後人考證，其共引用當時二十三類，一千六百八十九種書籍，由於這些書籍目前多已亡佚，李善《文選》注就成為很重要的文獻。因此，李善考諸史籍並參考曹植的其他作品，將〈洛神賦〉寫作年代定為黃初四年，應該是確實可信的。

何焯雖也贊同黃初四年說，主張為曹植「不欲亟奪漢年」，但觀察曹植其他作品卻未有改竄紀年的事實，為何獨以〈洛神賦〉為之，且所謂的黃初四年其實也還是黃初三年。洪順隆以《魏略》佐證，認為黃初三年曹植私自朝京，希望向曹丕當面謝罪，在終於得到「聽復王服」

〔註19〕魏・曹植著，趙幼文校注：《曹植集校注》，卷3，頁480。
〔註20〕許浩然：〈曹植〈洛神賦〉作年新考〉，頁77。

的善意回應後而作〈洛神賦〉。黃守誠及邢培順則主張應尊重原賦序的
黃初三年說，認為史籍雖未記載曹植黃初三年朝京，但曹植黃初二年
獲罪後，隨即幽禁於京師，直到黃初三年放歸封國，途經洛水作〈洛神
賦〉。李文鈺根據《魏書·文帝紀》，以黃初二年曹丕雖巡行各地，但
仍有返駕洛陽的機會，故不應完全排除曹植朝京的可能性。另外，許浩
然主張太和六年說，認為〈妾薄命〉與〈洛神賦〉詩賦相合，賦可能就
是由詩而發，〈妾薄命〉與〈洛神賦〉同時作於太和六年，與黃初四年
相隔九年。

　　黃初四年說經過後世學者多方面考證，幾乎已成定論。如趙又文
及鄧永康依據《魏書·文帝紀》明載曹丕黃初三年巡行各地不在京師洛
陽，而且曹丕曾嚴令諸侯如無詔令不得私自朝京，曹植實無黃初三年
朝京的可能。鄧永康又以〈洛神賦〉所述情境與作於黃初四年自京束返
途中的〈贈白馬王彪〉詩，在面對生離死別的心境相類似，所述自京束
返的路線，如詩云「伊洛廣且深」、「怨彼束路長」與賦之「還濟洛川」、
「命僕夫而就駕，吾將歸乎束路」又路線相同，力證黃初四年之說。徐
公持亦以時序佐證，〈洛神賦〉賦中「夜耿耿而不寐，霑繁霜而至曙」
與〈贈白馬王彪〉詩中「秋風發微涼」，描寫背景時序亦皆為秋季。更
何況古文三、四字皆積畫字相似〔註21〕，或許是傳抄者不察，造成訛
誤。以上種種證據均能證明李善所注，〈洛神賦〉的寫作年代與背景應
是黃初四年朝京束返所作。

第三節　〈洛神賦〉的主題思想

　　關於〈洛神賦〉的主題思想，大致可分為五種說法：一、感甄說，
二、寄心君王說，三、愛情說，四、理想抱負說，五、懷戀故主說。其
中「感甄說」及「寄心君王說」一直受到後代學者關注。

〔註21〕漢·許慎著，清·段玉裁注：《說文解字注》（臺北：黎明文化事業股
　　　　份有限公司，1974年9月），14篇下，頁744。

一、感甄說

「感甄說」見《文選》李善注：

〈記〉曰：魏東阿王，漢末求甄逸女，既不遂，太祖回與五官中郎將。植殊不平，晝思夜想，廢寢與食。黃初中入朝，帝示植甄后玉鏤金帶枕，植見之，不覺泣。時已為郭后讒死。帝意亦尋悟，因令太子留宴飲，仍以枕賚植。植還，度轘轅，少許時，將息洛水上，思甄后。忽見女來，自云「我本託心君王，其心不遂。此枕是我在家時從嫁前與五官中郎將，今與君王。」遂用薦枕席，懽情交集，豈常辭能具。為郭后以糠塞口，今被髮，羞將此形貌重睹君王爾！言訖，遂不復見所在。遣人獻珠於王，王答以玉珮，悲喜不能自勝，遂作〈感甄賦〉。後明帝見之，改為〈洛神賦〉。〔註22〕

但胡克家《文選考異》認為：

此二百七字袁本、茶陵本無。案，二本是也。此因世傳小說有〈感甄記〉，或以載於簡中，而尤延之誤取之耳。何嘗駁此說之妄，今據袁、茶陵本考之，蓋實非善注。又案，後注中「此言微感甄后之情」，當亦有誤字也。〔註23〕

由於〈感甄記〉最早見於尤袤於宋淳熙八年（1181）刊刻的《文選》李善注，故胡克家認為〈感甄記〉先是載入六臣注中，後尤袤誤取為李善注，所以〈感甄記〉作為李善注自尤袤刊刻開始。但宋姚寬（1105～1162）《西溪叢語》引有〈感甄記〉，明謂出自李善注〔註24〕，姚寬卒於紹興三十二年（1162），早於尤刻《文選》的淳熙八年，證明〈感甄記〉作為李善注並非始於尤刻。

其次，〈洛神賦〉中「怨盛年之莫當」，李善注「此言微感甄后之

〔註22〕 梁・蕭統編，唐・李善注，清・胡克家考異：《文選附考異》，卷19，頁275。
〔註23〕 梁・蕭統編，唐・李善注，清・胡克家考異：《文選附考異》，考異卷4，頁69。
〔註24〕 宋・姚寬：《西溪叢語》（北京：中華書局，1985年），卷上，頁4。

情」。〔註25〕據余才林考證：

> 「此言微感甄后之情」注語見於現存《文選》各本，其中包
> 括北宋天聖七年刻李善注《文選》殘卷、南宋初年明州刻六
> 臣注。《西溪叢語》卷上也引錄此一注語，並標明出白李善
> 注。〔註26〕

因此，此注語不太可能出自他人編造假託，李善注完成在高宗顯慶三
年（658），初唐時期即有感甄之說。

另外，據楊永研究指出：

> 唐人普遍持的是「感甄說」，這幾乎是眾口一詞，並非只有
> 李善一家。元稹的〈代曲江老人百韻〉詩曰「班女恩移趙，
> 思王賦感甄」，直接點出曹植〈洛神賦〉的創作動機。李商
> 隱也持此觀點，他的〈無題〉四首之二曰「賈氏窺簾韓掾少，
> 宓妃留枕魏王才。春心莫共花爭發，一寸相思一寸灰」；另，
> 〈可歎〉詩「宓妃愁坐芝田館，用盡陳王八斗才」，不僅認
> 為此賦是「感甄之作」，同時還認為曹、甄二人之間存在有
> 風月情事。〔註27〕

自唐代以後，「感甄說」即為後世文人普遍繼承，宋代王銍（？～
1144）也以為：

> 裴鉶《傳奇》曰「陳思王〈洛神賦〉乃思甄后作也。」然無
> 可疑。……又按〈洛神賦〉序云「黃初三年，予朝京師，還
> 濟洛川。古人有言，斯水之神名曰宓妃。感宋玉對楚王神女
> 之事，遂作斯賦。」而〈魏志〉曰「黃初二年，甄夫人卒。」
> 乃甄后死後一年作賦也。故此賦託之鬼神，有曰「洛靈感焉」，
> 又曰「悼良會之永絕，哀一逝而異鄉。」又曰「忽不悟其所

〔註25〕 梁·蕭統編，唐·李善注，清·胡克家考異：《文選附考異》，卷19，
頁277。

〔註26〕 余才林：〈《感甄記》探源〉，《文學遺產》2009年第1期，頁119。

〔註27〕 楊永：《唐人論建安文學——建安文學學術史考察》，頁48。

> 舍，悵神宵而蔽光。」又曰「冀靈體之復形，御輕舟而上遡。」
> 皆鬼神死生之語也。〔註28〕

從晚唐裴鉶《洛神傳》及〈洛神賦〉賦中文句結合史實，力證〈洛神賦〉
實為曹植感念甄后而作。唐、宋以後舉凡詩、詞、小說及戲曲，無不以
「感甄說」為母題，創作出許多膾炙人口的文學作品。

近代學者，亦引述各種證據，以支持「感甄說」，如郭沫若從情理
面向推測：

> 曹植對這位比自己大十歲的嫂子曾經發生過愛慕的情緒，大
> 約是無可否認的事實吧。不然，何會無中生有地傳出這樣的
> 「佳話」？甄后何以又遭讒而死，而丕與植兄弟之間竟始終
> 是那麼隔閡？魏晉時代的新人物對於男女關係並不如前人
> 或後人所看的那麼嚴重……。那麼，子建思慕甄后，以甄后
> 為他〈洛神賦〉的模特兒，我看應該也是情理中的事。〔註29〕

另外，陳祖美認為，「感甄」只是曹植為感念甄后、抒發情志而作。
文學創作離不開作者的生活積累，甄后「惠而有色」，在曹家小心侍奉
公婆，被稱為「賢明」和「以禮自持」。曹植對這樣一位雖年長十歲，
但賢慧美貌的嫂嫂產生一種愛慕之感並不奇怪，甄后「慕陳思王之才
調」也同樣合乎情理，這樣彼此愛慕的情愫遂鬱積於心。甄后是被郭后
假手曹丕害死的，曹植失敗也與郭后向曹操「時時有所獻納」〔註30〕
有關。〈洛神賦〉中的女神宓妃，有可能是生活中甄后的藝術再現，洛
神的風姿也可能保留著作者對甄后「姿貌絕倫」的深刻記憶。故陳祖美
謂：

> 洛神的形象可以，而且可能是以甄后為模特兒的；作者對於

〔註28〕 宋・王銍撰，朱杰人點校：《默記》（北京：中華書局，1981 年 9 月），
卷下，頁 52～53。

〔註29〕 郭沫若：《歷史人物》，頁 123。

〔註30〕 「太祖為魏公時，得入東宮。后有智數，時時有所獻納。文帝定為嗣，
后有謀焉。」晉・陳壽撰，南朝宋・裴松之注：《新校三國志注》上冊，
《魏書・后妃傳第 5・文德郭皇后》，頁 164。

人物原型的某種隱情，也可能滲透到作品的形象之中。但宓
妃不是甄后，她是甄后和許多似曾相似的美人儀容的綜合與
昇華。〔註31〕

木齋以史實及史料為依據，以黃初二年甄后之死不合情理為線索，
探索曹植與甄后的隱情，《魏書·后妃傳》：

黃初元年十月，帝踐阼。踐阼之後，山陽公奉二女以嬪于魏，
郭后、李、陰貴人並愛幸，后愈失意，有怨言。帝大怒，二
年六月，遣使賜死，葬于鄴。〔註32〕

同年，曹植也因罪受到懲處，《魏書·曹植傳》：

黃初二年，監國謁者灌均希指，奏「植醉酒悖慢，劫脅使
者」。有司請治罪，帝以太后故，貶爵安鄉侯。其年改封鄄
城侯。〔註33〕

認為「植醉酒悖慢，劫脅使者」只是表面文章，真正的原因是灌
均發現了曹植與甄后的隱情，兩人才因此獲罪，甄后賜死，曹植雖獲寬
宥卻一再請罪，甚至「科頭負鈇鑕，徒跣詣闕下」。正因為曹植所犯之
罪事涉曹氏政權的顏面，故連最寵愛他的卞太后也不能原諒，以致曹
植的後半生，始終處於壓抑和恐懼之中。〔註34〕

接著從曹植作品中探究曹植與甄后的關係，並與「古詩十九首」
予以內在的連接，指出：

「古詩十九首」中〈庭中有奇樹〉、〈青青河畔草〉應為曹植
寫給甄后，而〈冉冉孤竹生〉應為甄后寫給曹植，催促曹植
早些返回鄴城，來和她見面……。鄄城就在泰山腳下，〈青青

〔註31〕 陳祖美：〈「恨人神之道殊，怨盛年之莫當」——〈洛神賦〉的主題和
藝術特色〉，頁34。
〔註32〕 晉·陳壽撰，南朝宋·裴松之注：《新校三國志注》上冊，《魏書·后
妃傳第5·文昭甄皇后》，頁160。
〔註33〕 晉·陳壽撰，南朝宋·裴松之注：《新校三國志注》上冊，《魏書·任
城陳蕭王傳第19》，頁561。
〔註34〕 木齋：《古詩十九首與建安詩歌研究》，頁177～187。

河畔草〉之「河」，就是距離鄴城十八里的黃河。同此，〈涉
江采芙蓉〉的「江」是長江……。將「古詩十九首」的地名、
水名、專門用語，與此這一事件一一對比，如〈庭中有奇樹〉
採用「貢」字以給甄后等等，無不吻合。〔註35〕

以「古詩十九首」的主要作品為曹植所作，內容多緣於曹植與甄后之
「隱情」，為「感甄說」提供更多的佐證。

　　于國華主張李善之嚴謹與博覽群書，其所選必然為當時盛傳或載
之典籍，來支持「感甄說」之可信。並分別以史籍對甄后死因記載的矛
盾與暗示；甄后死後被髮覆面，以糠塞口的殯葬失儀；黃初二年，曹植
與甄后先後都受到不合理的懲罰；《三國志・方技傳》記載曹丕問卦於
周宣，同時涉及甄后與曹植〔註36〕，證明甄后的死因應該與曹植的愛
戀有關，認為：

　　甄后身分特殊，曾經在曹叡朝上升為太后身分被祭祀，魏
　　晉又是禪代的關係，即使為真，陳壽修史怎麼可能直書其
　　事。〔註37〕

雖然曹植與甄后的戀情缺乏文獻記載，但其從不同的角度力證曹植創
作〈洛神賦〉的目的，就是為了感念甄后。

二、寄心君王說

　　由於〈洛神賦〉李善注「感甄說」最早見於初唐，但在此之前長

〔註35〕木齋：〈《古詩十九首與建安詩歌研究》反思〉，《社會科學研究》2010
年第2期，頁60。
〔註36〕「帝復問曰『我昨夜夢青氣自地屬天。』宣對曰『天下當有貴女子冤
死。』是時，帝已遣使賜甄后璽書，聞宣言而悔之，遣人追使者不及。
帝復問曰『吾夢摩錢文，欲令滅而更愈明，此何謂邪？』宣悵然不對。
帝重問之，宣對曰『此自陛下家事，雖意欲爾而太后不聽，是以文欲
滅而明耳。』時帝欲治弟植之罪，偪於太后，但加貶爵。」晉・陳壽
撰，南朝宋・裴松之注：《新校三國志注》下冊，《魏書・方技傳第29》，
頁810～811。
〔註37〕于國華：《曹植詩賦緣情研究》，頁103。

達三百多年的六朝文學作品，不論是詩文、辭賦、筆記小說，卻未曾出現宓妃與甄后的關聯。南朝宋裴松之（372～451）注《三國志》，自言「其壽所不載，事宜存錄者，則罔不畢取以補其闕。或同說一事而辭有乖雜，或出事本異，疑不能判，並皆抄內以備異聞。」〔註38〕而《世說新語》以記載名人軼事著稱，曹植又是南朝宋劉義慶（403～444）關注的人物，如果〈感甄記〉當時已經存在，應該不會有所遺漏。因此，「感甄說」的真實性也就不斷受到後世學者的質疑。如宋代劉克莊（1187～1269）：

> 〈洛神賦〉，子建寓言也。好事者乃造甄后事以實之。使果有
> 之，當見誅於黃初之朝矣。〔註39〕

認為曹植與甄后如果真的有曖昧情事的話，曹丕是不可能放過曹植的。

明代黃鳳翔（1538～1614）〈洛神賦序辨〉：

> 若賦曰洛神而意在感甄，則宋玉賦高唐神女所感又何人耶？
> 甚矣，好事者之誣罔，而後世之詑傳也。〔註40〕

從曹丕即位後對曹植處置分析，認為曹植才藻翩翩，坌湧泉溢，觸事寄興聊紓鬱懷，且謂屈原居亂世事闇君，不敢自附，因此曹植〈洛神賦〉乃竊比宋玉〈神女賦〉，其用意婉慮患深，絕非為感甄而作。

明代張溥（1602～1641）在《陳思王集》題辭云：

> 黃初二令，省怨悔過，詩文拂鬱，音成于心，當此時而猶泣
> 金枕，賦感甄，必非人情。〔註41〕

清代張雲璈（1747～1829）亦云：

〔註38〕晉・陳壽撰，南朝宋・裴松之注：《新校三國志注》下冊，〈上三國志注表〉，頁1471。

〔註39〕宋・劉克莊：《後村先生大全集》（成都：四川大學出版社，2008年）第18冊，卷173，頁4425。

〔註40〕明・黃鳳翔：《田亭草》，卷20，據天津圖書館藏明萬曆四十年刻本影印，收入《續修四庫全書》（上海：上海古籍出版社，2002年）集部第1356冊，頁384。

〔註41〕明・張溥：《漢魏六朝百三家集題辭注》（北京：中華書局，2007年5月），頁92。

賦中子建自序，本只說是洛神，何由見其為甄后？既託辭洛
神，決不明言感甄，其附會之謬，可不辨自明。總是當日媒
孽期短者，眾欲以誣入其罪耳。〔註42〕

兩人也從當時曹植嚴峻的處境分析，認為〈洛神賦〉絕無「感甄」之可
能。

另外，關於「魏東阿王，漢末求甄逸女，既不遂，太祖回與五官
中郎將。」《魏略》云：

熙出在幽州，后留侍姑。及鄴城破，紹妻及后共坐皇堂上。
文帝入紹舍，見紹妻及后，后怖，以頭伏姑膝上，紹妻兩手
自搏。文帝謂曰「劉夫人云何如此？令新婦舉頭！」姑乃捧
后令仰，文帝就視，見其顏色非凡，稱歎之。太祖聞其意，
遂為迎娶。〔註43〕

《後漢書·孔融傳》亦云：

初，曹操攻屠鄴城，袁氏婦子多見侵略，而操子丕私納袁熙
妻甄氏。〔註44〕

建安九年（204），曹丕隨曹操（155～220）出征，攻破鄴城，在袁府初
見甄后，驚為天人，曹操因此將甄后嫁給曹丕，其中並未有曹植求甄后
不遂等記載。何況當時曹植年紀尚幼，只有十三歲，不見得隨曹操出
征，甄后生於光和五年（182）長生於中平四年（187）的曹丕五歲，長
生於初平三年（192）的曹植十歲，這時的曹植年紀既小又尚未與甄后
見面，應不會對曹操將甄后嫁兄長曹丕而不平。曹操將甄后嫁給曹丕
後，孔融還諷刺曹操，且因此埋下殺身之禍：

融乃與操書，稱「武王伐紂，以妲己賜周公」。操不悟，後問

〔註42〕清·張雲璈：《選學膠言》（臺北：廣文書局，1966年4月）第2冊，
卷9，頁26。
〔註43〕晉·陳壽撰，南朝宋·裴松之注：《新校三國志注》上冊，《魏書·后
妃傳第5·文昭甄皇后》，引《魏略》，頁160。
〔註44〕南朝宋·范曄撰，唐·李賢等注：《新校後漢書注》（臺北：世界書局，
1972年9月）第4冊，〈列傳第60〉，頁2271。

出何經典。對曰「以今度之，想當然耳。」〔註45〕

因此，由當時之人說明當時之事，應比後世來的可靠。

至於「帝示植甄后玉鏤金帶枕，植見之，不覺泣。時已為郭后讒死。帝意亦尋悟，因令太子留宴飲，仍以枕賚植。」更有悖情理。何焯認為：

> 示枕賚枕，里老之所不為，況帝又方猜忌諸弟，留宴從容，
> 正不可得，感甄名賦，其為不恭，夫豈特酗酒悖慢劫脅使者
> 之可比耶。注又曰，此枕是我在家時從嫁，前與五官中郎將，
> 今與君王。按，數語俚俗不復有文義。〔註46〕

如果曹植與甄后真有不可告人之事，身為丈夫的曹丕與兒子的曹叡如何能忍辱至此，還以甄后玉鏤金帶枕賚植。況且〈感甄記〉部分文句俚俗，流於空泛，義理不通。

何焯又補充說：

> 〈魏志〉，后三歲失父，後袁紹納為中子熙妻，曹操平冀州，
> 丕納之於鄴，安有子建求為妻之事。小說家不過因賦中「願
> 誠素之先達」二句而附會之耳。〔註47〕

認為當時甄后才剛因郭后讒言被賜死，此時的曹植深受曹丕的猜忌和迫害，隨時都有性命之憂，在這種情況下是絕對不敢公開「感甄」，認為此說是小說家筆下的杜撰。

為了駁斥「感甄說」，清代學者紛紛主張「寄心君王說」。「寄心君王說」大致是從「隨潛處於太陰，長記心於君王」句引申而來。

何焯認為：

> 〈離騷〉「我令豐隆乘雲兮，求虙妃之所在。」植既不得於
> 君，因濟洛川作為此賦，托辭虙妃以寄心文帝，其亦屈子
> 之志也。〔註48〕

〔註45〕 南朝宋・范曄撰，唐・李賢等注：《新校後漢書注》第4冊，〈列傳第60〉，頁2271。
〔註46〕 清・何焯：《義門讀書記》，卷45，頁883～884。
〔註47〕 清・何焯：《義門讀書記》，卷45，頁883。
〔註48〕 清・何焯：《義門讀書記》，卷45，頁883。

將「雖潛處於太陰」，解釋為「太陰猶言窮陰，自言所處之幽遠也。君王謂宓妃，以喻文帝也，不必以上文君臣為疑。」然後又將「冀靈體之復形，御輕舟而上溯」，曲解為「冀得復朝京師而見文帝也」。〔註 49〕將曹植視為「寄心懷王」的屈原，始終寄心於文帝曹丕。

主張「寄心君王說」學者，集中在清代，如朱乾（約 1730 前後在世）謂：

> 〈洛神〉一賦，乃悲其君臣之道否，哀骨肉之分離，托為人神永訣之詞，潛處太陰，寄心君王，貞女之死靡他，忠臣有死無貳志。〔註 50〕

潘德輿（1785～1839）也指出：

> 即〈洛神〉一賦，亦純是愛君戀闕之詞。其賦以「朝京師，還濟洛川」入手，以「潛處於太陰，寄心於君王」收場，情詞亦至易見矣。〔註 51〕

丁晏（1794～1875）亦云：

> 擬宋玉神女為賦，寄心君王，托之宓妃。〈洛神〉猶屈、宋之志也。〔註 52〕

劉熙載（1813～1881）亦持同樣主張：

> 曹子建〈洛神賦〉出於〈湘君〉、〈湘夫人〉，而屈子深遠矣。〔註 53〕

以上學者均認為〈洛神賦〉所描述的愛情是傳統比興的表現手法，曹植透過人神戀愛的隱喻，傳達為臣者對皇帝曹丕的忠心，並期

〔註 49〕清‧何焯：《義門讀書記》，卷 45，頁 886。
〔註 50〕清‧朱乾：《樂府正義》，卷 14，收入河北師範學院中文系古典文學教研組編：《三曹資料彙編》（北京：中華書局，2004 年 1 月），頁 203。
〔註 51〕清‧潘德輿：《養一齋詩話》，卷 12，收入河北師範學院中文系古典文學教研組編：《三曹資料彙編》，頁 218。
〔註 52〕清‧丁晏：《曹集詮評》（臺北：臺灣商務印書館，1968 年），上冊，卷 2，頁 11。
〔註 53〕清‧劉熙載：《藝概》（上海：上海古籍出版社，1978 年 12 月），卷 3〈賦概〉，頁 90。

待曹丕能重用他的才華。

　　但吳云認為：

　　　　「君王」是宓妃對曹植（「余」）的稱呼，而「余」是曹植自
　　　　稱，原意是指限於人神道殊，宓妃與曹植不得交接。宓妃在
　　　　臨別時，除贈以明璫，還說「長記心於君王」的話，表達她
　　　　對曹植的繾綣之情。這裏的「君王」是宓妃對曹植的稱呼，
　　　　與現實中的君王曹丕是兩回事。〔註54〕

可見以「宓妃」喻曹植，以「君王」指曹丕，把「寄心君王」理解為所
謂「屈子之志」，是表明曹植對曹丕的「忠愛之苦心」，是有悖於文意的
曲解。

　　沈達才也認為：

　　　　如果曹植實在有思君戀主的意思，儘可直言無隱，以表暴其
　　　　忠悃忠誠，間接也可以保身遠禍，豈不更好。因他所處的地
　　　　位，極其危險，正要此表明心跡的文章，何必用宓妃神女，
　　　　以資寄託。〔註55〕

因此，無論是從〈洛神賦〉內容，或是當時時空背景，都無法支持曹植
是「屈子之志」，表明對曹丕「忠愛之苦心」的「寄心君王說」。由於「感
甄說」及「寄心君王說」不斷受到質疑，後世學者對於〈洛神賦〉的主
題思想也就有不同的詮釋。

三、其他說法

（一）愛情說

　　張文勛認為，曹植在渡洛水之際，有感於洛神的美麗傳說，連繫
上現實生活中男女愛情的種種不幸，因此托與宓妃的神交故事：

　　　　集中表現了「恨人神之道殊」這一悲劇性的主題，通過這一

〔註54〕吳云：《魏晉南北朝文學研究》（北京：北京出版社，2001年12月），
　　　　頁125。
〔註55〕沈達材：《曹植與洛神賦傳說》，頁68。

主題，曲折地反映了愛情問題的背後的社會現實，反映出人
們對愛情和幸福地追求，這才是〈洛神賦〉思想意義所在，
也正是作品的價值的所在。〔註56〕

吳從祥則提出「精神之愛」：

作者想借自己與洛神之間真誠永久的精神之愛來排洩自己
心中的苦悶，慰撫自己受傷的心靈，希望在這片虛幻的愛的
世界裏得到絲絲的慰藉和滿足。〔註57〕

認為曹植與洛神交往並不是想追求男女之間片刻的歡愉，而是想尋找
一份真誠互相理解的愛情，這種愛近乎一種超越現實的精神之愛。

王書才認為〈洛神賦〉是曹植懷念亡妻崔氏而作，宓妃就是前妻
崔氏的化身。關於崔氏：

植，琰之兄女婿也。太祖貴其公亮，喟然歎息，遷中尉。

裴松之引《世語》注曰：

植妻衣繡，太祖登臺見之，以違制命，還家賜死。〔註58〕

曹操僅以崔氏衣繡違制令就將曹植結髮妻子賜死，〈洛神賦〉正是曹植
對崔氏的悼亡之作。其所根據為：

曹植性格多於情苦於情而聯繫到其前妻崔氏在作此賦數年
前被迫自殺，此一人生悲劇不可能在其文學作品中不加反
映。而且〈洛神賦〉描寫宓妃形象非常具體，表達陰陽相隔
的深情也甚淒屬，再考察自唐代以來人們多認為此賦所寫為
具體真實人物。〔註59〕

並從〈洛神賦〉賦文中逐步引證曹植為悼念崔氏所作，如「雖潛處於太
陰，長寄心於君王」，太陰為另一個世界，但這一女子卻永遠愛著曹植，
而曹植則「冀靈體之復形」，「遺情想像，顧望懷愁」，對於永別難逢的

〔註56〕張文勛：〈苦悶的象徵──〈洛神賦〉新議〉，頁224。
〔註57〕吳從祥：〈生命的焦慮，苦悶的宣洩──〈洛神賦〉主旨新論〉，頁50。
〔註58〕晉‧陳壽撰，南朝宋‧裴松之注：《新校三國志注》上冊，《魏書‧崔
毛徐何邢鮑司馬傳第12》，頁369。
〔註59〕王書才：〈曹植〈洛神賦〉主旨臆解〉，頁37。

妻子，投以深情和懷念。

（二）理想抱負說

　　由於黃初年間，曹植在政治上面對一連串的打擊，精神備感煎熬，於是承襲屈原求女傳統，以洛神寄寓美好理想，張亞新認為：

> 〈洛神賦〉賦中塑造了姿容美好、心靈皎潔、品質崇高、情意深重的洛神形象，用以象徵自己的美好理想，寄託自己對美好理想的傾心仰慕和熱愛；又虛構了向洛神求愛的故事，象徵自己對美好理想孜孜不倦、夢寐不輟的熱烈追求；最後通過戀愛失敗的描寫，盡情渲染了理想不能實現的悵恨和痛苦。〔註60〕

洛神是作者抽象理想抱負的形象化身，〈洛神賦〉是表現作者對於美好理想的熱愛追求，以及追求失敗、理想破滅後悲憤淒苦心情的作品。鄭文惠也提出：

> 〈洛神賦〉中的宓妃神女，以一個極完美無瑕的形象作為一種精神寄託，無疑是曹植現實困塞、人生挫敗後生命之境翻上一層的精神內轉或生命超升的象徵，是曹植內在聖殿化、美化的一種鏡像投射，一個現實中無法棄離的永恆夢想。〔註61〕

美麗而純潔的宓妃已然是曹植在面對宇宙蒼穹間，面對傾軋無處迴避下，依然執守的美好理想象徵。

（三）懷戀故主說

　　關於「懷戀故主說」，張瑗認為：

> 〈洛神賦〉以洛神和「君王」的兩情相悅，來比擬曹植和劉協這兩位才子的愛慕，也很恰當。雙方都在被監視中，無法接近，也正如「人神之道殊」難以結合。〔註62〕

〔註60〕張亞新：〈略論洛神形象的象徵意義〉，頁101。
〔註61〕鄭文惠：〈絕章的情賦：人神戀曲223——洛神形象暨曹植〈洛神賦〉及其接受史〉，頁140。
〔註62〕張瑗：〈再談〈洛神賦〉的主旨〉，頁90。

以建安十八年，曹操將兩個女兒嫁給獻帝劉協，曹植為之作〈敘愁賦〉，並鼓勵二位妹妹「觀圖象之遺形，竊庶幾乎英皇」〔註63〕，要她們如同堯之二女娥皇、女英一般事奉獻帝。漢魏易代以後，還為該賦作序，稱已廢為「山陽公」的劉協為「故漢皇帝」，自然是舊情未泯。而當建安二十五年曹操去世，曹植在〈武帝誄〉強調「茫茫四海，我王康之。微微漢嗣，我王匡之」，特別讚美曹操「虔奉本朝，德美周文」〔註64〕，足見其是站在漢朝的立場。因此，當黃初四年，曹植在兄死弟散，前途茫茫之際，由於憎恨篡臣曹丕，引起故國之思，表明「長寄心於獻帝」。

正因〈洛神賦〉挾其獨特的魅力與價值，吸引歷代學者從考證到闡釋，形成以上各種說法，但任何對文學作品的解讀都不應脫離文本，進行穿鑿附會，〈洛神賦〉當然也不能例外，呂則麗就認為：

> 對〈洛神賦〉主題的闡釋不能脫離文本，一味地尋繹古史，推導出拍案驚奇的結論，固然對作品的歷史背景的介紹有所幫助，也滿足了某些讀者的獵奇心態，但是卻褪去了作品原有的明麗色彩，墮入奇文異事的敘說，在一定程度上辜負了子建為讀者創造的美麗意境。〔註65〕

清代學者何焯、朱乾、潘德輿、丁晏及劉熙載以「宓妃」喻曹植，以「君王」指曹丕，把「寄心君王」理解為所謂「屈子之志」，主張「寄心君王說」。其說僅依儒家傳統觀念來度量魏晉時期人物的思想行為，是以意逆志的隨意曲解，若文學作品都脫離文本而冠上忠君愛國思想，文學將淪為道德勸說的禁臠。李善引注的〈感甄記〉哀豔動人，以之解釋〈洛神賦〉似乎可平添不少情趣，但建安九年曹丕在袁府初見甄后，驚為天人，曹操因此將甄后嫁給曹丕，當時曹植年紀既小又尚未與甄后見面，其中並未有曹植求甄后不遂及不平等情事，更何況曹叡將母

〔註63〕 魏・曹植著，趙幼文校注：《曹植集校注》，卷1，頁61。
〔註64〕 魏・曹植著，趙幼文校注：《曹植集校注》，卷1，頁199。
〔註65〕 呂則麗：《曹植辭賦與散文研究》，頁36。

親貼身的玉鏤金帶枕送給叔叔曹植，更屬荒謬。近代學者如郭沫若與
陳祖美雖未言及曹植求甄后不遂，卻從曹植逐漸年長，在家庭中接觸
惠而有色的甄后後，對賢慧美貌的嫂嫂產生情愫，甄后同樣慕陳思王
之才調彼此愛慕，認為〈洛神賦〉的確是曹植為感念甄后而作。其實只
要否定了曹植在曹丕先求甄后可能性，也就否定了「感甄說」賴以存在
的基礎，無論是「感甄」、「賦甄」都只是附會之說。

　　木齋以「古詩十九首」的主要作品為曹植所作，內容多緣於曹植
與甄后之「隱情」，為「感甄說」提供多方面的佐證，的確是有突破性
的貢獻，但六朝的文學史研究材料，因年代久遠真偽難辨，若是過度闡
釋，勢必會背離作者與作品的本意。于國華試圖從甄后死因記載的矛
盾，甄后死後殯葬失儀，黃初二年曹植與甄后先後都受到不合理的懲
罰，及曹丕問卦於周宣同時涉及甄后與曹植等不同角度，佐證「感甄
說」，可惜仍缺乏直接證據。至於張文勛及吳從祥的愛情說，王書才認
為賦中的女子是曹植妻子崔氏，可是事實上〈洛神賦〉中，一往情深的
是宓妃，曹植卻是「懼斯靈之我欺」的猶豫而狐疑，何況曹植對於崔氏
的懷念，實在沒有必要如此迂曲的以宓妃相比擬，且黃初四年離崔氏
之死已相隔多年。張亞新及鄭文惠以宓妃為曹植抽象理想的象徵，但
〈洛神賦〉篇幅最多的是對宓妃外貌與裝飾的刻畫，其次是對宓妃性
情與神采的描寫，因此無法支持〈洛神賦〉是曹植為寄寓美好理想而
作。最後，張瑗的懷戀故主說，曹植的妹妹們嫁漢獻帝為妃，自然是祝
福她們如娥皇、女英事奉舜帝一樣，留下千古佳話。為賦作序，稱劉協
為「故漢皇帝」恐係易代之後，後人整理文集所為。更何況曹操當時身
為漢臣，理當掃平四海，匡服漢室，若要一味以憎恨篡臣曹丕，懷戀漢
朝故主來證明〈洛神賦〉寫作動機，這種說法並無有力的佐證。

　　雖學者眾說紛紜，但若回到根本上看，〈洛神賦〉的創作動機或主
題思想，曹植在序中已經明白揭示：

　　　　黃初三年，余朝京師，還濟洛川。古人有言，斯水之神，名
　　　　曰宓妃。感宋玉對楚王神女之事，遂作斯賦。

黃初年間，曹植由洛陽返回封地，途經洛水，聯想到宓妃，將前代作家筆下的宓妃形象巧妙融合，且借鑒宋玉〈神女賦〉的內容與文句，創作出外貌裝飾神采都臻於完美的宓妃，並賦予多愁善感與一往情深的性情，成就廣為後世之人接受的〈洛神賦〉。

第四節　小結

關於對〈洛神賦〉寫作年代的研究，王玫認為：

> 檢索史籍，前人對賦作的寫作時間似乎並不十分在意，劉勰《文心雕龍・詮賦》無隻言片語及之，傅玄、李充等人也只論及〈七啟〉。這是否反應了前人對〈洛神賦〉的接受更重其審美和情感的價值，而今人的闡釋則說明後代學術意識的強化，乃古今學術之變遷的一種表現。〔註66〕

事實上，近代以前對於〈洛神賦〉寫作年代的爭議，並不十分重視，除唐代李善考證曹植朝京的相關歷史，提出黃初四年說外，直到清代，才有何焯以曹植「不欲亟奪漢年」，對寫作時間提出質疑。但是到了現當代，〈洛神賦〉原序的黃初三年說與支持李善注黃初四年說針鋒相對，學者莫不窮究當時史籍，遍尋相關文學作品的寫作時間背景，甚至分析季節時序，以各執己見，形成各家說法，卻也因此擴大〈洛神賦〉的學術研究範圍。

詮釋文學作品，總離不開時代的因素，當然對〈洛神賦〉的闡釋也不能例外，唐代是歷史上禮防比較寬鬆，個性相對解放的時代，因此重視「情」的表達，產生李善注的〈感甄記〉，唐代詩人延續「感甄說」，為曹植與甄后的戀情鋪衍出許多動人詩篇。宋代以降，偏重「理」的接受，尤其是清代，道德意識滲入〈洛神賦〉的接受內容，為了駁斥「感甄說」，以賦中「隨潛處於太陰，長記心於君王」句引申，而有「寄心君王說」，認為曹植創作〈洛神賦〉是為了表達對曹丕的忠愛之苦心，

〔註66〕王玫：《建安文學接受史論》，頁297～298。

成為當時評論家的普遍主張。到了現當代，由於思想開放，各式各樣對
〈洛神賦〉主題思想的詮釋紛紛出籠，無論是對「感甄說」提出合理的
解釋，或是各自闡述自己的主張，不僅呈現多元繽紛的成果，也同時反
映出中國社會思想文化的發展變遷。

　　闡釋史研究不同於一般文學研究，要求的是客觀研究成果，闡釋
史重視的是「各執一隅之解」，是評論家對作品詮釋角度與見解，惟有
接受者眾，才足以吸引評論家的關注。由於曹植在六朝的地位，其文學
作品吸引後世文人的注意，尤其是《文選》收入〈洛神賦〉，李善並為
之作注，無論是篇首的「感甄說」，或是寫作年代黃初三年及四年的考
證，莫不引發後世評論家各有所本的闡釋，增加了〈洛神賦〉的傳播價
值。「感甄說」不過是小說家者之言，但其對〈洛神賦〉的傳播卻居功
厥偉，甚至讓後世〈洛神賦〉接受者「只知甄后，不識宓妃」，頗有喧
賓奪主之勢。這也正是〈洛神賦〉的獨特魅力，才足以引起接受者的青
睞。

第四章　魏晉文人書畫對〈洛神賦〉的創造

　　魏晉時期不僅天災不斷，人禍更是頻仍，死亡如影隨形，現實中人心惶惶，不可終日。為了擺脫恐懼，魏晉文人轉而追求長生的願望與對神仙世界的嚮往。〈洛神賦〉對神仙世界的描寫，正好吸引魏晉文人的目光，他們分別以詩、書及畫表現其對〈洛神賦〉靈仙形象的接受，形成具有時代特色的作品。東晉藝術家，尤其是王羲之、王獻之父子，司馬紹與顧愷之等對〈洛神賦〉的藝術轉換，使〈洛神賦〉與書法、繪畫融為一體，成為中國藝術史上的經典，其藝術創作，更進一步促進〈洛神賦〉的傳播。但遺憾的是，書與畫真跡均早已不傳，後人只能藉由王獻之所書《洛神賦》刻本及顧愷之《洛神賦圖》摹本一窺堂奧。

第一節　魏晉文人對「神仙世界」的嚮往

一、魏晉詩文中所反映的時代悲劇與死亡陰影

　　魏晉瀰漫著亂世時代氛圍，文人目睹戰爭流離，發為詩文，情思尤為悽感動人，如魏王粲（177～217）〈七哀詩〉對當時民生的衰敗景象有深刻的描述，但更多的是對命運的無可奈何：

　　　　親戚對我悲，朋友相追攀。出門無所見，白骨蔽平原。

路有飢婦人，抱子棄草間。顧聞號泣聲，揮涕獨不還。〔註1〕
從漢末的群雄攻伐，三國的紛爭，西晉統一不久的「八王之亂」，西晉
的滅亡與晉室的東遷，接下來北方十六國的混戰，南方東晉王敦、桓玄
等人的作亂，在這二百多年裏，戰亂與分裂成為這個時期的特徵。

自二世紀二〇年代以來，中原一帶流行一種兇猛的疾疫，由於天
災人禍，生產荒廢，疾勢變得更加猖獗。人民除顛沛鋒鏑之間，流離海
內外，還要面對可怕疾病侵襲，以致「家家有強屍之痛，室室有號泣之
哀，或闔門而殪，或舉族而喪者。」〔註2〕大死喪大流徙的結果，中原
戶口，十不存一。東漢桓帝永壽三年（157）時，全國有一千六十七萬
餘戶，五千六百四十八萬餘口；至西晉太康元年（280），得戶二百四十
五萬九千餘戶，人口一千六百十六萬餘口，經過一百多年，人口反而減
少，只剩下三分之一。〔註3〕

再加上因政治立場相異而慘遭迫害，如魏孔融（153～208）、楊脩
（175～219）、禰衡（173～198）、丁儀（？～220）、丁廙（？～220）、
何晏，晉嵇康、陸機（261～303）、陸雲（262～303）、張華（232～300）、
潘岳（247～300）、郭璞（276～324）等皆才華卓越之輩，但在亂世中
浮沉，鮮能得享天年。文人動輒得咎，稍一不慎即全族遭誅，正如《晉
書》所載「魏晉之際，天下多故，名士少有全者。」〔註4〕

對於政治紛爭而導致的殺戮，何晏似乎早有預感，其在〈言志〉
詩云：

〔註1〕梁·蕭統編，唐·李善注，清·胡克家考異：《文選附考異》，卷23，
頁336。
〔註2〕漢獻帝建安22年（217）大疫。注引魏文帝書與吳質曰「昔年疾疫，
親故多離其災。」魏陳思王常說疫氣云「家家有強屍之痛，室室有號
泣之哀，或闔門而殪，或舉族而喪者。」南朝宋·范曄撰，唐·李賢
等注：《新校後漢書注》第5冊，〈志第17〉，頁3351。
〔註3〕王仲犖：《魏晉南北朝史》（上海：上海人民出版社，1979年12月）
上冊，頁24～25。
〔註4〕唐·房玄齡：《晉書》（北京：中華書局，1974年11月）第5冊，〈列傳
第18〉，頁1360。

鴻鵠比翼遊，群飛戲太清。常恐天網羅，憂禍一旦并。

豈若集五湖，順流唼浮萍。逍遙放志意，何為怵惕驚。〔註5〕

正始十年（249），司馬懿發動高平陵之變，誅滅曹爽（？～249），何晏因佐曹爽秉政，同被誅殺，何晏終究還是逃不過「天網」。

死亡的焦慮就像如蛆附骨般，不斷出現在魏晉文人文學作品中。陸機詩文中經常出現以「死」為主題的作品，如〈歎逝賦〉序云：

昔每聞長老，追計平生同時親故，或彫落已盡，或僅有存者。

余年方四十，而懿親戚屬，亡多存寡；昵交密友，亦不半在。

或所曾共遊一途，同宴一室，十年之外，索然已盡，以是哀

思，哀可知矣。〔註6〕

如同魏晉時代的縮影，「懿親戚屬，亡多存寡；昵交密友，亦不半在」，生命如此脆弱，死亡如此接近。

陸機另有〈挽歌〉三首，寫送葬者「呼子子不聞，泣子子不知」〔註7〕的哀傷，甚至對「死亡」有一種想像力：

側聽陰溝涌，臥觀天井懸。廣宵何寥廓，大暮安可晨。

人往有返歲，我行無歸年。昔居四民宅，今託萬鬼鄰。

昔為七尺軀，今成灰與塵。〔註8〕

墳中人對「死」的悲切與對「生」的眷戀，盡在陸機奇特的想像中。李建中認為：

陸機終其一生「俯仰獨悲傷」，死亡，不僅僅屬於死者，亦

屬於未死者。陸機的死亡之詩與死亡之思，將魏晉人格中一

以貫之的死亡意識，彌散為那個時代的普遍性焦慮。〔註9〕

〔註5〕逯欽立輯校：《先秦漢魏晉南北朝詩》（北京：中華書局，1983年9月）
　　　上冊，〈魏詩卷8〉，頁468。

〔註6〕晉‧陸機：《陸士衡集》（北京：中華書局，1985年），卷3，頁14。

〔註7〕晉‧陸機：《陸士衡集》，卷7，頁39。

〔註8〕晉‧陸機：《陸士衡集》，卷7，頁40。

〔註9〕李建中：〈試論西晉詩人的人格悲劇〉，《社會科學戰線》1998年第2
　　　期，頁100。

　　另外，潘岳親人的相繼亡故，讓其死亡陰影始終籠罩不去，其所著哀辭數量之多，不僅是在西晉文學，而且在整個六朝中，也是首屈一指，其中以〈悼亡詩〉三首之三尤為感人：

　　　　徘徊墟墓間，欲去復不忍。徘徊不忍去，徙倚步踟躕。

　　　　落葉委埏側，枯荄帶墳隅。孤魂獨煢煢，安知靈與無。〔註10〕

在這短短詩句中，「徘徊」與「不忍」竟重複出現二次，從潘岳對亡妻的深情，也可看出其對生命的無可奈何。〈悼亡詩〉作於元康九年（299），而翌年潘岳便有殺身之禍，即使是「儡俛恭朝命」、「投心遵朝命」〔註11〕，亦不免遭夷滅三族。

　　魏晉文人既要面對戰亂，又要適應改朝換代，疫病的橫行，政治的無情，無不牽動文人的思緒。人生的短促，生命的脆弱，命運的難卜，禍福的無常，以及個人的無能為力，正是這個時代的悲劇性基調。魏晉文人為寄託遙深的心情，擺脫死亡陰影，轉而追求長生的願望與對神仙世界的嚮往，這樣的共同心聲也就成為這個時期文學主題的特色，並發展出具有時代特色題材的作品。

二、魏晉文人對「神仙世界」的書寫

　　魏晉文人在現實社會中，飽受死亡的威脅，因而產生人人自危的恐怖氛圍，在這種氛圍下，也引發文人對自我意識的思索。王立認為：

　　　　在人類對肉體生命與精神理想永恆追求的過程中，形成了對
　　　　現實世界、現有文化的否定意識，由此派生出變革現實超越
　　　　塵世的心理，設想一個非現實性的神仙世界，遂產生遊仙動
　　　　機。〔註12〕

〔註10〕　梁・蕭統編，唐・李善注，清・胡克家考異：《文選附考異》，卷23，頁338。

〔註11〕　潘岳〈悼亡詩〉三首之一及之三，梁・蕭統編，唐・李善注，清・胡克家考異：《文選附考異》，卷23，頁337～338。

〔註12〕　王立：《中國古代文學十大主題——原型與流變》（臺北：文史哲出版社，1994年7月），頁207。

所以魏晉文人在生命沒有保障，生活也處處面臨困境時，開始逃避現實，尋找一個心靈寄託的新領域，他們追求成仙、遨遊仙境，進而超脫世俗煩惱。

魏晉文人所謂的「仙境」，不僅隔絕於人間世之外，更強調其有別於塵世中汲汲營營的生命型態。雖然表面上是嚮往神仙世界，其實是作為追求生命美感的精神活動，昇華生命境界，達到超脫世俗生活，徜徉於自足自得的境地。如曹植〈遊仙〉詩：

> 人生不滿百，戚戚少歡娛。意欲奮六翮，排霧陵紫虛。
>
> 蟬蛻同松喬，翻跡登鼎湖。翱翔九天上，騁轡遠行遊。
>
> 東觀扶桑曜，西臨弱水流。北極登玄渚，南翔陟丹邱。〔註13〕

曹植藉由〈遊仙〉詩打寫對現實命運的悲哀和對自由人生的嚮往，以尋找精神上的歸宿。從〈贈白馬王彪〉「苦辛何慮思，天命信可疑。虛無求列仙，松子久吾欺。」〔註14〕可以得知曹植並不相信神仙之說，其「遊仙」主題的詩作只是寄託生命的一種超現實形式而已。但曹植想像瑰奇、筆墨絢麗的遊仙詩，具有超越時空的想像力，提供豐富多彩的意象，對後世嵇康、郭璞等遊仙詩人有極大的影響。

對於神仙世界的嚮往，嵇康〈兄秀才公穆入軍贈詩十九首〉：

> 人生壽促，天地長久，百年之期，孰云其壽。
>
> 思欲登仙，以濟不朽，攬轡踟躕，仰顧我友。〔註15〕

嵇康認為人生是短暫的，惟有神仙，才能夠超越生命的藩籬，打破時空的局限，永垂不朽。

遊仙詩人中最具代表性人物就是郭璞，《晉書·郭璞傳》載：

> 好古文奇字，妙於陰陽算曆。有郭公者，客居河東，精於卜
>
> 筮，璞從之受業。公以《青囊中書》九卷與之，由是遂洞五

〔註13〕魏·曹植著，趙幼文校注：《曹植集校注》，卷2，頁265。

〔註14〕梁·蕭統編，唐·李善注，清·胡克家考異：《文選附考異》，卷24，頁349。

〔註15〕晉·嵇康撰，戴明陽校注：《嵇康集校注》（北京：人民文學出版社，1962年7月），卷1，頁9。

行、天文、卜筮之術，攘災轉禍，通致無方，雖京房、管輅不能過也。〔註16〕

郭璞除了長於陰陽卜筮，每多靈驗，其行事頗近方士，更精於神仙之學，並曾為《穆天子傳》、《山海經》及《楚辭》作注。郭璞就是以其陰陽神仙之學為背景創作遊仙詩，抒發對現實生存環境的不滿，如〈答賈九州愁詩〉其一：

> 廣莫戒寒，玄英啟謝。感彼時變，悲此物化。
> 獨步閑朝，哀歎靜夜。德非顏原，屢空蓬舍。
> 輕服御冬，藍褐當夏。正未墨突，逝將命駕。
> 幸賴吾賢，少以慰藉。〔註17〕

生存的種種艱辛，使得郭璞只能以「遊仙」解脫世間的悲情。郭璞以〈遊仙詩〉企圖尋找心靈安頓所在，但不論其尋仙之路是否渺茫，透過由入世到超世的價值轉換，至少已達到消釋悲情的目的，〈遊仙詩七首〉其二：

> 青谿千餘仞，中有一道士。雲生梁棟間，風出窗戶裏。
> 借問此何誰，云是鬼谷子。翹跡企潁陽，臨河思洗耳。
> 閶闔西南來，潛波渙鱗起。**靈妃顧我笑，粲然啟玉齒。**
> 蹇修時不存，要之將誰使。〔註18〕

詩中的「靈妃」，李善注曰「靈妃，宓妃也。」此詩對宓妃充滿愛慕之心，但在現實生活中卻找不到蹇修這樣的媒人。郭璞藉由求愛無緣來表達現實中求仙不成，尋道無路的苦惱。值得注意的是，「宓妃」似乎成為魏晉文人心目中「神仙世界」的代表人物。無獨有偶，陸機〈前緩聲歌〉也嚮往宓妃所居的「神仙世界」：

> 遊僊聚靈族，高會層城阿。長風萬里舉，慶雲鬱嵯峨。

〔註16〕唐・房玄齡：《晉書》第6冊，〈列傳第42〉，頁1899。
〔註17〕逯欽立輯校：《先秦漢魏晉南北朝詩》中冊，〈晉詩卷11〉，頁862。
〔註18〕梁・蕭統編，唐・李善注，清・胡克家考異：《文選附考異》，卷21，頁313。

宓妃興洛浦，王韓起泰華。北徵瑤臺女，南要湘川娥。

蕭蕭宵駕動，翩翩翠蓋羅。羽旗栖瓊鸞，玉衡吐鳴和。

太容揮高絃，洪崖發清歌。獻酬既已周，輕舉垂紫霞。

摠轡扶桑枝，濯足湯谷波。清輝溢天門，垂慶惠皇家。〔註19〕

細數先後成仙人物，並對神仙世界有出色的描述，仰慕之情溢於言表。

　　正因為現實世界難以成為善與美的人間樂土，是故魏晉文人轉而藉由文藝創作，尋覓心中虛構的「神仙世界」，寄託心境。俞灝敏認為：

> 遊仙作品，不難發現作者對題材的處理大致採用一個共同的
> 模式，以仙境的描繪和漫遊的想像為波瀾，為情造景，這樣
> 宜於鋪采敷色，用綺辭麗句創造一個瑰奇幻美而令人神往的
> 境界。〔註20〕

　　魏晉文人就是透過追求虛幻「神仙世界」，以期擺脫時代悲劇與死亡陰影。所不同的是，詩人以詩，王羲之、王獻之父子以書，司馬紹、顧愷之以畫，其中曹植〈洛神賦〉可謂是文人目光的焦點，始終扮演著關鍵角色。因此，魏晉時期書畫家對〈洛神賦〉的接受，其實似乎也代表了當時文人嚮往仙界的文化心理現象，故從此處加以考察，對〈洛神賦〉系列書畫的意義，當可有更一步的理解。

第二節　王獻之《洛神賦》對〈洛神賦〉的創造

一、王獻之《洛神賦》的創作背景

　　在王羲之之前，魏晉文人對〈洛神賦〉的接受都較為片面，直到王羲之抄寫〈洛神賦〉，對〈洛神賦〉的接受才更為完整，至此可謂確立了一座頗具意義的里程碑。王羲之書寫〈洛神賦〉的記載最早見於梁

〔註19〕晉・陸機：《陸士衡集》，卷6，頁34～35。

〔註20〕俞灝敏：〈論魏晉六朝遊仙文學的崛起〉，《南都學壇》第20卷第1期（2000年1月），頁41。

陶弘景（456～536）〈與梁武帝啟〉，如其中言：

> 逸少有名之跡，不過數首，《黃庭》、《勸進》、《像贊》、
> 《洛神》，此等不審猶得存不？第二十三卷，今見有十二條
> 在別紙。案此卷是右軍書，惟有八條，前《樂毅論》書，乃
> 極勁利，而非甚用意，故頗有壞字。《太師藏》、《大雅吟》
> 用意甚至，而更成小拘束，乃是書扇頭屏風好體。〔註21〕

唐褚遂良（596～658）《右軍書目》將《樂毅論》列為第一〔註22〕，但
《黃庭》、《勸進》、《像贊》、《洛神》等書似乎猶在《樂毅論》之上，《洛
神》在王羲之書法作品中的地位自是不言可喻。遺憾的是，王羲之所書
《洛神賦》於南朝齊已零落不存。陶弘景另在〈上武帝啟中〉言：

> 臣昔於馮澄處，見逸少正書目錄一卷，澄云：右軍《勸進》、
> 《洛神》賦諸書十餘首，皆作今體，惟《急就章》二篇，古
> 法緊細。近脫憶此語，當時零落，已不復存。〔註23〕

　　王氏世事張氏五斗米道〔註24〕，王羲之嘗與道士許邁「共修服食，
採藥石不遠千里，遍遊東中諸郡，窮諸名山，泛滄海。」〔註25〕王獻
之亦與劉道士有所往來〔註26〕，可見王氏家族皆十分憧憬道教所寄寓
的「神仙世界」。而曹植〈洛神賦〉所建構的神仙世界，其中「宓妃」
與諸位騰雲駕霧的神女，營造出奇幻瑰麗的仙界印象，豔麗脫俗的宓
妃和夢幻仙境，為王羲之與王獻之所嚮往。

　　王獻之對〈洛神賦〉的接受，除了嚮往〈洛神賦〉的神仙世界外，

〔註21〕　清・嚴可均輯，馮瑞生審訂：《全梁文》（北京：商務印書館，1999 年
　　　　10 月）下冊，卷 46，頁 489。

〔註22〕　唐・張彥遠輯，洪丕謨點校：《法書要錄》（上海：上海書畫出版社，
　　　　1986 年 8 月），卷 3，頁 70。

〔註23〕　清・嚴可均輯，馮瑞生審訂：《全梁文》下冊，卷 46，頁 488。

〔註24〕　唐・房玄齡：《晉書》第 7 冊，〈列傳第 50〉，頁 2103。

〔註25〕　唐・房玄齡：《晉書》第 7 冊，〈列傳第 50〉，頁 2101。

〔註26〕　「劉道士鵝群並復歸也，獻之等當須向彼謝之，獻之等再拜。」《鵝群
　　　　帖》收入晉・王獻之書，戴山青編：《王獻之書法全集》（北京：北京
　　　　廣播學院出版社，1992 年 6 月），頁 6。

或許與其對結髮妻子郗道茂（343～？）深深眷戀有關，郗道茂為郗曇（320～361）之女，郗道茂與王獻之為姑表之親，郗道茂是王獻之表姊，兩人結褵十餘年，感情甚篤，《姊性帖》「姊性纏綿，觸事殊當不可，獻之方當長愁耳。」〔註27〕而當郗道茂不豫，《地黃湯帖》「新婦服地黃湯來似減，眠食尚未佳，憂懸不去心。」〔註28〕又《外甥帖》「會外甥知問，郗新婦更篤，憂慮深。」〔註29〕可見其對體弱妻子的關懷之情。

不幸的是，晉簡文帝司馬昱（320～372）想拉攏王氏，將新寡的新安公主司馬道福（約350前後在世）下嫁，王獻之因此被迫與郗道茂離婚，迎娶新安公主。據江斅（452～495）〈辭婚表〉云「子敬炙足以違詔。」〔註30〕可見王獻之是多麼抗拒這場政治婚姻。《思戀帖》「思戀，無往不至。省告，對之悲塞！未知何日復得奉見，何以喻此心！惟願盡珍重理，遲此信反，復知動靜。」〔註31〕另外在《奉對帖》中，更將痛苦與思念寓寄其中：

> 雖奉對積年，可以為盡日之歡，常苦不盡觸類之暢。方欲與姊極當年之足，以之偕老，豈謂乖別至此！諸懷悵恨寒實深，當復何由日夕見姊耶？俯仰悲咽，實無已已，惟當絕氣耳！〔註32〕

王獻之對髮妻一往情深，臨終之際仍念念不忘：

> 獻之遇疾，家人為之上章，道家法應首過，問其有何得失。對曰「不覺餘事，惟憶與郗家離婚。」〔註33〕

王獻之癡情如此，曹植〈洛神賦〉「遺情想像，顧望懷愁，冀靈

〔註27〕晉・王獻之書，戴山青編：《王獻之書法全集》，頁45。

〔註28〕晉・王獻之書，戴山青編：《王獻之書法全集》，頁4～5。

〔註29〕晉・王獻之書，戴山青編：《王獻之書法全集》，頁74。

〔註30〕梁・沈約：《宋書》（北京：中華書局，1974年10月）第4冊，〈列傳第1〉，頁1290。

〔註31〕晉・王獻之書，戴山青編：《王獻之書法全集》，頁35～36。

〔註32〕晉・王獻之書，戴山青編：《王獻之書法全集》，頁49～51。

〔註33〕唐・房玄齡：《晉書》第7冊，〈列傳第50〉，頁2106。

體之復形」，「思綿綿而增慕，夜耿耿而不寐」，或許正隱喻或切合其
對這段感情的憾恨。

二、《洛神賦十三行》的流傳

王羲之以楷體抄寫〈洛神賦〉，王獻之秉承家法，亦有楷書《洛
神賦》，父子二人均曾大書數十本，明王世貞（1526～1590）對其父子
所書《洛神賦》亦倍加推崇：

> 《洛神賦》，王右軍、大令各書數十本，當是晉人極推之耳。
>
> 清徹圓麗，神女之流。〔註34〕

王羲之《洛神賦》真跡於南朝齊即已不存，而王獻之《洛神賦》流傳至
唐宋間亦已散佚，據宋周密（1232～1298）《齊東野語》所載，宋代所
見王獻之《洛神賦》為「獻之《洛神賦》，闌道高八寸三分。每行闊六
分，共九行。」〔註35〕周密所言《洛神賦》九行應是晉時麻牋，後為
宋末權相賈似道（1213～1275）貪功冒賞所獲，共九行一百七十六字，
有米友仁跋。後來賈似道復得四行，並重新裝裱，九行在前，款之以
「紹興小璽」；四行在後，款之以「悅生」葫蘆印及「長」字印。其十
三行，自「嬉」字起至「飛」字止計二百五十字，即所謂《洛神賦十
三行》」。當時賈似道將此《洛神賦十三行》命工匠摹刻於碧玉版上，稱
「《碧玉版十三行》」，簡稱「《玉版十三行》」（參見附錄二·圖一）後來
賈似道獲罪見誅後，玉版沉沒，明萬曆年間（1573～1620）復於杭州西
湖葛嶺賈似道半閑堂舊址出土。清康熙時（1654～1722）徵入內宮，晚
清又流入民間，現藏北京首都博物館。

明潘之淙（？～？）稱王獻之《洛神賦十三行》為法書之冠：

> 昔人謂洛神賦象凌波神。矴趙吳興孟頫謂所得之陳集賢者
>
> 十三行，僅二百五十字，繫晉麻紙，字畫神逸，墨彩飛動，

〔註34〕 明·王世貞著，陳傑棟、周明初批注：《藝苑卮言》（南京：鳳凰出版
社，2009年12月），卷3，頁37～38。

〔註35〕 宋·周密撰，張茂鵬點校：《齊東野語》（北京：中華書局，1983年11
月），卷6，頁101。

為天下法書冠。〔註36〕

清楊賓（1650〜1720）於〈翁蘿軒玉版十三行〉亦云：

字之秀勁圓潤，行世小楷無出其右者。〔註37〕

王獻之所書《洛神賦》妍麗流美，生動自然，用筆以外拓為主，氣勢開張，大小錯落，不拘一格。在章法上，字距擴展，空靈娟秀，錯落有致，顧盼多姿，可見書寫時意在筆先的匠心和駕馭全域的才氣。

在不同的歷史時期，王獻之書法地位亦有所不同，南北朝文人偏好華麗書風，王獻之媚趣書風更貼近時人審美取向，頗受推崇。初唐時唐太宗李世民（598〜649）極力推舉王羲之，因而王獻之的書法地位受到壓制。直到張懷瓘（開元年間在世）為王獻之平反，將其與王羲之相提並論，合稱「二王」，將「二王」打造成為後世尊奉的典範，其評王獻之云：

尤善草隸，幼學於父，次習於張。後改變制度，別創其法，牽爾師心，冥合天矩，觀其逸心，吳之與宗。至於行草興合，如孤峰四絕，迴出天外，其峻峭不可量也。爾其雄武神縱，靈姿秀出，臧武仲之智，卞莊子之勇，或大鵬搏風，長鯨噴浪，懸崖墜石，驚電遺光，察其所由，則意逸乎筆，未見其止，蓋欲奪龍蛇之飛動，掩鍾、張之神氣。〔註38〕

宋代文人在追求意趣和自然的美學觀影響下，王獻之的妍麗流美的書風得到肯定。宋高宗趙構（1107〜1187）對王獻之《洛神賦》頗為尊崇，御史李文會載高宗皇帝事：

朕得王獻之《洛神賦》墨跡六行，置之几間，日閱十數過，覺於書有所得。〔註39〕

帝王喜好影響一時之風氣，高宗朝時文人對王獻之楷書的接受也就「上

〔註36〕明・潘之淙：《書法離鈎》（北京：中華書局，1985年），卷8，頁75。

〔註37〕清・楊賓：《鐵函齋書跋》（北京：中華書局，1985年），卷2，頁23。

〔註38〕唐・張彥遠輯，洪丕謨點校：《法書要錄》，卷8，頁213。

〔註39〕宋・熊克著，顧吉辰、郭群一點校：《中興小紀》（福州：福建人民出版社，1985年9月），卷31，頁374。

有所好，下必甚焉」了。〔註40〕

　　到了元代，王獻之《洛神賦十三行》真跡歸趙孟頫（1254～1322），其在《洛神賦》所作題跋云：

> 晉王獻之所書《洛神賦》十三行，二百五十字，人間止有此本，是晉時麻牋，字畫神逸，墨彩飛動。紹興間，思陵極力搜訪，僅獲九行一百七十六字，所以米友仁跋作九行，定為真跡。宋末賈似道執國柄，不知何許，復得四行七十四字。欲續於後，則與九行之跋自相乖忤，故以紹興所得九行裝於前，仍依紹興，以小璽款之，卻以續得四行裝於後，以悅生胡盧印及長字印款之耳。孟頫數年前竊祿翰苑，因在都下見此神物，託集賢大學士陳公顥委曲購之，既而孟頫告歸。延祐庚申，忽有僧闐門，持陳公書並此卷，數千里見遺，云陳公意甚勤勤也。陳公誠磊落篤實之士，不失信於一言，豈易得也，因併及之。至治辛酉既裝池，適老疾不能跋。壬戌閏五月十八日，雨後稍涼，力疾書於松雪齋。〔註41〕

趙孟頫此時已六十九歲，相隔不到一個月即溘然長逝，臨終前尚對王獻之所書《洛神賦》如此眷念，可見對《洛神賦》的偏愛。不僅如此，其自言一生曾寫過「數百本」《洛神賦》，〈子昂臨《洛神賦》跋〉：

> 余臨王獻之《洛神賦》凡數百本，間有得意處，亦自寶之。顧善夫，余之愛友，其家所藏者，皆得意筆也。揚州何進士，每以高價求予書，可謂好事者，遂書此賦一通贈之。至治二年秋孟，子昂記。〔註42〕

　　而元虞集（1272～1348）於〈又題臨智永千文卷〉對趙孟頫所書《洛神賦》有極高評價：

〔註40〕以上參考田珊：《王獻之小楷《洛神賦》的複製與傳承》，頁3～9。

〔註41〕宋・趙孟頫：《松雪齋集》（北京：中國書店，1991年6月），卷10，頁490～491。

〔註42〕明・朱存理：《珊瑚木難》（上海：上海古籍出版社，1991年8月），卷5，頁140下。

　　　　趙松雪書筆既流利，學亦淵深，觀其書，得心應手，會意成
　　　　文，楷法深得《洛神賦》而攬其標。〔註43〕

趙孟頫的小楷，根源於鍾繇、王羲之，追摹晉唐，在《洛神賦十三行》
上下了很大功夫，故深得王獻之筆意，結字妍媚有趣，流麗飛動，用筆
勁道老辣。

　　遺憾的是，《洛神賦十三行》自趙孟頫後從此失傳，《玉版十三行》
就成後人鑒賞王獻之《洛神賦》的惟一途徑。

第三節　顧愷之《洛神賦圖》對〈洛神賦〉的創造

一、顧愷之《洛神賦圖》的創作與流傳

　　當魏晉時期，曹植〈洛神賦〉被奉為文學經典而屢受當代文人讚
賞與摹仿時，〈洛神賦〉也同時被畫家視為繪畫素材，並進行創作。
《歷代名畫記》言晉明帝司馬紹（299～325）有《洛神賦圖》，此為最
早以〈洛神賦〉為題材之畫作。唐張彥遠（815～907）摘引南朝齊、梁
藝術理論家謝赫（479～502）評論晉明帝畫云「雖略於形色，頗得神
氣，筆跡超越。」〔註44〕言其作畫不拘束於人物之輪廓與著色，很能
再現人物的神情氣質。晉明帝《洛神賦圖》於唐末張彥遠時尚存，其後
不知湮沒於何時，今雖不見其圖，但明帝於宓妃「神氣」之表現應頗受
肯定。

　　關於顧愷之，《晉書》云：

　　　　顧愷之，字長康，晉陵無錫人也……尤善丹青，圖寫特妙，
　　　　謝安深重之，以為有蒼生以來未之有也……愷之嘗以一廚
　　　　畫糊題其前，寄桓玄，皆其深所珍惜者。玄乃發其廚後，竊
　　　　取畫，而緘閉如舊以還之，紿云未開。愷之見封題如初，但

〔註43〕明・汪珂玉：《珊瑚網》（上海：商務印書館，1936 年 3 月）第 2 冊，
　　　　〈書品〉卷 8，頁 172。
〔註44〕唐・張彥遠：《歷代名畫記》（北京：中華書局，1985 年），卷 5，頁 169
　　　　～170。

失其畫，直云妙畫通靈，變化而去，亦猶人之登仙，了無怪
色……。尤信小術，以為求之必得。桓玄嘗以一柳葉給之曰
「此蟬所翳葉也，取以自蔽，人不見己。」愷之喜，引葉自
蔽，玄就溺焉，愷之信其不見己也，甚以珍之。〔註45〕

顧愷之人稱「才絕、畫絕、癡絕」，除了丹青受到推崇外，其對「神仙
世界」、「陰陽道術」似乎是深信不疑，也難怪桓玄屢次假借神怪之說戲
弄。

顧愷之對於佛像畫似乎有獨到之處，其在瓦棺寺北小殿畫維摩詰，
竟可募得百萬錢，《歷代名畫記》載：

長康又曾於瓦棺寺北小殿畫維摩詰，畫訖，光采耀目數日。
〈京師寺記〉云：興寧中，瓦棺寺初置，僧眾設會，請朝賢
鳴剎注疏，其時士大夫莫有過十萬者。既至長康，直打剎注
百萬。長康素貧，眾以為大言。後寺眾請勾疏，長康曰「宜
備一壁」。遂閉戶往來一月餘日，所畫維摩詰一軀，工畢，
將欲點眸子，乃謂寺僧曰「第一日觀者請施十萬，第二日可
五萬，第三日可任例責施。」及開戶，光照一寺，施者填咽，
俄而得百萬錢。〔註46〕

而《洛神賦圖》著錄首見元湯垕（約1328前後在世）《畫鑒》：

顧愷之畫如春蠶吐絲，初見甚平易，且形似時或有失；細視
之六法兼備，有不可以語言文字形容者。曾見《初平起石圖》、
《夏禹治水圖》、《洛神賦》、《小身天王》，其筆意如春
雲浮空，流水行地，皆出自然。〔註47〕

湯垕所見之顧愷之《洛神賦圖》恐非真跡，而是宋人的摹本，雖是摹本
但仍然保留顧愷之如行雲流水般的繪畫風格。

明汪珂玉（1587～？）《珊瑚網》〈晉顧愷之洛神圖〉云：

〔註45〕唐・房玄齡：《晉書》第8冊，〈列傳第62〉，頁2404～2405。
〔註46〕唐・張彥遠：《歷代名畫記》，卷5，頁180～181。
〔註47〕元・湯垕：《畫鑒》（北京：人民美術出版社，1959年12月），頁3。

長康畫宓妃卷，重著色，人物衣折秀媚，樹石奇古，絹素破
裂，尚是宋裱，世稱虎頭三絕，允為繪事珍秘。〔註48〕

《洛神賦圖》中人物、樹石靈動，雖有所破損，衣袖的褶皺、秀媚的容
顏卻栩栩如生。

目前流傳在世《洛神賦圖》共有九卷，其中三卷相傳為顧愷之所
作，實際上都應為宋代摹本，分別藏於藏於中國遼寧省博物館（遼寧
本）、北京故宮博物院（北京甲本）、美國華盛頓佛利爾美術館（Freer
Gallery of Art）（佛利爾甲本），這三件內容均有殘缺，但相關構圖和圖
像卻彼此近似，故應均為顧愷之《洛神賦圖》的摹本。〔註49〕

由於北京甲本與佛利爾甲本，省略了〈洛神賦〉賦文的說明，造
成這兩卷畫上的人物關係互動不明，為顧慮《洛神賦圖》故事情節連貫
性，選定遼寧本為探討對象。據陳葆真研究：

遼寧本《洛神賦圖》（絹本設色，27.1×572.8公分）可能是
一件南宋畫家作於十二世紀中的摹本，它忠實地保留了六朝
祖本的構圖原貌，是一幅以山水為背景的人物故事畫卷。它
的特色在於將〈洛神賦〉全文分作許多長短不一的段落，分
別與相關的圖像結合，而共組成一幕幕圖文並茂，而且結構
分明的故事圖卷。這些賦文的作用，既可作為圖像的旁白，
又可加強圖文互動的視覺效果，更可為畫面的內容標出章節
段落，使它成為一齣連續的圖畫劇，表現出故事情節的進行
和氣氛的轉變。〔註50〕

遼寧本有圖有賦文，當賦文與圖相配合，文字不僅能夠解釋，也能夠強
化圖的效果。

在現存的中國古代繪畫中，《洛神賦圖》被認為是第一幅改編自文

〔註48〕明・汪珂玉：《珊瑚網》第7冊，〈名畫題跋〉卷1，頁743。
〔註49〕以上參考陳葆真：《《洛神賦圖》與中國古代故事畫》，頁5。
〔註50〕陳葆真：〈從遼寧本《洛神賦圖》看圖像轉譯文本的問題〉，《國立臺灣
大學美術史研究集刊》第23期（2007年9月），頁5。

學作品的畫作，也是第一幅連環圖畫。俞劍華認為：

> 《洛神賦圖》是顧愷之所畫曹了建〈洛神賦〉的連環圖畫。
> 在一整個畫面上連續畫一個故事的各主要場面，使之渾然成
> 為一體，並不一段一段的分開，即強調了《洛神賦圖》的故
> 事性特點。〔註51〕

由於〈洛神賦〉的故事性遠超過以往文學作品，顧愷之獨具慧眼，並發揮其繪畫天分，將〈洛神賦〉改編成一幅連續的圖畫劇。

二、《洛神賦圖》對〈洛神賦〉的創造

遼寧本《洛神賦圖》（參見附錄二‧圖二）將賦文中的故事情節如戲劇一般分成五幕，包括：邂逅、定情、情變、分離和悵歸，每幕之間又以山水作為區隔。張燕清認為：

> 《洛神賦圖》中古拙質樸的山、動靜皆宜的水、類似楊柳搖
> 曳的樹、屏狀的葉片、紅色的太陽、輕盈的鴻雁、或靜立或
> 奔騰的馬、奇形怪狀的異獸等，分布在畫面的不同位置。人
> 與景的次序構成畫面的虛實、簡繁、主次、輕重、起伏，對
> 故事的發展起到了分割或聯結的作用，既承上啟下，又裝飾
> 了畫面。〔註52〕

第一幕邂逅，由於第一景離京與第二景休憩已佚，第三景驚豔中曹植乍見宓妃，深深為其美豔所吸引，眼神中流露出些許的驚喜。畫中曹植氣宇軒昂、穿戴藩王服飾，頭戴「梁冠」，身著寬袖長袍，內套「曲領」，外繫「蔽膝」，神態自若，雙臂外展攔住背後侍從，目不轉睛地看著遠方的宓妃。曹植雖然身形莊重，但其「精移神駭，忽焉思散」的專注神情，與身旁未能察覺宓妃的八個侍從，呈現強烈對比。另一個畫面是以宓妃為中心的神靈世界，宓妃獨自一人於洛水之上，周遭分布

〔註51〕 俞劍華、羅菽子、溫肇桐編：《顧愷之研究資料》（北京：人民美術出版社，1962年3月），頁191。

〔註52〕 張燕清：《由顧愷之《洛神賦圖》看魏晉繪畫的自覺性》，頁14。

〈洛神賦〉賦中形容其神采的飛禽、遊龍、松菊、芙蓉，和天上的日、月、風、雲等圖像。只見宓妃含情脈脈地望著曹植，衣裙隨風飄揚，增加了嬌弱無力的媚態。陳葆真認為：

> 在這段畫面中，畫家運用了以文字帶領圖像、和先讀文字再看圖像的原則，緊密地串連了文字與圖像的互動關係。同時又故意將文字與它的相關圖像，安排在畫面上忽高忽低的位置，並且使二者之間產生忽近忽遠的互動關係，同時藉由二者的呼應而在畫面上造成了視覺上上下起伏的動感。畫家藉由這種將文字與附圖配置成高低起伏有如旋律式的組合關係，而將賦文中的韻律感轉譯為充滿動感的視覺表現。〔註53〕

畫中曹植與宓妃遙遙相望，眼神緊緊相吸，將其中兩人所蘊含的愛慕之情，發揮得淋漓盡致。

　　第二幕定情，宓妃的美貌和款款深情擄獲曹植的心，只見宓妃頭梳「雙鬟」髮型，鬢角髮絲繞耳；身穿長袖內衣，外套 V 型對襟，下著百褶長裙，裙襬寬闊，曳地成三角形；細長的髮帶和衣帶，迎風朝後飄揚，加強了立體感。於是曹植解下玉珮相贈，以表衷情，宓妃也以瓊琚回報。就在兩情即將有完美結局時，曹植卻「執眷眷之款實兮，懼斯靈之我欺。感交甫之棄言兮，悵猶豫而狐疑。」顧愷之別具巧思以特殊的構圖來呈現曹植的「猶豫與狐疑」，曹植身後三位侍者中最左邊的侍者，違和地背對著，顧愷之以此安排作為曹植「背信」的隱喻。但〈洛神賦〉中宓妃「神光離合，乍陰乍陽。竦輕軀以鶴立，若將飛而未翔。踐椒塗之郁烈，步蘅薄而流芳。超長吟以永慕兮，聲哀厲而彌長」徬徨悲痛的內心轉折終究無法形諸於圖畫。

　　第三幕情變，第一景眾靈中僅存神女「戲清流」、「翔神渚」，「采明珠」和「拾翠羽」卻已消失。眾神女髮型和服飾與宓妃的裝扮極為相

〔註53〕陳葆真：〈從遼寧本《洛神賦圖》看圖像轉譯文本的問題〉，頁12。

似，都是雙鬟髮型，身穿長袖內衣，外套 V 型對襟，下著百褶長裙，裙襬寬闊，隨風飄揚。第二景徬徨，曹植的「猶豫與狐疑」，引起了宓妃內心巨大震動，畫面中，曹植端坐著，侍者簇擁在其身後的林間，其中一人持傘蓋，另外兩人撐著大羽扇。曹植與侍從視線都不約而同側面朝向左前方，望著宓妃即將離去的身影。宓妃視線也是朝向右方，望著曹植，身體雖然向左飄移，臉部卻是右偏，形成彎弓般優美的身體弧線。顧愷之不僅傳達「柔情綽態、昧於言語」的柔美氣質，同時將宓妃既愛戀又猶豫的複雜心理充分地用身體語言完整呈現。宓妃所在位置，也為整個畫卷扮演著承先啟後的重要功能。

第四幕分離，第一景備駕中，屏翳、川后、馮夷和女媧等四個神靈，為宓妃的離去預作準備。在顧愷之豐富的想像下，風神「屏翳」正張開大嘴猛力「收風」；「川后」右手拿著釣竿，釣絲上有一條魚，同時伸出左手「靜波」；「女媧」穿著上衣和長裙，衣帶飄揚，卻掩不住裙下的獸足；「馮夷」則是穿袍著褲，外罩毛皮披肩「鳴鼓」。第二景離去，宓妃在得不到曹植善意回應下，毅然決定離開，畫中宓妃由侍女陪伴，端坐裝飾華麗的雲車中，在六龍齊首的牽引、鯨鯢夾道送別、水禽群集護衛下，在雲氣蒸騰中緩緩離去。顧愷之為突顯宓妃的尊貴，不僅極力鋪陳其他神女及車駕儀仗，並創造出神獸來襯托宓妃神仙氣質。但這些神獸並不存在於現實生活當中，完全是顧愷之憑空想像，且融合多種動物特徵而成的奇禽異獸。顧愷之更藉由曹植與宓妃兩人之間橫亙的江河及長達八行的賦文，暗示人神之間的不可跨越，兩人的愛戀不可能有結果。

第五幕悵歸，隨著宓妃離去，曹植充滿悔恨，希望追回宓妃身影。第一景泛舟，曹植乘坐樓船上遡，船篷上飄動的垂幔和垂帶，以及浪花拍打著船身，暗示樓船正在前進。第二景夜坐，曹植因哀傷與對宓妃的想念而無法入睡，徹夜露天長坐，神情悲戚。最後一景東歸，無可奈何之下，曹植只能動身返回封地，在侍從的伴隨下，落寞地離去，車駕裝飾華麗，上置華蓋和九旄之旗，馬車雖是向前奔馳，但坐在馬車的曹植

還是不禁頻頻回顧，冀望宓妃的歸來，沉重氛圍充斥著畫面。〔註54〕

　　關於遼寧本《洛神賦圖》對〈洛神賦〉的轉化，石守謙認為：

　　　　〈洛神賦〉描寫洛神之美的句子，超過全文的五分之一，其

　　　　餘五分之四的文字都在處理「凡人－神仙」的關係，但在繪

　　　　畫中，這個比例有所調整，畫家刻意避開文字在形容女性美

　　　　上的優勢，反而創造出賦裏面較少形容的有關神仙的景物，

　　　　如屏翳、女媧、雲車、龍、鯨等等，換句話說，畫家選擇性

　　　　地加強了洛神故事中的奇幻感。〔註55〕

顧愷之以〈洛神賦〉為基礎進行《洛神賦圖》的創造，其中展現無盡的
神仙意蘊，將神仙故事與現實生活緊密聯繫，並在人與神之間建構一
座無形的橋梁。〈洛神賦〉中，對於很多神仙、靈獸的描寫都是虛無縹
緲的，但《洛神賦圖》中的神仙、靈獸卻能有具體的描繪，顯現出顧愷
之對「神仙世界」的奇特想像。張璽認為顧愷之正是藉由《洛神賦圖》
進一步展現其道教思想：

　　　　《洛神賦圖》畫卷充滿著道教神仙意蘊，道教神仙思想深

　　　　深影響著中國早期繪畫理論和審美趣味。顧愷之在創作中

　　　　對情感因素的吸納，豐富了神仙情感形象和人神對話的具

　　　　體型態，早期道教思想體系在《洛神賦圖》中得到進一步

　　　　昇華。〔註56〕

　　《洛神賦圖》是對〈洛神賦〉原文情境的創造性想像，充分呈現
顧愷之對曹植作品的接受與發展，張玉勤指出：

　　　　有人說，《洛神賦圖》是對〈洛神賦〉的最佳圖解，這一點

　　　　似乎並不為過。但更有意味的是，《洛神賦圖》對〈洛神賦〉

　　　　的這種圖像超越了圖像的表現局限，而採取圖卷形式，以連

〔註54〕　以上參考陳葆真：《《洛神賦圖》與中國古代故事畫》，頁31～45

〔註55〕　以上節錄石守謙：《《洛神賦圖》：一個傳統的形塑與發展〉，頁51～80。

〔註56〕　張璽〈中國早期道教人神對話現象透析——以顧愷之《洛神賦圖》為
　　　　　例〉，《許昌學院學報》第31卷第4期（2012年），頁72。

環式圖像連續性地表徵著文本敘事。通過藝術轉換，洛神形
象不僅通過容貌、服飾、眼神等得到直接表現，而且還通過
布景、視角、目光、線條、空白等「有意味的形式」得到間
接卻又深沉隱秘的表達。應該說，通過圖像洛神的形象表現，
顧愷之很好地踐行了他的「傳神寫照」藝術觀。〔註57〕

　　顧愷之對曹植〈洛神賦〉的接受，不僅成功將〈洛神賦〉文本轉
譯成《洛神賦圖》圖像，更重要的是，藉由《洛神賦圖》將〈洛神賦〉
故事情節以連續圖畫劇形式完整發揮，吸引後世小說及劇作家不斷繼
承演繹洛神傳說，不僅擴大〈洛神賦〉的影響領域，更產生多元的傳播
途徑。

第四節　小結

　　魏晉是中國歷史上混戰不斷、政權更迭頻繁的黑暗時期，再加上
疾疫不斷，「死亡」一直如影隨形壓迫著這個時代的人，文人因政治立
場不同，更隨時有殺身滅族的恐懼。在「常恐天網羅，憂禍一旦并」
下，對於現實的世界已無可眷戀。為擺脫時代悲劇與死亡陰影，詩人藉
由遊仙詩，書畫家透過書寫與繪畫，以滿足對「神仙世界」的嚮往。

　　王羲之與王獻之父子，世事五斗米教，十分憧憬道教所描述的「神
仙世界」，而曹植〈洛神賦〉所建構的夢幻仙境，遂吸引他們的目光。
〈洛神賦〉中曹植對宓妃的深深眷戀，觸動王獻之與髮妻郗道茂不幸
婚姻的聯想。但遺憾的是，王羲之《洛神賦》亡佚久已，王獻之也只剩
《洛神賦十三行》刻本供後人追思。

　　顧愷之以獨具之慧眼，將〈洛神賦〉的故事性結合其對「神仙世
界」的想像，利用繪畫，將〈洛神賦〉改編成一幅連續圖畫劇。〈洛神
賦〉原作中，並未有關於神仙與靈獸的描寫，顧愷之卻用其生花妙筆將

〔註57〕　張玉勤：〈宣物莫大於言存形莫善於畫──「語─圖」互文語境中的洛
　　　　　神形象〉，《蘭州學刊》2009 年第 7 期，頁 178。

其逐一創造出來，建構其《洛神賦圖》的奇幻世界。正因為顧愷之對「神仙世界」、「陰陽道術」的深信不疑，才有如此底蘊，將其表現在《洛神賦圖》中。倘若沒有〈洛神賦〉文本的存在，那麼將無從解讀《洛神賦圖》的深刻意蘊；而《洛神賦圖》的誕生，也促成了對〈洛神賦〉直觀形象的理解，二者緊密的結合，形成了不可分離的「語言－圖像」整體。

　　從王羲之、王獻之父子、顧愷之等對曹植〈洛神賦〉的再創造，〈洛神賦〉就不只是一篇辭賦，而是同時成為文學、書法及繪畫領域的典範。這也正印證程錫麟所言：

> 互文性理論強調文本與其他文本的關係，注重文本與文化的表意實踐之間的關係，從而突出了文化與文學文本以及其他藝術文本之間的關係。〔註58〕

　　文學、書法及繪畫所構築的〈洛神賦〉形象，除在傳播過程中以各自獨立又相輔相成的方式擴大對接受者的影響外，更吸引後世接受者對〈洛神賦〉的注意，爭相在文學與藝術領域投入創作，讓洛神傳說不斷繁衍茁壯。

〔註58〕程錫麟：〈互文性理論概述〉，頁78。

第五章　六朝文學對〈洛神賦〉的摹擬

誠如鄭振鐸（1898～1958）所言「六朝諸詩人，誰不曾映子建之餘暉者！」[註1]六朝是曹植接受史上的黃金時期，除文學地位受到當代文人推崇外，更出現大批援引或摹擬〈洛神賦〉的作品，從主題思想、表現技巧、女性體態與典故運用不一而足，其中以辭賦及宮體詩最具代表性。

第一節　從六朝文學觀看曹植文學評價

一、由「詩緣情而綺靡」而「文章且須放蕩」

六朝文人有一種明顯的傾向，即注重強烈的抒情性。換言之，抒情性通常被認為是文學審美的重要標準。鍾嶸《詩品》序：

> 若乃春風春鳥，秋月秋蟬，夏雲暑雨，冬月祁寒，斯四候之
> 感諸詩者也。嘉會寄詩以親，離群託詩以怨。至於楚臣去境，
> 漢妾辭宮；或骨橫朔野，或魂逐飛蓬；或負戈外戍，殺氣雄
> 邊；塞客衣單，孀閨淚盡；或士有解佩出朝，一去忘反；女

〔註1〕鄭振鐸：《文學大綱》（北京：商務印書館，1997年5月）第1冊，頁265。

　　　　有揚蛾入寵，再盼傾國。凡斯種種，感蕩心靈，非陳詩何以

　　　　展其義，非長歌何以聘其情。〔註2〕

強調「感蕩心靈」的自然與社會現象是文學最主要的表現內容，這也正

是重視文學抒情特徵的必然結果。

　　六朝時期，文學思想活躍，個人情性得以盡情釋放。陸機〈文賦〉

的「詩緣情而綺靡說」〔註3〕，不僅道出了六朝「文學自覺」下重視情

感的理論特點，也點出詩歌詞采華美的美學特徵。從此，文學開始衝破

儒家教化意義的束縛，朝著抒發情性方向發展。

　　嗣後，劉勰《文心雕龍》更闡明了「情」在文學創作中的地位和

作用：

　　　　情者，文之經，辭者，理之緯；經正而後緯成，理定而後辭

　　　　暢，此立文之本源也。〔註4〕

將「情」居於文學作品中「經」的地位，認為「文質附乎性情」〔註

5〕，「性情」是「文質」的主體。主張「為情而造文」，反對「為文而

造情」。〔註6〕

　　到了梁代，蕭綱（503～551）〈誡當陽公大心書〉：

　　　　立身之道，與文章異：立身先須謹重，文章且須放蕩。〔註7〕

身為帝王，蕭綱重視道德對於維繫政權及社會統治秩序的作用，所以

蕭綱教訓兒子要「立身謹重」。但在蕭綱看來，文學純屬個人感情、審

美的範疇，所以不妨「文章放蕩」，認為文學創作應純粹以作家的感情

〔註2〕梁・鍾嶸撰，陳延傑注：《詩品注》，頁2～3。

〔註3〕「詩緣情而綺靡，賦體物而瀏亮。」晉・陸機：《陸士衡集》，卷1，頁
　　　　2。

〔註4〕梁・劉勰著，王更生注譯：《文心雕龍讀本》下篇，〈情采第31〉，頁
　　　　78。

〔註5〕梁・劉勰著，王更生注譯：《文心雕龍讀本》下篇，〈情采第31〉，頁
　　　　78。

〔註6〕梁・劉勰著，王更生注譯：《文心雕龍讀本》下篇，〈情采第31〉，頁
　　　　78。

〔註7〕清・嚴可均輯，馮瑞生審訂：《全梁文》上冊，卷11，頁113。

為依歸，反對來自其他方面的束縛。

　　對於詩文的評價，當時文人首先從「性情」或「性靈」著眼，將抒情感動的與否，提高為衡量文學價值、區別文學與非文學的首要標準，蕭繹（508～555）《金樓子・立言》中說得非常明確：

　　吟詠風謠，流連哀思者，謂之文。……至若文者，維須綺縠
　　紛披，宮徵靡曼，唇吻遒會，情靈搖蕩。〔註8〕

認為優秀文學作品除辭藻華美、音律和諧、語言生動，更要能「感動心靈」。這些見解，較前人更為徹底排斥視文學為政教工具的儒家觀點。杜顏璞認為：

　　如果說陸機「詩緣情而綺靡」的提出只是不經意間「濫」情，
　　那麼蕭綱的「文章且須放蕩」則是刻意為之了。〔註9〕

　　吟詠情性的文學觀念掙脫傳統詩教的思想束縛，「文學自覺」促進美學意義的發現，由「詩緣情而綺靡」而「文章且須放蕩」，文學創作思潮發展出一個新標準，文學作品中描寫男女之情以及女子的體貌，如〈神女賦〉及〈美人賦〉等系列辭賦或宮體詩等，也就成為一種有價值的美的創造。因此，〈洛神賦〉人神戀愛的主題與對女性體態、神采的刻畫，普遍為六朝文人所接受。

二、六朝對曹植文學作品的接受

　　六朝對曹植文學作品的接受，除當代文人對其作品的摹擬，不管是從題目、內容、文辭到意象外，更重要的是對曹植文才及作品的推崇。就如同白雲所言：

　　曹植與六朝文學有著千絲萬縷的聯繫，他的文學創作給了
　　六朝文人薰陶和滋養，六朝文人則盛讚他的文才，推崇他的
　　作品，他對六朝文學的影響正是在這兩方面的作用下顯得

〔註8〕梁・蕭繹撰，許逸民校箋：《金樓子校箋》（北京：中華書局，2011年
　　1月），〈立言篇第9下〉，頁966。
〔註9〕杜顏璞：〈從「緣情綺靡」到「且須放蕩」——論蕭綱對陸機詩學理論
　　的繼承與發展〉，《青年文學家》2014年第26期，頁36。

十分巨大而深刻，這一點是他同時代的其他詩人所無法比擬的。〔註10〕

六朝文人對曹植皆有很高評價，如陳琳（？～217）稱其「體高世之才，秉青萍、干將之器，拂鐘無聲，應機立斷，此乃天然異稟，非鑽仰者所庶幾也。」〔註11〕認為曹植的文學創作有著「天然異稟」，並非自己這些鑽仰者所能比得上。吳質（177～230）歎其「賦頌之宗、作者之師」〔註12〕，是對其文學作品水準的讚賞。謝靈運更將曹植推崇至極點「天下才有一石，曹子建獨占八斗，我得一斗，天下共分一斗。」〔註13〕西晉陳壽（233～297）也在《三國志》曹植傳後評曰「陳思文才富豔，足以自通後葉。」〔註14〕首次指出曹植文學的傳世價值。

另外，鍾嶸《詩品》對曹植的詩歌給予極高的評價：

> 其源出於國風，骨氣奇高，詞采華茂，情兼雅怨，體被文質，粲溢古今，卓爾不群。嗟乎！陳思之於文章也，譬人倫之有周、孔，麟羽之有龍鳳，音樂之有琴笙，女工之有黼黻。俾爾懷鉛吮墨者，抱篇章而景慕，映餘輝以自燭。故孔氏之門如用詩，則公幹升堂，思王入室，景陽潘陸，自可坐於廊廡之間矣。〔註15〕

在六朝文人中，鍾嶸對曹植評價是最高的，認為他是「建安之傑」、「俾爾懷鉛吮墨者，抱篇章而景慕，映餘輝以自燭。」不諱言六朝作者對曹植的景仰，連作品都以摹擬曹植為能。「骨氣奇高，詞采華茂，情兼雅怨，體被文質」的美學特質使曹植成為千百年來詩歌的典範。鍾嶸的評

〔註10〕 白雲：《元前曹植接受史》，頁16。
〔註11〕 陳琳〈答東阿王牋〉，梁・蕭統編，唐・李善注，清・胡克家考異：《文選附考異》，卷40，頁576。
〔註12〕 吳質〈答東阿王書〉，梁・蕭統編，唐・李善注，清・胡克家考異：《文選附考異》，卷42，頁608。
〔註13〕 宋・無名氏：《釋常談》（北京：中華書局，1985年），卷中，頁12。
〔註14〕 晉・陳壽撰，南朝宋・裴松之注：《新校三國志注》上冊，《魏書・任城陳蕭王傳第19》，頁577。
〔註15〕 梁・鍾嶸撰，陳延傑注：《詩品注》，卷上，頁20。

價不僅提高曹植的地位，也更進一步促進曹植作品的傳播。

劉勰在文學史上第一次對曹植進行了全面而系統地評論，其在《文心雕龍》中對曹植的評論多達二十四條。劉勰多次對曹植天賦及傑出創作發出由衷的仰慕與肯定，如「陳思，群才之英也」〔註16〕、「陳思之文，群才之俊也」。〔註17〕另外，「子建思捷而才俊、詩麗而表逸」〔註18〕，是言其才思駿發，並表現在作品上；「四言正體，則雅潤為本；五言流調，則清麗居宗……。兼善則子建、仲宣。」〔註19〕以曹植為四、五言詩的代表；「陳思之表，獨冠群才。觀其體贍而律調，辭清而志顯，應物製巧，隨變生趣，執轡有餘，故能緩急應節矣。」〔註20〕認為曹植章表骨氣、文辭兼備，超越群才。曹植的作品，除了詩歌、章表之外，頌、祝、誄、論說、封禪、書信、雜文，甚至諧讔等文體，劉勰都一一有所評論，可見其對曹植的接受是全面而深入的。方元珍就認為：

> 劉勰對曹植的評論，無疑是相當全面的，包括曹植的才思、推動建安文學的興盛、文體創作及風格的表現、文學觀點的評述、文學地位的比論等，散見於《文心雕龍》全書，非一般以二、三語即為作家定調之文評家所能比肩。〔註21〕

〈洛神賦〉現存最早的版本收入於梁昭明太子蕭統的《文選》，由於曹植文集在唐代以後一度散佚，因此《文選》對於曹植作品的傳播就具有非常關鍵性的作用。曹植入選《文選》作品數量僅次於陸機、謝靈

〔註16〕　梁·劉勰著，王更生注譯：《文心雕龍讀本》下篇，〈事類第38〉，頁170。

〔註17〕　梁·劉勰著，王更生注譯：《文心雕龍讀本》下篇，〈指瑕第41〉，頁215。

〔註18〕　梁·劉勰著，王更生注譯：《文心雕龍讀本》下篇，〈才略第47〉，頁320。

〔註19〕　梁·劉勰著，王更生注譯：《文心雕龍讀本》上篇，〈明詩第6〉，頁85～86。

〔註20〕　梁·劉勰著，王更生注譯：《文心雕龍讀本》上篇，〈章表第22〉，頁406。

〔註21〕　方元珍：《文心雕龍作家論研究——以建安時期為限》（臺北：文史哲出版社，2003年6月），頁144。

運，是建安作家中入選作品最多者，共有三十九篇，其分別為，賦：〈洛神賦〉（情類）；詩：〈責躬〉、〈應詔〉（獻詩類），〈公讌〉（公讌類），〈送應氏二首〉（祖餞類），〈三良詩〉（詠史類），〈七哀〉（哀傷類），〈贈徐幹〉、〈贈丁儀〉、〈贈王粲〉、〈又贈丁儀、王粲〉、〈贈白馬王彪〉、〈贈丁翼〉（贈答類），〈箜篌引〉、〈美女篇〉、〈白馬篇〉、〈名都篇〉（樂府類），〈朔風詩〉、〈雜詩六首〉、〈情詩〉（雜詩類）；〈七啟八首〉（七類）；〈求自試表〉、〈求通親表〉（表類）；〈與楊德祖書〉、〈與吳季重書〉（書類）；〈王仲宣誄〉（誄類）。這些入選作品後來多成為曹植名篇，後代對曹植作品的接受也都集中在這些作品上，雖然入選作品不能排除其本身所具有的文學價值，但入選之後當更有利於傳播。

從六朝文人對曹植文學作品的接受情形，不難看出曹植在當時文壇上已具舉足輕重的影響力。洪順隆就認為：

> 整個六朝的文學接受環境，都照射著曹植「華采」、「神思」、「典麗」、「遒勁」的文學光輝。無論求「質」或求「麗」，都在他的潤澤下繁榮，尤其「華采」和「典麗」，更是適合眾多文士的接受心理。〔註22〕

而曹植文學作品中又以〈洛神賦〉最受到六朝文人青睞，不僅出現大批援引或摹擬〈洛神賦〉作品，甚至為〈洛神賦〉作注。據《隋書經籍志》記載，晉末孫壑（約 400 前後在世）曾注〈洛神賦〉一卷〔註23〕，雖然目前已無法窺知全貌，但當時為單篇賦作注者寥寥無幾，足見六朝文人對〈洛神賦〉的接受，不僅產生為數眾多的創作，更擴展至不同類別。

第二節　六朝辭賦對〈洛神賦〉的摹擬

六朝文人稱曹植為「賦頌之宗、作者之師」，〈洛神賦〉是曹植辭賦

〔註22〕洪順隆：〈論〈洛神賦〉對六朝賦壇的投映〉，《辭賦論叢》，頁 142。
〔註23〕唐・長孫無忌等撰：《隋書經籍志》（北京：中華書局，1985 年），卷 4，頁 122。

的代表作，也因此受到當代賦家的重視。考察六朝辭賦對〈洛神賦〉的
接受，以下將就主題思想與表現技巧的摹擬兩方面加以闡釋說明。〔註24〕

一、六朝辭賦對〈洛神賦〉主題思想的摹擬

張敏〈神女賦〉並序：

> 世之言神女者多矣，然未之或驗也。至如弦氏之婦，則近信
> 而有證者。夫鬼魅之下人也，無不羸病損瘦。今義起平安無
> 恙，而與神女飲宴寢處，縱情極意，豈不異哉！余覽其歌詩，
> 辭旨清偉，故為之作賦。

> 皇覽余之純德，步朱闕之崢嶸。靡飛除而入秘殿，侍太極之
> 穆清。帝愍余之勤肅，將休余於中州。託玄靜以自處，是太
> 子之好仇。於是主人憮然而問之曰「爾豈是周之褒姒、齊之
> 文姜，孽婦淫鬼，來自藏乎？儻亦漢之遊女，江之娥皇，猒
> 真忿，倦仙侍乎？」於是神女乃斂袂正襟而對曰「我實貞淑，
> 子何猜焉？且辯言知禮，恭為令則。美姿天挺，盛飾表德，
> 以此承歡，君有何惑？」爾乃敷茵席，垂組帳。嘉旨既設，
> 同牢而饗，微聞芳澤，心盪意放。於是尋房中之至嫟，極長
> 夜之歡情。心眇眇以忽忽，想北里之遺聲。賦斯時之要妙，
> 進偉服之紛敷。俛撫衽而告辭，仰長歎以欷吁。乘雲霧而變
> 化，遙棄我其焉如。〔註25〕

張敏尚存有〈神女傳〉殘文「弦義起感神女智瓊。智瓊後去，賜義起織
成裙衫。」〔註26〕從賦序及賦的內容可知故事出於〈神女傳〉。〈神女
傳〉後被東晉干寶（286～336）收錄在《搜神記》中，並改名為〈弦超

〔註24〕以下篇目之選取及論點多得力於洪順隆：〈論〈洛神賦〉對六朝賦壇的
　　　投映〉，《辭賦論叢》，頁154～171。

〔註25〕唐・歐陽詢撰，汪紹楹校：《藝文類聚》（上海：上海古籍出版社，1965
　　　年11月）下冊，卷79，頁1352～1353。

〔註26〕清・嚴可均輯，何宛屏等審訂：《全晉文》（北京：商務印書館，1999
　　　年10月），頁845。

妻〉〔註 27〕，故事中弦超與天上玉女成公智瓊人神戀愛，因世人不睹智瓊其形而怪問之，弦超洩漏其事，後智瓊「取織成裙衫兩副遺超，又贈詩一首」，涕泣流離，把臂告辭。

張敏〈神女賦〉與曹植〈洛神賦〉的主題思想都是「人神戀愛」，而且兩賦正文前均有序。此外，〈神女賦〉文句更是取法於〈洛神賦〉，如「漢之遊女，江之娥皇」與「南湘之二妃，漢濱之游女」；「斂袂正襟而對」與「收和顏而靜志兮，申禮防以自持」。甚至結局都是「人神終歸殊途」，只能含恨以終，〈神女賦〉是「乘雲霧而變化，遙棄我其焉如」，〈洛神賦〉則為「遺情想像，顧望懷愁」。〈神女賦〉、〈洛神賦〉主題思想相同，〈神女賦〉賦中文句又多摹擬〈洛神賦〉，兩篇賦確實存在清晰的互文關係。

鍾嶸認為謝靈運「其源出于陳思」〔註 28〕，從〈江妃賦〉對〈洛神賦〉的摹擬，似乎可知其中端倪。〈江妃賦〉今本非完篇，但從斷簡殘篇中，依然可見其主題思想亦屬「人神戀愛」，也是可望而不可及的精神企慕：

> 〈招魂〉定情，〈洛神〉清思。覃曩日之敷陳，盡古來之妍媚，矧今日之逢逆，邁前世之靈異。
>
> 姿非定容，服無常度。兩宜歡嚬，俱適華素。于時升月隱山，落日映岐，收霞斂色，回飆拂渚。每馳情於晨暮，矧良遇之莫敘。投明璫以申贈，覿色授而魂與。況分湘岸，延情蒼陰。隔山川之表裏，判天地之浮沉，承嘉約於往昔，寧更貳於在今。儻借訪於交甫，知斯言之可諶。
>
> 蘭音未吐，紅顏若輝。留眄光溢，動袂芳菲。散雲轡之絡驛，按靈輜而徘徊。建羽旌而逶迤，奏情管之依微。慮一別之長

〔註 27〕晉・干寶：《搜神記》（北京：中華書局，1979 年 9 月），卷 1，頁 16～18。

〔註 28〕梁・鍾嶸撰，陳延傑注：《詩品注》，卷上，頁 29。

　　絕，眇天末而永違。〔註29〕

賦一開端，即言「〈洛神〉清思」，就顯見與〈洛神賦〉的密切關聯，從賦中也能看到類似〈洛神賦〉中曹植面對宓妃示愛表現出的狐疑，與人神殊途時宓妃離去的戀戀不捨。〈江妃賦〉在描寫江妃容貌情態時，更與〈洛神賦〉有相似手法，除均以第一人稱為敘述視角，文句中也有出於〈洛神賦〉者，如「蘭音未吐，紅顏若輝」與「含辭未吐，氣若幽蘭」，「散雲鬢之絡驛，按靈輜而徘徊。建羽旗而逶迤，奏情管之依微」與「載雲車之容裔」、「左倚采旄，右蔭桂旗」和「馮夷鳴鼓，女媧清歌」。而「儻借訪於交甫，知斯言之可諶」與「感交甫之棄言兮，悵猶豫而狐疑」，「慮一別之長絕，眇天末而永違」與「悼良會之永絕兮，哀一逝而異鄉」如出一轍。就連顧紹柏在校注〈江妃賦〉時，都認為「〈江妃賦〉即敷陳其事，很明顯是受了三國魏曹植〈洛神賦〉的影響。」〔註30〕

　　江淹在〈雜體三十首〉序云：

　　　　故玄黃經緯之辨，金碧浮沈之殊，僕以為亦合其美並善而已。

　　　　今作三十首詩，斅其文體，雖不足品藻淵流，庶亦無乖商榷

　　　　云爾。〔註31〕

由此可見江淹喜好摹擬古人詩作，而對於辭賦的摹擬，他在〈學梁王兔園賦〉即云：

　　　　或重古輕今者。僕曰「何為其然哉？無知音，則已矣。」聊

　　　　為古賦，以奮枚叔之製焉。〔註32〕

江淹對於古人的摹擬，甚至還有「奪人之製」的企圖。因此〈水上神女

〔註29〕南朝宋・謝靈運撰，顧紹柏校注：《謝靈運集校注》（臺北：里仁書局，1994年4月），頁516。

〔註30〕南朝宋・謝靈運撰，顧紹柏校注：《謝靈運集校注》，頁517。

〔註31〕梁・江淹撰，明・胡之驥注，李長路、趙威點校：《江文通集彙注》（北京：中華書局，1984年4月），卷4，頁136。

〔註32〕梁・江淹撰，明・胡之驥注，李長路、趙威點校：《江文通集彙注》，卷2，頁94。

賦〉是對〈洛神賦〉的摹擬就毫不意外了。〈水上神女賦〉：

> 江上丈人，遊宦荊吳。首衛國，望燕途；歷秦關，出宋都，
> 遍覽下蔡之女，具悅淇上之妹。未有粉白黛黑，鬼神之所無
> 也。乃造南中，渡炎洲；經玉澗，越金流。路逶迤而無軌，
> 野忽漭而悲儔。山反覆而參錯，水澆灌而縈薄。石五采而橫
> 峰，雲千色而承蕚，日炯炯而舒光，雨屑屑而稍落，紫莖繞
> 逕始參差，紅荷綠水纜灼爍。忽而精飛視亂，意徙心移，綺
> 靡菱蓋，悵望蕙枝。一麗女兮，碧渚之崖。曖曖也。非雲非
> 霧，如煙如霞；諸光諸色，雜卉雜華。的的也，象珪象璧，
> 若虛若實；綾錦其文，瑤貝合質。

> 遂乃紅唇寫朱，真眉學月。美目豔起，秀色爛發。窈窕暫
> 見，偓佺還沒。冶異絕俗，奇麗不常。青琴羞豔，素女慚
> 光。笑李后於漢主，恥西施於越王。神翻覆而愉悅，志離
> 合而感傷。女遂俯整玉軑，仰肅金鑣。或采丹葉，或拾翠
> 條。守明璣而為誓，解琅玕而相要。情乍合而還散，色半
> 親而復嬌。犖軒車於水際，停雲霓於山椒。奄人祇之仿像，
> 其光氣而寂寥。

> 於時也，綵霞繞繞，卿雲縵縵。石瓊文而翕荋，山龍鱗而炤
> 爛。苔綠根而攢集，草紅葩而舒散。日炫晃以朧光，樹葳蕤
> 而蔥粲。無西海之浩盪，見若木之千尋。非丹山之赫曦，聞
> 琴瑟之空音。理洞徹於俗聽，物驚怪於世心。恨精影之不滯，
> 悼光景之難惜。悅有無於俄頃，驗變化於咫尺。視空同而失
> 貌，察倏忽而亡跡。野田田而虛翠，水湛湛而空碧。乃唱桂
> 棹，凌衝波；背橘浦，向椒阿。硨砆木石，洪滂蛟鼉。顧御
> 僕而情饒，巡左右而怨多。弔石渚而一歎，悵沙洲而少歌。
> 苟懸天兮有命，永離決兮若何？退以為妙聲無形，奇色非質。
> 麗於嬋娟，精於琴瑟。尋漢女而空佩，觀清角而無足。嬪楊

　　不足聞知，夔牙焉能委悉！何如明月之忌玄雲，秋露之慚白

日；愁知形有之留滯，非英靈之所要術也！〔註33〕

〈水上神女賦〉除與〈洛神賦〉均是以「人神戀愛」為主題思想外，結構更明顯摹擬〈洛神賦〉，〈水上神女賦〉開始以「序」敘述，然後「本文」描寫，「結尾」敘述的手法，不出〈洛神賦〉的格局。而敘述觀點以「江上丈人」為主控的全視角模式，亦受到〈洛神賦〉啟發，甚至，連篇名「水上神女」，都有意與「洛水女神」相提並論。

　　〈水上神女賦〉賦中文句更多出自〈洛神賦〉，如「灼若芙蕖出渌波」化成「紅荷綠水纔灼爍」，「覩一麗人，於巖之畔」化成「一麗女兮，碧渚之崖」，「脩眉聯娟，丹脣外朗，皓齒內鮮，明眸善睞」化成「紅脣寫朱，真眉學月，美目豔起，秀色爛發」，「余情悅其淑美兮，心振蕩而不怡」化成「神翻覆而愉悅，志離合而感傷」，「神光離合，乍陰乍陽」化成「情乍合而還散，色半親而復嬌」，「或采明珠，或拾翠羽」化成「或采丹葉，或拾翠條」。最後「人神戀愛」不得終成眷屬的「命僕夫而就駕，吾將歸乎東路，攬騑轡以抗策，悵盤桓而不能去」簡化成「顧御僕而情饒，巡左右而怨多」。

　　戴燕也認為〈水上神女賦〉明顯繼承〈洛神賦〉：

先寫到江上丈人游宦荊吳，「忽而精飛視亂，意徙心移，綺靡菱蓋，悵望蕙枝。一麗女兮，碧渚之崖。曖曖也。非雲非霧，如煙如霞。」這一場景，毫無疑問來自〈洛神賦〉的「於是精移神駭，忽焉思散，俯則未察，仰以殊觀，睹一麗人，於巖之畔。」然後寫水上神女的樣貌「紅脣寫朱，真眉學月。美目豔起，秀色爛發。窈窕暫見，偓佺還沒。冶異絕俗，奇麗不常。」舉止「或采丹葉，或拾翠條。守明璣而為誓，解琅玕而相要。」最後是「情乍合而還散，色半親而復嬌。」

或採取〈洛神賦〉的手法，或選用〈洛神賦〉的典故。〔註34〕

綜觀〈水上神女賦〉從主題思想、場景、樣貌、舉止、手法、典故，到賦中文句無一不是借鑒於〈洛神賦〉，可見摹擬痕跡之深。

二、六朝辭賦對〈洛神賦〉表現技巧的摹擬

六朝賦家對〈洛神賦〉的摹擬除主題思想外，還包括表現技巧，如沈約〈麗人賦〉：

> 有客弱冠未仕，締交戚里。馳騖王室，遨遊許史。歸而稱曰「狹斜才女，銅街麗人。亭亭似月，嬝婉如春。凝情待價，思尚衣巾。芳踰散麝，色茂開蓮。陸離羽佩，雜錯花鈿。響羅衣而不進，隱明燈而未前。中步檐而一息，順長廊而迴歸。池翻荷而納影，風動竹而吹衣。薄暮延佇，宵分乃至。出闈入光，含羞隱媚。垂羅曳錦，鳴瑤動翠。來脫薄粧，去留餘膩。霑粧委露，理鬢清渠。落花入領，微風動裾。〔註35〕

及〈傷美人賦〉：

> 信美顏其如玉，咀清畦而度曲。思佳人而未來，望餘光而躑躅。拂螭雲之高帳，陳九枝之華燭。虛翡翠之珠被，空合歡之芳褥。言歡愛之可永，庶羅袂之空裁。曾未申其巧笑，忽淪軀於夜臺，伊芳春之仲節，夜猶長而未遽。悵徒倚而不眠，住徘徊於故處。〔註36〕

〈麗人賦〉及〈傷美人賦〉都是屬於美人賦系列，主題思想雖非「人神戀愛」，但從〈麗人賦〉對麗人的描寫，如情態「凝情待價，思尚衣巾」，光采「芳踰散麝，色茂開蓮」，衣飾「陸離羽佩，雜錯花鈿」、「垂羅曳錦，鳴瑤動翠」，動作「響羅衣而不進，隱明燈而未前。中步檐而一息，順長廊而迴歸」。從文句內容及從不同角度來描繪麗人的創作技巧，無

〔註34〕 戴燕：〈《洛神賦》：從文學到繪畫、歷史〉，《文史哲》2016 年第 2 期，頁 39。

〔註35〕 唐‧歐陽詢撰，汪紹楹校：《藝文類聚》上冊，卷 18，頁 334。

〔註36〕 唐‧歐陽詢撰，汪紹楹校：《藝文類聚》上冊，卷 34，頁 605。

不與〈洛神賦〉有異曲同工之妙,但麗人不是不容褻瀆的女神宓妃,而是觸手可及的軟玉溫香。所以王津認為:

> 沈約〈麗人賦〉在語言以及人物情態描寫上多變自〈洛神賦〉,沈約亦學習曹作多視點描繪人物與背景的方式,並學習曹植把〈洛神賦〉賦寫美人之手法轉化到〈美人篇〉創作的方法,亦把〈麗人賦〉刻畫美人之方法轉移到其豔情詩創作中。〈麗人賦〉接受〈洛神賦〉之特殊性在於:一方面它改變了〈洛神賦〉的寄寓主題,其著眼於兩性聲色歡娛之主題,使洛神形象遭致世俗化扭曲,對之後文人對洛神形象之接受有著直接影響;另一方面,沈約把賦賦寫美女之功能轉向以詩歌來表現,對齊以後文壇創作頗有影響,隨著宮體詩創作之興盛成熟,詩歌成為表現美女之重要載體。〔註37〕

將〈傷美人賦〉對照〈洛神賦〉,其賦中文句的摹擬更是斑斑可見,如「望餘光而躑躅」之於「步踟躕於山隅」,「盧翡翠之珠被」之於「戴金翠之首飾」,「羅袂」之於「羅韈」,「夜猶長而未遽,悵徙倚而不眠,住徘徊於故處」之於「夜耿耿而不寐,霑繁霜而至曙」、「悵盤桓而不能去」,不但文句相同,結局亦摹擬〈洛神賦〉甚明。

江淹對〈洛神賦〉的摹擬除了〈水上神女賦〉外,尚有〈麗色賦〉:

> 楚臣既放,魂往江南。弟子曰「玉釋珮,馬解驂。瀁瀁淥水,裹裹青衫。」乃召巫史「茲憂何止?」

> 史曰「臣野膠學蔽理,臣之所知,獨有麗色之說耳。」夫絕代獨立者,信東鄰之佳人。既翠眉而瑤質,亦盧瞳而頰骨。灑金花於珠履,颯綺袂與錦紳。色練練而欲奪,光炎炎其若神。非氣象之可譬,奚影響而能陳?故仙藻靈葩,冰華玉儀。其始見也,若紅蓮鏡池;其少進也,如綵雲出崖。五光徘徊,十色陸離。寶過珊瑚同樹,價值瓊草共枝。雖玉堂春姬,石

〔註37〕 王津:《唐前曹植接受史》,頁V。

室素女，張煙霧於海際，耀光影於河渚。乘天梁而皓蕩，叫帝閽而延佇。猶比之無色，方之非侶。於是雕臺繡戶，當衢橫術；椒庭承月，碧幌延日。架虹柱之嚴麗，互虹梁之峻密。錦幔垂而杳寂，桂煙起而清溢。女乃耀邯鄲之躡步，媚趙北之鳴瑟。

若夫紅華舒春，黃鳥飛時；紺蕙初嫩，頹蘭始滋。不攬蘅帶，無倚桂旗。摘芳拾蕊，含詠吐辭。笑月出於陳歌，感蔓草於衛詩。故氣炎日永，離明火中。槿榮任露，蓮花勝風。後簷丹柰，前軒碧桐。笙歌畹右，琴舞池東。嗟楚王之心悅，怨漢女之情空。

至乃西陸始秋，白道月弦；金波炤戶，玉露曖天。網絲挂牆，彩螢繞梁。氣已濕兮曉未半，星雖流兮夜何央？憶離珮兮且一念，憐錦衾兮以九傷。及固陰凋時，冰泉凝節；軒疊厚霜，庭澄積雪。鳥封魚斂，河凝海結。紫帷鈴匣，翠屏環合；麝密周彰，燈爐重沓。恥新臺之青樓，想上宮之邃閣。

若乃水炤景而見底，煙尋風而無極；霞出吳而綺章，雲堆趙而碧色；霧辭楚而容裔，風去燕而悽惻。莫不輟鏡徙倚，擊瑟心息。於是帳必藍田之寶，席必蒲陶之文。館圖明月，室畫浮雲，春蠶度網，綺地應紡。秋梭鳴機，織為褻衣。象盒瓊盤，神瀝仙丹。雕柱綵瑟，九華六出。翠蕤羽釵，綠秀金枝。言必入媚，動必應規。有光有豔，如合如離。氣柔色靡，神凝骨奇。經秦歷趙，既無其雙；尋楚訪蔡，不覿其容。亦可駐髮還質，驂星馭龍。蹢憂忘死，保其家邦。非天下之至麗，孰能與於此哉！

宋大夫耀影汰跡，縈魂灑魄。賞以雙珠，賜以合璧。拂巫蕩祝，永為上客。〔註38〕

〔註38〕 梁・江淹撰，明・胡之驥注，李長路、趙威點校：《江文通集彙注》，

〈麗色賦〉序「楚臣既放，魂往江南。弟子曰『玉釋珮，馬解驂。瀁瀁涤水，裹裹青衫。』」與〈洛神賦〉序「余朝京師，還濟洛川。古人有言，斯水之神，名曰宓妃。感宋玉對楚王神女之事，遂作斯賦。」發生地點都是在水上，而且關鍵人物都是宋玉。再看修辭技巧，〈麗色賦〉「其始見也，若紅蓮鏡池；其少進也，如綵雲出崖」的「始見」、「少進」就是摹擬〈洛神賦〉「遠而望之，皎若太陽升朝霞；迫而察之，灼若芙蕖出涤波」的「遠」與「迫」的由遠而近的空間轉換。

　　〈麗色賦〉對〈洛神賦〉文句的摹擬更有跡可循，如「若紅蓮鏡池；其少進也，如綵雲出崖」摹擬「皎若太陽升朝霞；迫而察之，灼若芙蕖出涤波」，以「蓮」取代別名「芙蕖」，以「綵雲」取代「朝霞」。以「女乃耀邯鄲之躧步」摹擬「陵波微步，羅韈生塵」曼妙步姿；以「摘芳拾蘂，含詠吐辭」摹擬「含辭未吐，氣若幽蘭」優雅談吐。以「言必入媚，動必應規。有光有豔，如合如離」摹擬「動無常則，若危若安。進止難期，若往若還」，以「動必應規」反向取代「動無常則」，以「如合如離」取代「若危若安」動態描寫。以「及固陰沍時，冰泉凝節；軒疊厚霜，庭澄積雪。烏封魚斂，河凝海結。」摹擬「屏翳收風，川后靜波。鯨鯢踊而夾轂，水禽翔而為衛」，形容女神駕返，山川、鳥禽及水族的動作。由於〈麗色賦〉摹擬〈洛神賦〉痕跡甚深，因此黃守誠認為：

　　　　江淹的〈麗色賦〉簡直就是具體而微的〈洛神賦〉。而且在
　　　　修辭造句上顯著的因襲關係，已達五處之多。一篇只有七
　　　　百五六十字的文稿，竟有如此眾多之承傳實例，更不是偶
　　　　然了。〔註39〕

　　江淹對〈洛神賦〉的接受尚有〈丹砂可學賦〉，賦中寫到服食丹砂後的遊仙經歷時言「却交甫之玉質，笑陳王之妙顏。」〔註40〕所謂「笑陳

　　　　卷2，頁73～78。

〔註39〕黃守誠：〈曹植對江淹的影響——兼論〈洛神賦〉與〈麗色賦〉〉，《書
　　　　和人》第654期（1990年9月8日），頁4。

〔註40〕梁・江淹撰，明・胡之驥注，李長路、趙威點校：《江文通集彙注》，
　　　　卷1，頁48。

王」,就是〈洛神賦〉典故,意思是說自己不會像曹植那樣被宓妃所迷惑。

另外,齊謝朓(464～499)〈七夕賦〉奉護軍王命作,其中:

> 君王壯思風飛,沖情雲上,顧楚詩而縱轡,瞻蘭書而競爽,
> 實研精之多暇,聊餘日之駘蕩。賦幽靈以去惑,排視聽而元
> 往。晒陽雲於荊夢,賦洛篇於陳想。乃澄心而閑邪,庶綢繆
> 於茲賞。〔註41〕

寫七夕之夜,「君王壯思風飛,沖情雲上」,就有「晒陽雲於荊夢,賦洛篇於陳想」,而「洛篇」,指的是〈洛神賦〉,可見謝朓對〈洛神賦〉的接受。

劉休玄(431～453)有〈水仙賦〉,梁元帝蕭繹在談到宋文帝兒子劉鑠時,曾以〈洛神賦〉為標準:

> 劉休玄,少好學,有文才,嘗為〈水仙賦〉,當時以為不減〈洛
> 神〉,〈擬古〉詩,時人以為陸士衡之流。余謂〈水仙〉不及
> 〈洛神〉,〈擬古〉勝乎士衡矣。〔註42〕

劉休玄,即宋南平穆王劉鑠,宋文帝第四子。據《南史》記載「少好學,有文才,未弱冠,〈擬古〉三十餘首,時人以為亞跡陸機。」〔註43〕其〈擬古詩〉,《文選》錄有〈擬行行重行行〉和〈擬明月何皎皎〉二首〔註44〕;《玉臺新詠》除此二首之外,還錄有〈擬孟冬寒氣至〉和〈擬青青河邊草〉二首。〔註45〕將今存劉休玄〈擬古詩〉和陸機〈擬古詩〉對讀,確可證實《金樓子》與《南史》所言不差。至於〈水仙賦〉,由於該賦已經散佚,因此無從得知確切的內容,但從「當時以為不減〈洛神〉」及蕭繹以為「不及〈洛神〉」的評價來判斷,〈水仙賦〉當有

〔註41〕 齊・謝朓:《謝宣城詩集》(北京:中華書局,1985 年),卷 1,頁 4。

〔註42〕 梁・蕭繹撰,許逸民校箋:《金樓子校箋》,〈說蕃篇第 8〉,頁 966。

〔註43〕 唐・李延壽:《南史》(北京:中華書店,1975 年 6 月)第 2 冊,卷 14,〈宋宗室及諸王列傳第 4〉,頁 395。

〔註44〕 梁・蕭統編,唐・李善注,清・胡克家考異:《文選附考異》,卷 31,頁 450。

〔註45〕 陳・徐陵編,清・吳兆宜注:《玉臺新詠箋注》(臺北:明文書局,1988 年 7 月),卷 3,頁 127～128。

一定水準，也必定與〈洛神賦〉有著不可分割的關聯。

從六朝文人不斷以〈洛神賦〉為創作基礎，甚至作為評論其他辭賦的標準，也再次證明〈洛神賦〉在六朝的地位與接受程度。

第三節　宮體詩對〈洛神賦〉的承繼

「宮體」一詞，最初見於《南史·簡文帝綱本紀》：

> 太宗幼而敏睿，識悟過人，六歲便能屬文，武帝弗之信，於前面試，帝攬筆立成文。武帝歎曰「常以東阿為虛，今則信矣。」……及居監撫，多所弘宥，文案簿領，纖毫必察。弘納文學之士，賞接無倦。嘗於玄圃述武帝所制《五經講疏》，聽者傾朝野。雅好賦詩，其自序云「七歲有詩癖，長而不倦。」然帝文傷於輕靡，時號「宮體」。〔註46〕

另外，《南史·徐摛傳》亦述「宮體」之稱由來：

> 摛幼好學，及長，遍覽經史，屬文好為新變，不拘舊體。……
> 摛文體既別，春坊盡學之，「宮體」之號，自斯而始。〔註47〕

宮體詩通常指產生於宮廷，風格一般流於浮靡輕豔，蕭梁皇族及其文學侍從為宮體詩主要作家，其內容大多描寫婦女生活及女性體態之美，注重辭藻、對偶，形式工巧，聲律嚴整，形成了梁陳時期詩歌的特殊景象。

一、宮體詩對〈洛神賦〉美人形象的承繼

關於描繪女性體態之美的文學作品，並非宮體詩所獨擅，早在先

〔註46〕唐·李延壽：《南史》〈梁本紀下第8〉，頁232～233。
〔註47〕唐·李延壽：《南史》〈列傳第52〉，頁1521。曹道衡、沈玉成認為，前人根據〈徐摛傳〉把宮體詩形成的時間定在中大通3年（531）蕭綱繼蕭統立為太子以後，這個說法並不確切。宮體的形成要早於蕭綱入主東宮，徐摛（474～551）和庾肩吾（487～551）就是宮體詩的開創者，只是隨著蕭綱的入東宮才正式獲得了「宮體」這一名稱。見曹道衡、沈玉成：《南北朝文學史》（北京：人民文學出版社，1991年12月），頁237～240。

秦,《詩經・衛風・碩人》形容莊姜之美即云:

> 手如柔荑,膚如凝脂,領如蝤蠐,齒如瓠犀,蠑首蛾眉。巧
> 笑倩兮,美目盼兮。〔註48〕

對於莊姜外貌及神情的刻畫,均有生動逼真表現,比之宮體詩亦猶有過之。接著西漢辛延年(前220~?) 〈羽林郎〉:

> 長裾連理帶,廣袖合歡襦。頭上藍田玉,耳後大秦珠。
> 兩鬟何窈窕,一世良所無。〔註49〕

較之〈碩人〉,〈羽林郎〉對美人服裝與配飾有較多的著墨。因此,在宮體詩之前,即有描寫女性外貌、神情、服裝與配飾的文學作品。

但不可諱言,曹植〈洛神賦〉對宓妃外貌與裝飾鉅細靡遺的刻畫,與對宓妃性情與神采深刻的描寫,無疑才是宮體詩的奠基者。洛神成為宮體詩中美人的代表,對女性體態的鋪陳也無不師法〈洛神賦〉。蕭綱〈絕句賜麗人〉:

> 腰肢本獨絕,眉眼特驚人。判自無相比,還來有洛神。〔註50〕

蕭綱在贈詩麗人時,不僅承襲〈洛神賦〉對美人體態、面貌的寫法,甚至將洛神視為絕美的象徵,故藉其讚美詩中麗人足以與洛神比肩。

江淹喜「敩其文體」對於摹擬前人作品頗有造詣,〈詠美人春遊〉:

> 江南二月春,東風轉綠蘋。不知誰家子,看花桃李津。
> 白雪凝瓊貌,明珠點絳脣。行人咸息駕,爭擬洛川神。〔註51〕

形容春遊美女似洛神般「白雪凝瓊貌,明珠點絳脣」,吸引過路行人不由自主停留欣賞,其中「行人咸息駕」出自曹植〈美女篇〉「行徒用息駕」。〔註52〕

〔註48〕 先秦・佚名,裴普賢評註:《詩經評註讀本》(臺北:三民書局,1982年7月)上冊,頁141。

〔註49〕 陳・徐陵編,清・吳兆宜注:《玉臺新詠箋注》,卷1,頁24。

〔註50〕 陳・徐陵編,清・吳兆宜注:《玉臺新詠箋注》,卷10,頁512。

〔註51〕 梁・江淹撰,明・胡之驥注,李長路、趙威點校:《江文通集彙注》,卷4,頁170。

〔註52〕 梁・蕭統編,唐・李善注,清・胡克家考異:《文選附考異》,卷27,頁400。

梁劉緩（？～540？）〈敬酬劉長史詠名士悅傾城〉：

> 不信巫山女，**不信洛川神**。何關別有物，還是傾城人。
>
> 經共陳王戲，曾與宋家鄰。未嫁先名玉，來時本姓秦。
>
> 粉光猶似面，朱色不勝脣。遙見疑花發，聞香知異春。
>
> 釵長逐鬢髮，袜小稱腰身。夜夜言嬌盡，日日態還新。
>
> 工傾荀奉倩，能迷石季倫。上客徒留目，不見正橫陳。〔註53〕

對眼前美人的歌頌發揮得淋漓盡致，雖言「不信洛川神」，卻更能證明洛神的美人形象在六朝普遍受到認同。

六朝詩人喜用「洛妃」來指代「宓妃」，而在宮體風格詩歌中，洛妃最顯著的特徵在於其美麗的外貌與裝飾，這又出自於〈洛神賦〉中對宓妃的刻畫，其中或以高髻示人，如梁劉孝儀（484～550）〈探物作豔體連珠〉其一：

> 妾聞**洛妃**高髻，不姿於芳澤。玄妻長髮，無藉於金鈿。故云名由於自矣，蟬稱得於天然。是以梁妻獨其妖豔，衛姬專其可憐。〔註54〕

宓妃除了美麗的外貌與裝飾外，連含情脈脈的動人笑靨也為詩人所借鑒，如梁劉孝威（496～549）〈賦得香出衣詩〉：

> 香出衣，步近氣逾飛。博山登高用鄴錦，含情動靨比**洛妃**。
>
> 香纓麝帶縫金縷，瓊花玉勝綴珠徽。蘇合故年微恨歇，都梁
>
> 路遠恐非新。猶賢漢君芳千里，尚笑荀令止三旬。〔註55〕

在六朝，「洛浦」也成宓妃的代稱。如梁何思澄（480？～530？）〈南苑逢美人〉：

> **洛浦**疑迴雪，巫山似旦雲。傾城今始見，傾國昔曾聞。
>
> 媚眼隨嬌合，單脣逐笑分。風捲葡萄帶，日照石榴裙。

〔註53〕陳・徐陵編，清・吳兆宜注：《玉臺新詠箋注》，卷8，頁345～346
〔註54〕唐・歐陽詢撰，汪紹楹校：《藝文類聚》上冊，卷57，頁1038。
〔註55〕逯欽立輯校：《先秦漢魏晉南北朝詩》下冊，〈梁詩卷18〉，頁1884。

自有狂夫在，空持勞使君。〔註56〕

除「洛浦疑迴雪」出自〈洛神賦〉「飄颻兮若流風之迴雪」外，「媚眼隨嬌合，單唇逐笑分。風捲葡萄帶，日照石榴裙」亦摹擬〈洛神賦〉對傾國傾城美人外貌及服飾的描繪。

陳江總（519～594）〈新入姬人應令詩〉：

> **洛浦**流風漾淇水，秦樓初日度陽臺。
> 玉軑輕輪五香散，金燈夜火百花開。
> 非是妖姬渡江日，定言神女隔河來。
> 來時向月別姮娥，別時清吹悲蕭史。
> 數錢拾翠爭佳麗，拂紅點黛何相似。
> 本持纖腰惑楚宮，暫迴舞袖驚吳市。
> 新人羽帳挂流蘇，故人網戶織蜘蛛。
> 梅花柳色春難遍，情來春去在須臾。
> 不用庭中賦綠草，但願思著弄明珠。〔註57〕

宮體詩人對美人的描繪總不脫〈洛神賦〉中宓妃形象的範疇。〔註58〕王玉亮認為：

> 「宓妃」、「洛浦」這樣的語詞經常出現於南朝的宮體詩女性
> 為題的詩中。我們不難推測，曹植的〈洛神賦〉對南朝宮體
> 詩人描寫女性產生多大的影響啊！〔註59〕

除了洛神之外，〈洛神賦〉中「拾翠」、「翠羽」、「陵波」也都成了美人的代稱，如梁費昶（約510前後在世）〈春郊望美人〉：

> 芳郊**拾翠**人，回袖掩芳春。金輝起步搖，紅彩發吹綸。

〔註56〕 陳・徐陵編，清・吳兆宜注：《玉臺新詠箋注》，卷6，頁257。

〔註57〕 逯欽立輯校：《先秦漢魏晉南北朝詩》下冊，〈陳詩卷8〉，頁2595～2596。

〔註58〕 以上觀點與例證參考王莉：〈論宓妃形象在中古時期的新變及其成因〉，頁59～60。

〔註59〕 王玉亮：〈論南朝宮體詩中的女性描寫〉，《文學教育》2008年2月，頁135。

湯湯蓋頂日，飄飄馬足塵。薄暮高樓下，當知妾姓秦。〔註60〕

又梁紀少瑜（約510前後在世）〈建興苑〉：

丹陵抱天邑，紫淵更上林。銀臺懸百仞，玉樹起千尋。

水流冠蓋影，風揚歌吹音。踟蹰憐拾翠，顧步惜遺簪。

日落庭花轉，方憶屢移陰。終言樂未極，不道愛黃金。〔註61〕

又梁湯僧濟（約510前後在世）〈詠渫井得金釵〉：

昔日倡家女，摘花露井邊。摘花還自插，照井還自憐。

窺窺終不罷，笑笑自成妍。寶釵於此落，從來不憶年。

翠羽成泥去，金色尚如先。此人今不在，此物今空傳。〔註62〕

梁蕭紀（508～553）〈同蕭長史看妓〉：

燕姬奏妙舞，鄭女發清歌。迴蓋出慢臉，送態入嚬蛾。

寧殊值行雨，詎減見凌波。想君愁日暮，應羨魯陽戈。〔註63〕

至於宮體詩人取法於〈洛神賦〉文句，有梁王樞（約510前後在世）〈徐尚書座賦得可憐〉：

紅蓮披早露，玉貌映朝霞。飛燕啼妝罷，顧插步搖花。

溢匝金鈿滿、參差繡領斜。暮還垂瑤帳、香燈照九華。〔註64〕

其中以「蓮花」、「朝霞」比喻美人神采的「紅蓮披早露，玉貌映朝霞」出自〈洛神賦〉「太陽升朝霞，芙蕖出淥波」。

另外，早在宮體詩之前，西晉傅玄（217～278）〈有女篇・豔歌行〉：

有女懷芬芳，提提步東箱。蛾眉分翠羽，明目發清揚。

丹脣翳皓齒，秀色若珪璋。巧笑露權靨，眾媚不可詳。

容儀希世出，無乃古毛嬙。頭安金步搖，耳繫明月璫。

珠環約素腕，翠爵垂鮮光。文袿綴藻黼，玉體映羅裳。

〔註60〕陳・徐陵編，清・吳兆宜注：《玉臺新詠箋注》，卷6，頁250～251。

〔註61〕陳・徐陵編，清・吳兆宜注：《玉臺新詠箋注》，卷8，頁353～354。

〔註62〕陳・徐陵編，清・吳兆宜注：《玉臺新詠箋注》，卷8，頁358～359。

〔註63〕陳・徐陵編，清・吳兆宜注：《玉臺新詠箋注》，卷7，頁307。

〔註64〕陳・徐陵編，清・吳兆宜注：《玉臺新詠箋注》，卷5，頁218。

容華既以豔，志節擬秋霜。徽音貫青雲，聲響流四方。

妙哉英媛德，宜配侯與王。靈應萬世合，日月時相望。

媒氏陳束帛，羌雁鳴前堂。百兩盈中路，起若鸞鳳翔。

凡夫徒踴躍，望絕殊參商。〔註65〕

寫美人「蛾眉分翠羽，明目發清揚。丹脣翳皓齒，秀色若珪璋。巧笑露權靨，眾媚不可詳。」描寫美人之眉目、脣齒、笑靨，與〈洛神賦〉細筆描寫宓妃面貌特徵相似。而「翠羽」、「清揚」又分別出自〈洛神賦〉「拾翠羽」、「迴清陽」。

南朝宋謝惠連（407～433）〈秋胡行〉：

春日遲遲，桑何萋萋。紅桃含夭，綠柳舒荑。

邂逅粲者，遊渚戲蹊。華顏易改，良願難諧。

係風捕影，誠知不得。念彼奔波，意慮迴惑。

漢女倏忽，**洛神飄揚**。空勤交甫，徒勞陳王。〔註66〕

不僅宮體詩，〈洛神賦〉宓妃美人形象早已在其他文學作品中豔名遠播。不過王莉卻認為：

宓妃指代現實中的美人的寫法，既有前代文學因子的繼承，也與南朝以來世俗享樂之風的盛行有關。詩人在聲色享樂過程中，把身邊的歌伎舞女、倡家寵姬寫入詩歌當中。這些現實中的美女因其多以色藝示人，其性格特徵並不明顯。因此神女宓妃成為詩人對現實中美人的褒揚之詞，無法擁有更深的生命內涵。〔註67〕

隨著六朝詩人著眼於宓妃體貌外表，宓妃明詩知禮之高貴氣質、人神阻隔之哀怨悲傷卻消失了，宓妃雖成為美人之代稱，也落入凡間，甚至淪為舞女、寵姬。

〔註65〕陳‧徐陵編，清‧吳兆宜注：《玉臺新詠箋注》，卷2，頁74～75。

〔註66〕逯欽立輯校：《先秦漢魏晉南北朝詩》中冊，〈宋詩卷4〉，頁1188。

〔註67〕王莉：〈論宓妃形象在中古時期的新變及其成因〉，頁59～60。

二、宮體詩對〈洛神賦〉宓妃典故的承繼

宮體詩對〈洛神賦〉的接受，除宓妃的外貌與裝飾外，也將曹植與宓妃人神戀愛卻終不成眷屬的結局化為文學典故，宓妃成詩人寄託情感的對象。如梁蕭衍（464～549）〈戲作〉：

宓妃生洛浦，游女出漢陽。妖閑逾下蔡，神妙絕高唐。

綿駒且變俗，王豹復移鄉。況茲集靈異，豈得無方將。

長袂必留客，清哇咸繞梁。燕趙羞容止，西妲慚芬芳。

徒聞殊可弄，定自乏明璫。〔註68〕

〈洛神賦〉人神戀愛的主題思想，深深烙印在六朝文人心中，梁武帝蕭衍不禁心嚮往之。

費昶〈和蕭記室春旦有所思詩〉：

芳樹發春輝，蔡子望青衣。水逐桃花去，春隨楊柳歸。

楊柳何時歸，裊裊復依依。已映章臺陌，復埽長門扉。

獨知離心者，坐惜春光違。洛陽遠如日，何由見**宓妃**。〔註69〕

「望青衣」、「楊柳歸」滿懷離情別緒，宓妃成遠方未歸美人象徵，眷念之情溢於言表。

梁戴暠（約510前後在世）〈月重輪行〉：

皇基屬明兩，副德表重輪。重輪非是暈，桂滿自恒春。

海珠含更減，階蓂翳且新。婕好比團扇，曹王譬**洛神**。

浮川疑讓璧，入戶頻燒銀。從來看顧兔，不曾聞鬪麟。

北堂豈盈手，西園偏照人。〔註70〕

由於〈洛神賦〉留下曹植與宓妃人神殊途的惆悵，因此戴暠特別轉而將曹植與洛神比喻為月之重輪形影不離。

另外，在梁徐悱（？～524）與劉令嫻（約510前後在世）夫婦的贈答詩中，也以宓妃為典故，如〈對房前桃樹詠佳期贈內〉：

〔註68〕陳‧徐陵編，清‧吳兆宜注：《玉臺新詠箋注》，卷7，頁273。
〔註69〕陳‧徐陵編，清‧吳兆宜注：《玉臺新詠箋注》，卷6，頁250。
〔註70〕逯欽立輯校：《先秦漢魏晉南北朝詩》下冊，〈梁詩卷27〉，頁2099。

相思上北閣，徙倚望東家。忽有當軒樹，兼含映日花。

方鮮類紅粉，比素若鉛華。更使增心意，彌令想狹邪。

無如一路阻，脈脈似雲霞，嚴城不可越，言折代疏麻。〔註71〕

以桃花喻妻子，其妻〈答外詩二首〉其二，一作〈詠佳人〉：

東家挺奇麗，南國擅容輝。夜月方神女，朝霞喻**洛妃**。

還看鏡中色，比豔自知非。摛辭徒妙好，連類頓乖違。

智夫雖已麗，傾城未敢希。〔註72〕

徐悱與劉令嫻均為梁朝著名詩人，夫妻間常有贈答，此首答贈詩以洛妃為傾城佳人，雖自歎不如，但仍充滿思慕之情。

宓妃所居之地「洛浦」，是曹植與宓妃互贈玉佩、明璫所在，因此詩人將洛浦衍生為戀人分別或遺贈的地點。如梁王筠（481～549）〈五日望採拾詩〉：

裁縫逗早夏，點畫守初晨。綃紈既妍媚，脂粉亦香新。

長絲表良節，金縷應嘉辰。結廬同楚客，採艾異詩人。

折花競鮮彩，拭露染芳津，含嬌起斜盼，歛笑動微嚬。

獻璫依**洛浦**，懷珮似江濱。須待恩光接，中夜表衣巾。〔註73〕

「含嬌起斜盼，歛笑動微嚬」表情柔媚生動，「獻璫依洛浦，懷珮似江濱」也摹擬〈洛神賦〉中「解玉佩以要之」與「獻江南之明璫」。

梁劉孝綽（？～539）〈為人贈美人詩〉：

巫山薦枕日，**洛浦**獻珠時。一遇便如此，宵關先有期。

幸非使君問，莫作羅敷辭。夜長眠復坐，誰知闇斂眉。

欲寄同花燭，為照遙相思。〔註74〕

不僅將洛浦作為情人歡會之地，並將〈洛神賦〉與巫山神女故事融為一

〔註71〕陳·徐陵編，清·吳兆宜注：《玉臺新詠箋注》，卷6，頁247～248。

〔註72〕陳·徐陵編，清·吳兆宜注：《玉臺新詠箋注》，卷6，頁255～256。

〔註73〕逯欽立輯校：《先秦漢魏晉南北朝詩》下冊，〈梁詩卷24〉，頁2016～2017。

〔註74〕逯欽立輯校：《先秦漢魏晉南北朝詩》下冊，〈梁詩卷16〉，頁1837。

體，洛浦也成六朝詩人常用的文學典故。〔註75〕

　　〈洛神賦〉中宓妃「陵波微步，羅韈生塵」步姿優美，詩人又將洛浦視為美人歌舞表演之地。陳陰鏗（511～563）〈侯司空宅詠妓詩〉：

> 佳人遍綺席，妙曲動鵾絃。樓似陽臺上，池如**洛浦**邊。
>
> 鶯啼歌扇後，花落舞衫前。翠柳將斜日，俱照晚粧鮮。〔註76〕

　　除了宮體詩外，北朝文人也受宓妃典故的影響，如北魏溫子昇（496～547）〈常山公主碑〉：

> 川有急流，風無靜樹，奄辭身世，**從宓妃於伊洛**，遽捐館舍，
>
> 追帝子於瀟湘。〔註77〕

以隨宓妃遊於伊洛，隱晦表達常山公主之辭世。

　　北齊魏收（507～572）〈美女篇〉其一：

> 楚襄遊夢去，陳思朝洛歸。參差結旌旆，掩靄頓驂騑。
>
> 變化有臺曲，駈散鬱川沂。**仍令賦神女，俄聞要虙妃。**
>
> 照梁何足豔，昇霞反奮飛，可言不可見，言是復言非。〔註78〕

也是以人神戀愛的宓妃故事為典故，寄託對神女宓妃的嚮往之情。

　　又北周庾信（513～581）〈奉和夏日應令詩〉：

> 朱簾捲麗日，翠幕蔽重陽。五月炎蒸氣，三時刻漏長。
>
> 麥隨風裏熟，梅逐雨中黃。開冰帶井水，和粉雜生香。
>
> 衫含蕉葉氣，扇動竹花涼。早菱生軟角，初蓮開細房。
>
> 願陪仙鶴舉，**洛浦**聽笙簧。〔註79〕

也是以「洛浦」作為美人歌舞表演之地的代稱。

　　在六朝文人創作中，宓妃典故的接受不僅止於宮體詩，還擴及各

〔註75〕以上觀點與例證參考王莉：〈論宓妃形象在中古時期的新變及其成因〉，頁60。

〔註76〕逯欽立輯校：《先秦漢魏晉南北朝詩》下冊，〈陳詩卷1〉，頁2457。

〔註77〕唐・歐陽詢撰，汪紹楹校：《藝文類聚》上冊，卷16，頁306。

〔註78〕逯欽立輯校：《先秦漢魏晉南北朝詩》下冊，〈北齊詩卷1〉，頁2268。

〔註79〕逯欽立輯校：《先秦漢魏晉南北朝詩》下冊，〈北周詩卷3〉，頁2381。

文學體類，就如同王莉所言：

> 在中古時期宓妃形象得以豐富和發展，延續《楚辭》傳統，
> 在人神相戀主題下寄託政治理想；在遊仙詩中成為世人欽
> 慕的神仙形象；在宮體詩中變身世俗的美人形象。宓妃及其
> 所在的洛浦都具有文學生成意義，成為文學典故和文學意
> 象。〔註80〕

宓妃形象也不僅是美人的代表，而且更富含文學意象和比興意義，除對六朝文學作品有非常重大影響外，更對後世創作產生示範作用。

第四節　小結

由「詩緣情而綺靡」而「文章且須放蕩」，吟詠情性的文學觀主導了六朝文壇，曹植〈洛神賦〉浪漫的人神戀愛情節，無疑是其抒情的代表作。再加上曹植在六朝崇高地位，從當時文人的評價及對其文才及文學作品的仰慕，以致「懷鉛吮墨者，抱篇章而景慕，映餘輝以自燭。」六朝文人爭相摹擬，六朝也就成〈洛神賦〉傳播與接受的黃金時期，不僅接受者眾多，接受面向遍及詩賦書畫，更有人為其單篇作注。洪順隆認為：

> 由曹植的聲望，曹植的文學地位，曹植的聲氣，加上六朝的
> 文學環境，六朝的賦風等傳播和接受因素，匯聚到〈洛神賦〉
> 的文本上，它的光輝，大概足以照亮整個六朝賦壇。〔註81〕

六朝辭賦中張敏〈神女賦〉從主題思想、結構、文句與結局無不充滿〈洛神賦〉接受痕跡。而從謝靈運〈江妃賦〉殘存的文字可以看出，無論在主題思想、情節、敘述的視角與文句意象，均與〈洛神賦〉如出一轍。江淹〈水上神女賦〉除主題思想摹擬〈洛神賦〉外，連篇名、結構、賦中文句無一不是〈洛神賦〉的翻版。至於表現技巧部分，沈約

〔註80〕王莉：〈論宓妃形象在中古時期的新變及其成因〉，頁60。
〔註81〕洪順隆：〈論〈洛神賦〉對六朝賦壇的投映〉，《辭賦論叢》，頁175。

〈麗人賦〉在女神情態、光采、衣飾、動作的描寫，還有〈傷美人賦〉賦中文句，無不與〈洛神賦〉有異曲同工之妙。江淹〈麗色賦〉從序開始，無論是空間轉換、曼妙步姿、優雅談吐、修辭技巧、動態描寫及女神駕返山川禽魚的動作，都脫胎於〈洛神賦〉。六朝辭賦對於〈洛神賦〉的接受，除了摹擬外，還有引述〈洛神賦〉曹植與宓妃愛情典故。值得注意的是，六朝文人似乎還將〈洛神賦〉奉為圭臬，以作為品評其他辭賦的標準，由此更可證明〈洛神賦〉在六朝接受的程度與地位。

　　〈洛神賦〉對六朝文學的影響除辭賦外，宮體詩對〈洛神賦〉的接受更是直接而深入。由於〈洛神賦〉，對宓妃外貌、裝飾鉅細靡遺的刻畫與對宓妃性情、神采深刻的描寫，使宮體詩人群起效法，紛紛將其表現在創作中。六朝詩人尤喜以洛妃指代宓妃，連宓妃所居之「洛浦」，〈洛神賦〉中的「拾翠」、「翠羽」、「陵波」都成為美人的代稱。〈洛神賦〉曹植與宓妃人神戀愛卻終不成眷屬的結局也化為文學典故，宓妃成了詩人寄託情感的對象。宓妃除成為詩人嚮往而不可及的對象外，「洛浦」是曹植與宓妃互贈玉佩、明璫的所在，更被詩人衍生為戀人分別或遺贈的地點，「洛浦」甚至因宓妃的曼妙步姿，成為美人歌舞表演之所在。

　　蔣寅認為：

> 　　從魏晉到南北朝之間，擬古一直是詩壇的時尚，在陸機、謝靈運、江淹等詩人的創作中，擬古更是一個不可忽視的特徵……。擬古的結果形成古典詩歌普遍而清晰的互文關係，並滲透於詩歌文本的各個層次。甚至可以說，互文性是中國古典詩歌最突出的文本特徵，也是古典詩歌作品最普遍的現象。〔註82〕

六朝文人的創作不管是辭賦對〈洛神賦〉主題思想與表現技巧的摹擬，或是宮體詩對〈洛神賦〉美人形象與的宓妃典故的承繼，都驗證著「互

〔註82〕蔣寅：〈擬與避：古典詩歌文本的互文性問題〉，《文史哲》2012 年第 1 期（總第 328 期），頁 22。

文性」在古典詩歌作品中的普遍現象。

　　雖然〈洛神賦〉在六朝廣為文人所接受，但隨著宮體詩人著重在宓妃的體貌外表，而忽略宓妃明詩知禮之高貴氣質與人神阻隔之哀怨悲傷，宓妃的形象也從此走下了神壇，朝向世俗化發展。

第六章　唐詩宋詞對〈洛神賦〉的轉化

　　進入唐、宋以後，隨著《文選》及李善注所帶動的傳播作用，〈洛神賦〉常為唐、宋文人所引用，不僅曹植與甄后的「愛情」傳說，不斷出現在詩詞中，甚至賦中的「陵波」、「羅襪」都能轉化成為獨立意象。唐代李商隱對〈洛神賦〉情有獨鍾，創作許多膾炙人口的作品，對〈洛神賦〉傳播更有顯著的貢獻。宋代詞人則將宓妃與水仙花意象重合，拓展了〈洛神賦〉的內涵，讓〈洛神賦〉的影響不斷推陳出新。

第一節　《文選》及李善注對〈洛神賦〉的外在傳播作用

一、《文選》在唐宋的地位

　　《文選》能在唐、宋享有特殊地位，科舉應當是重要因素。唐代科舉最初分明經、進士兩科，但從高宗（628～683）以後，明經科地位下降，進士科日益受到文人青睞。由於明經科只需熟讀經書，而進士科除經學和時務策外，還要加考詩賦，因此主司取人，主要看詩賦。《新唐書・選舉志》即載：

> 大抵眾科之目，進士尤為貴，其得人亦最為盛焉。方其取以辭章，類若浮文而少實；及其臨事設施，奮其事業，隱然為

　　國名臣者，不可勝數，遂使時君篤意，以謂莫此之尚。〔註1〕

　　詩賦著重辭藻、典故、對偶和聲律，文人為了學習前人詩賦，《文選》就成仿效的不祧之祖。而唐代考取進士後，還需通過吏部的「釋褐試」，其中的「判」，要求「文理優長」〔註2〕，判牘以及各種公文寫作都需使用駢體，《文選》中保存大量優秀駢體文章，因此直到南宋都還有諺云「《文選》爛，秀才半。」〔註3〕

　　唐代除了以詩賦取士，士亦以詩賦名家，因此《文選》受到高度重視，以至鄉學亦立有專科。張鷟（658～730）就提到唐代鄉學即有專門講解《文選》者，如「唐國子監助教張簡，河南猴氏人也，曾為鄉學講《文選》」。〔註4〕張鷟卒於開元年間，可知張簡（唐高宗年間在世）「為鄉學講《文選》」當是「選學」興盛後高宗以至玄宗年間的事。《文選》不僅為上層士大夫所必讀，鄉學亦講《文選》，由此可見「選學」在唐代的普及。

　　關於「選學」的起源，《舊唐書‧曹憲傳》：

> 曹憲，揚州江都人也。仕隋為祕書學士。每聚徒教授，諸生數百人。當時公卿已下，亦多從之受業。……所撰《文選音義》，甚為當時所重。初，江淮間為《文選》學者，本之於憲，又有許淹、李善、公孫羅復相繼以《文選》教授，由是其學大興於代。〔註5〕

〔註1〕宋‧歐陽修、宋祁撰：《新唐書》（北京：中華書局，1975年2月）第4冊，〈志第34〉，頁1166。

〔註2〕「凡擇人之法有四：一曰身，體貌豐偉；二曰言，言辭辯正；三曰書，楷法遒美；四曰判，文理優長。四事皆可取，則先德行；德均以才，才均以勞。得者為留，不得者為放。」宋‧歐陽修、宋祁撰：《新唐書》第4冊，〈志第35〉，頁1171。

〔註3〕宋‧陸游撰，李劍雄、劉德權點校：《老學庵筆記》（北京：中華書局，1979年11月），卷8，頁100。

〔註4〕唐‧張鷟撰，趙守儼點校：《朝野僉載》（北京：中華書局，1979年10月），頁167。

〔註5〕後晉‧劉昫等撰：《新校本舊唐書附索引》（臺北：鼎文書局，1976年）第6冊，〈列傳第139上〉，頁4985～4986。

唐太宗時，許淹（約 650 前後在世）、李善及公孫羅（約 660 前後在世）等人師承曹憲（541～645），相繼講授《文選》，形成所謂「選學」。

　　到了盛唐時期，「選學」更受重視，如李白（701～762）對《文選》就著意甚深：

　　　　白前後三擬《詞選》，不如意，悉焚之，惟留〈恨〉、〈別賦〉。
〔註6〕

《詞選》即《文選》，李白不僅熟讀《文選》，更摹擬《文選》中詩文達三次之多。

　　而杜甫（712～770）曾告誡其子要「熟精《文選》理」。杜甫有兩首詩談到《文選》，一是〈水閣朝霽奉簡雲安嚴明府〉「呼婢取酒壺，續兒誦《文選》。」〔註7〕一是〈宗武生日〉「詩是吾家事，人傳世上情。熟精《文選》理，休覓彩衣輕。」〔註8〕這兩首詩，一是讓兒子誦讀《文選》，一是言熟精《文選》理與寫詩之間的關係。從「續兒誦《文選》」、「熟精《文選》理」兩句中，除可體會杜甫對《文選》的精熟程度，更能感受《文選》在杜甫心目中的重要地位。

　　由於《文選》普遍受到唐代文人重視，因此唐詩中即不乏出於六朝之佳句，《池北偶談》〈唐詩本六朝條〉就提到「唐詩佳句，多本六朝，昔人拈出甚多，略摘一二，為昔人所未及者。」〔註9〕

　　到了宋代，「選學」仍然昌盛，如蘇軾（1037～1101）對《文選》就提出評論：

　　　　舟中讀《文選》，恨其編次無法，去取失當。齊、梁文章衰陋，

〔註6〕唐・段成式：《酉陽雜俎》（北京：中華書局，1981 年 12 月），卷 12〈語資〉，頁 116。

〔註7〕唐・杜甫著，清・仇兆鰲注：《杜詩詳注》（北京：中華書局，1979 年 10 月）第 3 冊，卷 14，頁 1248。

〔註8〕唐・杜甫著，清・仇兆鰲注：《杜詩詳注》第 4 冊，卷 17，頁 1477～1478。

〔註9〕清・王士禎撰，靳斯仁點校：《池北偶談》（北京：中華書局，1982 年 1 月）上冊，卷 12，頁 277。

而蕭統尤為卑弱，《文選引》，斯可見矣。〔註10〕
雖對《文選》頗有微詞，但若不是對《文選》知之甚詳，恐也難以指出
其「編次無法」、「文章衰陋」之疵。

宋代對《文選》的重視，還表現在版本刊刻及文本考證上，北宋
共刊刻《文選》六次。南宋刊刻《文選》，則有官修的贛州州學六臣集
注本，私刻之尤袤池州李善注本、陳八郎五臣注本、廖瑩中建寧六臣
本。其中後世一直藉贛州州學六臣集注本，尤袤池州李善注本兩刊本
翻刻，影響最大〔註11〕，對於《文選》的傳播發揮極大助力。而宋代
學者對於《文選》的考證，則使《文選》研究成為顯學，尤其王應麟的
《困學紀聞》旁徵博引，更是此中翹楚。

宋代《文選》專書的編纂蔚為大觀，舉其要者有《李善與五臣同
異》一卷、蘇易簡《文選菁英》二十四卷及《文選雙字類要》三卷，劉
攽《文選類林》十八卷、周明辨《文選彙聚》十卷及《文選類彙》十卷、
王若《選腴》五卷、曾發《選注摘遺》三卷、高似孫《選詩句圖》一卷、
黃簡《文選韻粹》三十五卷、卜鄰《續文選》二十三卷、陳仁子《文選
補遺》四十卷等，這些專書雖大多亡佚，但無疑是另一形式對《文選》
的接受。〔註12〕

宋代編訂的文學總集《文苑英華》，亦受到《文選》的影響，宋太
宗決定接續《文選》，採納上起蕭梁，下至五代的諸家文集，其編排體
例悉摹仿《文選》，篇幅多達一千卷。

隨著唐、宋《文選》地位的不斷提升，入選作家作品不僅本身價
值獲得肯定，更對後代文學創作產生典範性的影響，曹植是建安作家
中入選作品最多者，〈洛神賦〉更是其中名篇，因此《文選》對〈洛神

〔註10〕 〈題文選〉，宋・蘇軾撰，明・茅維編，孔凡禮點校：《蘇軾文集》（北
京：中華書局，2013 年 7 月）第 5 冊，卷 67，頁 2092～2093。
〔註11〕 以上參考汪超：〈試論兩宋《文選》刊印盛況及其原因〉，《浙江海洋學
院學報（人文科學版）》第 25 卷第 3 期（2008 年 9 月），頁 46。
〔註12〕 以上參考駱鴻凱：《文選學》（北京：中華書局，1989 年 11 月），〈源
流第 3〉，頁 74～78。

賦〉的傳播起了極大的作用。如《洛神傳》作者裴鉶即藉小說中主角蕭曠揭示「〈洛神賦〉真體物溜（瀏）浣，為梁昭明之精選爾。」〔註13〕

二、李善注對〈洛神賦〉的解讀與傳播

根據《新唐書》記載：

> 李邕，字泰和，揚州江都人。父善，有雅行，淹貫古今，不能屬辭，故人號「書簏」。顯慶中，累擢崇賢館直學士兼沛王侍讀。為《文選注》，敷析淵洽，表上之，賜賚頗渥。除潞王府記室參軍，為涇城令，坐與賀蘭敏之善，流姚州，遇赦還。居汴、鄭間講授，諸生四遠至，傳其業，號「《文選》學」。〔註14〕

宋末王應麟（1223～1296）云：

> 李善精於《文選》，為注解，因以講授，謂之《文選》學。少陵有詩云「續兒誦《文選》」，又訓其子「熟精《文選》理」，蓋選學自成一家。江南進士試〈天雞弄和風〉詩，以《爾雅》天雞有二，問之主司，其精如此。〔註15〕

李善是文學家與書法家李邕（678～747）的父親，除了師承「選學」大家曹憲外，並參照裴松之注《三國志》、劉孝標（462～521）注《世說新語》體例，對《文選》詳加校勘，尤其注重辭彙和典故來源，引證賅博，體例嚴謹，凡有舊注而義又有可取者就採用舊注，其他則詳加注釋，反覆修訂，用力甚勤。駱鴻凱（1892～1955）對李善注《文選》有極高評價，認為「至其徵引羣書，取材繁富，藝林尤為無匹。」〔註16〕且詳細考證李善注的內容含括：

〔註13〕 唐・裴鉶：《洛神傳》，《百部叢書集成》4，《古今說海》5（臺北：藝文印書館，1966 年），頁 2。

〔註14〕 宋・歐陽修、宋祁撰：《新唐書》第 18 冊，〈列傳第 127〉，頁 5754。

〔註15〕 宋・王應麟撰，清・翁元圻注：《困學紀聞》（北京：商務印書館，1935 年 9 月）下冊，卷 17，頁 1310。

〔註16〕 駱鴻凱：《文選學》，〈源流第 3〉，頁 62。

經傳十八種，經類十八種，經總訓三種，小學三十六種，
緯候圖讖七十三種，正史八十一種，雜史六十九種，史類
七十三種，人物別傳二十三種，譜牒十二種，地理九十九
種，雜藝四十三種，諸子八十五種，子類三十八種，兵書
二十種，道釋經論三十二種，總集六種，集四十二種，詩
一百五十四種，賦二百二十種，頌二十二種，箴十七種，
銘二十一種，贊七種，碑三十三種，誄哀詞三十二種，七
十四種，連珠三種，詔表箋啟三十八種，書九十三種，弔
祭文六種，序四十七種，論二十二種，雜文三十七種，都
二十三類，一千六百八十九種。其引舊注二十九種，尚不
在內。〔註17〕

李善所引古籍，日後大多亡佚，因此當時文獻藉李善注得以保存至今，
清胡紹煐（1792～1860）就謂：

李時古書尚多，自經殘缺而吉光片羽藉存什一，不特文人資
為淵藪，抑亦後儒考證得失之林也。〔註18〕

　　李善注解詳贍，因此將《文選》原有的三十卷擴展為六十卷，在
唐高宗顯慶三年〈上《文選》注表〉云「後進英髦，咸資準的。」〔註
19〕李善注《文選》成為當時及後世文人必讀之書。

　　李善上《文選注》後六十年，玄宗開元六年（718），工部侍郎呂
延祚（約718前後在世）以「李善止引經史，不釋述作之意義」〔註20〕，
邀集呂延濟（開元年間在世）、劉良（開元年間在世）、張銑（開元年間
在世）、呂向（開元年間在世）、李周翰（開元年間在世）等五人重新注
釋《文選》，世稱《文選》五臣注，《文選》的影響也就更為擴大。但蘇

〔註17〕駱鴻凱：《文選學》，〈源流第3〉，頁62。
〔註18〕清・胡紹煐：《昭明文選箋證》（揚州：江蘇廣陵古籍刻印社，1982年
　　　　2月）第1冊，頁3。
〔註19〕梁・蕭統編，唐・李善注，清・胡克家考異：《文選附考異》，頁2。
〔註20〕宋・晁公武撰，宋・姚應績編：《衢本郡齋讀書志》（南京：江蘇古籍
　　　　出版社，1988年）下冊，卷20，頁706。

軾對李善注《文選》卻情有獨鍾，其云：

> 李善注《文選》，本未詳備，極可喜。所謂五臣者，真俚儒之
> 荒陋者也。而世以為勝善，亦謬矣。〔註21〕

蘇軾的說法廣為後世學者所接受，尤其是清代，李善注《文選》研究也
就一枝獨秀了。

〈洛神賦〉中為人所樂道的曹植與甄后戀情，正是出於李善於賦
前所注〈感甄記〉，將神話題材與當時歷史人物相結合，甄后化身為宓
妃，在洛水之濱為報答曹植的知遇之恩，與曹植延續生前未了之情緣，
故事情節雖匪夷所思，也不盡合於歷史，卻廣為世人所接受。

分析〈感甄記〉，可以明顯發現主要內容多改寫自〈洛神賦〉，如
背景年代：

〈記〉「黃初中入朝。」

〈賦〉「黃初三年，余朝京師，還濟洛川。」

途經地點：

〈記〉「植還，度轘轅。」

〈賦〉「背伊闕，越轘轅。」

洛神角色之引出：

〈記〉「將息洛水上，思甄后。忽見女來。」

〈賦〉「臣聞河洛之神，名曰宓妃，然則君王所見，無乃是乎。」

洛神對曹植的傾心：

〈記〉「我本託心君王。」

〈賦〉「雖潛處於太陰，長寄心於君王。」

互贈信物：

〈記〉「遣人獻珠於王，王答以玉珮。」

〈賦〉「解玉佩以要之，抗瓊珶以和予。」

〔註21〕 〈書謝瞻詩〉，宋·蘇軾撰，明·茅維編，孔凡禮點校：《蘇軾文集》
第 5 冊，卷 67，頁 2093。

分離後的情思：

〈記〉「晝思夜想，廢寢與食。」

〈賦〉「夜耿耿而不寐，霑繁霜而至曙。」〔註22〕

另外，〈感甄記〉亦套用宋玉〈高唐賦〉文句，如〈感甄記〉「遂用薦枕席」與〈高唐賦〉「聞君遊高唐，願薦枕席。」〔註23〕〈感甄記〉「懽情交集」與〈神女賦〉「歡情未接，將辭而去。」〔註24〕至於〈感甄記〉中「為郭后以糠塞口，今被髮，羞將此形貌重睹君王爾！」則完全出於《三國志》裴松之所引《漢晉春秋》「甄后之誅，由郭后之寵，及殯，令被髮覆面，以糠塞口。」〔註25〕沈達才就認為：

〈感甄記〉的傳說，完全是出於附會的。而所以作成這個

附會的根據：一半是附會著史實，一半又是附會著〈洛神

賦〉。〔註26〕

不論李善引注的〈感甄記〉是附會也好，虛構也罷，但將〈洛神賦〉那繾綣纏綿人神戀愛的悲劇，賦予濃郁的抒情意味和絢麗的傳奇色彩，後世文學作品不斷以〈感甄記〉故事為基礎衍生想像，可見〈感甄記〉對〈洛神賦〉的傳播是功不可沒的。

第二節　唐詩對〈洛神賦〉的轉化

一、唐詩對〈洛神賦〉整體意象的接受

由於〈洛神賦〉繾綣纏綿的人神戀情深深打動詩人的心，因此許

〔註22〕 以上除自行整理，另參考范子燁：〈驚鴻瞥過遊龍去，虛惱陳王一事無──「感甄故事」與「感甄說」證偽〉，《文藝研究》2012 年第 3 期，頁 61。
〔註23〕 梁‧蕭統編，唐‧李善注，清‧胡克家考異：《文選附考異》，卷 19，頁 270。
〔註24〕 梁‧蕭統編，唐‧李善注，清‧胡克家考異：《文選附考異》，卷 19，頁 274。
〔註25〕 晉‧陳壽撰，南朝宋‧裴松之注：《新校三國志注》上冊，《魏書‧后妃傳第 5‧文德郭皇后》，引《漢晉春秋》，頁 167。
〔註26〕 沈達材：《曹植與洛神賦傳說》，頁 52。

多詩人直接以曹植與宓妃的故事為詩題，歌頌愛情，如唐彥謙（848～894）〈洛神〉：

> 人世仙家本自殊，何須相見向中途。
>
> 驚鴻瞥過遊龍去，漫惱陳王一事無。〔註27〕

劉滄（約867前後在世）〈洛神怨〉：

> 子建東歸恨思長，飄颻神女步池塘。
>
> 雲鬟高動水宮影，珠翠乍搖沙露光。
>
> 心寄碧沈空婉戀，夢殘春色自悠揚。
>
> 停車綺陌傍楊柳，片月青樓落未央。（《全唐詩》第9冊，
>
> 卷586，頁6799。）

張則見認為：

> 該詩運用了「水宮影」、「搖珠翠」等意象暗示了此次相逢的
>
> 虛幻不實；「楊柳」、「片月」等意象則象徵著兩人重逢的無望；
>
> 「空」、「殘」等字眼更是點明了相思的痛苦。這首詩通過部
>
> 分意象寄託洛神的愁怨，更具詩歌含蓄蘊藉的特點。〔註28〕

〈洛神怨〉除了詩題外，亦重新譜寫〈洛神賦〉宓妃優雅風姿與人神相遇卻人神殊途的無奈，並營造淒清空冷意象，將「怨」瀰漫擴散。

　　李白〈感興〉八首其二也以五言詩形式，再度複寫〈洛神賦〉前段情狀：

> 洛浦有宓妃，飄搖雪爭飛。輕雲拂素月，了可見清輝。
>
> 解珮欲西去，含情詎相違。香塵動羅襪，綠水不沾衣。
>
> 陳王徒作賦，神女豈同歸。好色傷大雅，多為世所譏。〔註29〕

其中「飄搖雪爭飛」出自「飄颻兮若流風之迴雪」，「輕雲拂素月」出自

〔註27〕清・聖祖御定：《全唐詩》（臺北：文史哲出版社，1978年12月）第
　　　　10冊，卷672，頁7685。本章詩作多以《全唐詩》此本為據，出處直
　　　　接括註於作品之後，不另加註。

〔註28〕張則見：《曹植〈洛神賦〉接受史研究──以詩文為討論中心》，頁33。

〔註29〕唐・李白著，張式銘標點：《李太白集》（長沙：嶽麓書社，1987年5
　　　　月），卷22，頁210。

「髣髴兮若輕雲之蔽月」,「塵動羅襪」、「淥水不沾衣」與「羅襪生塵」、「陵波微步」有異曲同工之妙。而曹植作〈洛神賦〉雖是「好色傷大雅,多為世所譏」,但總是有意藉「洛浦有宓妃」,吸引讀者的目光。

長孫無忌(594～659)〈新曲〉二首之二亦引用〈洛神賦〉中詞句,並改寫情節,賦予作品新意:

> 迴雪凌波游洛浦,遇陳王。婉約娉婷工語笑,侍蘭房。芙蓉
> 綺帳還開掩,翡翠珠被爛齊光。長願今宵奉顏色,不愛吹簫
> 逐鳳皇。(《全唐詩》第 1 冊,卷 30,頁 434。)

「迴雪」、「凌波」皆出自〈洛神賦〉,且將人神殊途結局,改寫為攜手同歸,閨房裏兩情繾綣。

元稹〈盧十九子蒙吟盧七員外洛川懷古六韻〉:

> 聞道盧明府,閑行詠洛神。浪圓疑靨笑,波闊憶眉嚬。
> 蹀躞橋頭馬,空濛水上塵。草芽猶犯雪,冰岸欲消春。
> 寓目終無限,通辭未有因。子蒙將此曲,吟似獨眠人。[註30]

行至洛川,只見洛水波濤似宓妃一顰一笑,遙想曹植與宓妃往事,抒發思古幽情。

韓偓(844～923)〈密意〉:

> 呵花貼鬢黏寒髮,凝酥光透猩猩血。
> 經過洛水幾多人,惟有陳王見羅襪。[註31]

以曹植慧眼獨具識宓妃,來比喻自己的懷才不遇,比較特別的是,韓偓以「羅襪」作為宓妃的代稱。

再者,〈感甄記〉也仍然在唐詩創作題材中繼續延展,發揮文學的傳播力量。元稹以〈代曲江老人百韻〉「班女恩移趙,思王賦感甄」[註32]直接指明〈洛神賦〉實為感甄而作。另外,陸龜蒙(？～881)

〔註30〕唐・元稹著,周相錄校注:《元稹集校注》(上海:上海古籍出版社,2011 年 12 月)下冊,續補遺卷 1,頁 1539。

〔註31〕唐・韓偓撰,清・吳汝綸評注:《韓翰林集》(臺北:臺灣學生書局,1967 年 5 月),《香奩集》,卷 2,頁 125。

〔註32〕唐・元稹著,周相錄校注:《元稹集校注》上冊,卷 10,頁 274。

〈自遣詩〉三十首之三：

> 多情多感自難忘，祗有風流共古長。
>
> 座上不遺金帶枕，陳王詞賦為誰傷。　（《全唐詩》第 9 冊，
>
> 卷 628，頁 7207。）

以〈感甄記〉中「金帶枕」來代表甄后，說明曹植的感傷與思念。

　　另外，閻德隱（開元年間在世）〈薛王花燭行〉：

> 王子仙車下鳳臺，紫纓金勒馭龍媒。
>
> □□□□□□出，環佩鏘鏘天上來。
>
> 鳷鵲樓前雲半捲，鴛鴦殿上月裴回。
>
> 玉盤錯落銀燈照，珠帳玲瓏寶扇開。
>
> 盈盈二八誰家子，紅粉新妝勝桃李。
>
> 從來六行比齊姜，自許千門奉楚王。
>
> 楚王宮裏能服飾，顧盼傾城復傾國。
>
> 合歡錦帶蒲萄花，連理香裙石榴色。
>
> 金爐半夜起氤氳，翡翠被重蘇合熏。
>
> **不學曹王遇神女**，莫言羅數邀使君。
>
> 同心婉娩若琴瑟，更笑天河有靈匹。
>
> 一朝福履盛王門，百代光輝增帝室。
>
> 富貴榮華實可憐，路傍觀者謂神仙。
>
> 祗應早得淮南術，會見雙飛入紫煙。　（《全唐詩》第 11 冊，
>
> 卷 773，頁 8765。）

套用〈洛神賦〉典故，祝福薛王李業（686～734）新婚百年好合，不會
像曹植神遇宓妃一樣留下遺憾。

　　另外，李嶠（645～714）〈洛〉是別出心裁作品：

> 九洛韶光媚，三川物候新。花明丹鳳浦，日映玉雞津。
>
> 元禮期仙客，**陳王睹麗人**。神龜方錫瑞，綠字重來臻。　（《全
>
> 唐詩》第 2 冊，卷 59，頁 703。）

詩人詠讚洛水風光明媚，碧波萬頃，引用〈洛神賦〉中曹植遇神女典故

來增添其靈秀之氣。

　　唐詩對〈洛神賦〉整體意象的接受，不僅表現在詩題、重新譜寫內容，更重要的是加入〈感甄記〉元素，讓宓妃可以是神女，亦能為甄后的化身，因而豐富唐詩的題材內容。

二、唐詩對〈洛神賦〉個別意象的轉化

（一）以宓妃指代美人

　　唐詩以〈洛神賦〉宓妃來代表「美人」，並以大量筆墨描寫美人形象，此大致屬於南朝「宮體詩」，如蕭綱〈絕句賜麗人〉「判自無相比，還來有洛神」、劉孝威〈賦得香出衣詩〉「含情動靨比洛妃」等流風的延續。其中駱賓王（640～684）就有三首，〈詠美人在天津橋〉：

　　　　美女出東鄰，容與上天津。整衣香滿路，移步襪生塵。

　　　　水下看粧影，眉頭畫月新。寄言曹子建，簡是洛川神。〔註33〕

天津橋在洛陽城北，以架洛水〔註34〕，作者以「整衣香滿路」、「移步襪生塵」營造詩中美人衣香滿路、楚楚動人的樣貌，以比擬洛水上的洛神。

　　另〈櫂歌行〉：

　　　　寫月圖黃罷，凌波拾翠通。鏡花搖茝日，衣麝入荷風。

　　　　葉密舟難蕩，蓮疏浦易空。鳳媒羞自託，鴛翼恨難窮。

　　　　秋帳燈光翠，倡樓粉色紅。相思無別曲，併在櫂歌中。〔註35〕

歌女梳妝出遊，登舟採蓮，衣香融入荷風中，但面對無拘無束的寬廣空

〔註33〕　唐·駱賓王著，清·陳熙晉箋注：《駱臨海集箋注》（上海：上海古籍出版社，1985 年 9 月），卷 2，頁 65。

〔註34〕　「天津橋，在縣北四里。隋煬帝大業元年，初造此橋，以架洛水，用大船維舟，皆以鐵鎖鉤連之。南北夾路，對起四樓，其樓為日月表勝之象。然洛水溢浮，橋輒壞，貞觀十四，年更令石上累方石為腳。《爾雅》『斗、牛之間，為天漢之津』，故取名焉。」唐·李吉甫：《元和郡縣志》，卷 6，收入《景印文淵閣四庫全書》（臺北：臺灣商務印書館，1985 年）第 468 冊，頁 197。

〔註35〕　唐·駱賓王著，清·陳熙晉箋注：《駱臨海集箋注》，卷 2，頁 22～23。

間，卻聯想己身婚姻難託，只好將相思之情傾注於櫂歌中。

　　駱賓王詩中的美人總有衣香為特徵，雖極力描寫美人的容貌、蓮步，但仍無法超越〈洛神賦〉曹植刻畫宓妃的文采，除以「洛川神女」形容美人外，詩中引用〈洛神賦〉中「羅襪生塵」、「陵波微步」、「拾翠羽」。

　　另外，駱賓王出身寒門，以〈詠塵灰〉自比：

　　　洛川流雅韻，秦道擅奇威。聽歌梁上動，應律管中飛。

　　　光飄神女襪，影落羽人衣。願言心未翳，終冀效輕微。〔註36〕

宓妃行走時「羅襪生塵」，此塵既能與神女相伴影落羽衣，又能聞歌起舞，應律而飛，因此只要真心尚存，塵灰亦能效微薄之力。

　　上官儀（608～665）　〈詠畫障〉：

　　　芳晨麗日桃花浦，珠簾翠帳鳳凰樓。

　　　蔡女菱歌移錦纜，燕姬春望上瓊鉤。

　　　新妝漏影浮輕扇，冶袖飄香入淺流。

　　　未減行雨荊臺下，自比**凌波**洛浦遊。　（《全唐詩》第 1 冊，

　　　卷 40，頁 508。）

唐初，詩人仍秉承齊梁浮靡輕豔之風，其中又以上官儀的「綺錯婉媚」〔註37〕為代表，甚至引領風潮，形成所謂的「上官體」，由此首〈詠畫障〉即可見其婉媚之跡。

　　李德裕（787～850）　〈鴛鴦篇〉：

　　　既逢解佩游女，更值**凌波宓妃**。精光搖翠蓋，麗色映珠璣。

　　　（《全唐詩》第 7 冊，卷 475，頁 5398。）

　　梁鍠（約 720 前後在世）或楊巨源（755？～？）　〈名姝詠〉：

　　　阿嬌年未多，體弱性能和。怕重愁拈鏡，憐輕喜曳羅。

　　　臨津雙**洛浦**，對月兩嫦娥。獨有荊王殿，時時暮雨過。（《全

〔註36〕唐·駱賓王著，清·陳熙晉箋注：《駱臨海集箋注》，卷3，頁107。

〔註37〕「儀工詩，其詞綺錯婉媚。」宋·歐陽修、宋祁撰：《新唐書》第 13
　　　　冊，〈列傳第 30〉，頁 4035。

唐詩》第 3 冊，卷 202，頁 2114 與第 5 冊，卷 333，頁 3740。）

杜牧（803～852）　〈書情〉：

誰家**洛浦神**，十四五來人。媚髮輕垂額，香衫軟著身。

摘蓮紅袖濕，窺淥翠蛾頻。飛鵲徒來往，平陽公主親。（《全
唐詩》第 8 冊，卷 525，頁 6018。）

南朝詩人喜用「陵波」、「洛浦」代稱宓妃，唐代詩人依然沿用，
可見「唐詩佳句，多本六朝」。

陳嘉言（約 690 前後在世）　〈上元夜效小庚體〉：

今夜可憐春，河橋多麗人。寶馬金為絡，香車玉作輪。

連手窺潘掾，分頭看**洛神**。重城自不掩，出向小平津。（《全
唐詩》第 2 冊，卷 72，頁 792。）

權德輿（759～818）　〈雜興五首〉其五：

巫山雲雨**洛川神**，珠襦香腰穩稱身。

惆悵妝成君不見，含情起立問傍人。（《全唐詩》第 5 冊，
卷 328，頁 3675。）

羅虬（約 874 前後在世）對雕陰官妓杜紅兒有著無比的鍾情與專
一，甚至為之作詩達一百首之多，其中以洛神相比就有二首。〈比紅兒
詩〉其十四：

拔得芙蓉出水新，魏家公子信才人。

若教瞥見紅兒貌，不肯留情付**洛神**。（《全唐詩》第 10 冊，
卷 666，頁 7626。）

另〈比紅兒詩〉其六十八：

巫山**洛浦**本無情，總為佳人便得名。

今日雕陰有神豔，後來公子莫相輕。（《全唐詩》第 10 冊，
卷 666，頁 7629。）

五代歐陽炯（896～971）　〈楊柳枝〉：

軟碧搖煙似送人，映花時把翠蛾嚬。

青青自是風流主，慢颭金絲待**洛神**。（《全唐詩》第 11 冊，

卷 761，頁 8640。）

詩人心中洛神為完美又多情的象徵，不管是「分頭看洛神」、「惆悵妝成君不見」、「不肯留情付洛神」、「後來公子莫相輕」、「青青自是風流主」，總是情意綿綿。

隨著宓妃世俗化，唐詩也步入宮體詩後塵，甚至單以宓妃外貌來詠「妓」，而忽略宓妃內在靈性，如孟浩然（689～740）〈宴崔明府宅夜觀妓〉：

> 畫堂觀妙妓，長夜正留賓。燭吐蓮花豔，妝成桃李春。
> 髻鬟低舞席，衫袖掩歌唇。汗濕偏宜粉，羅輕詎著身。
> 調移箏柱促，歡會酒杯頻。倘使曹王見，應嫌**洛浦神**。〔註38〕

細筆描繪妝若桃李美妓的舞姿與媚態，甚至連沾有香粉的汗水都如此動人，最後更以洛神反襯出妙妓驚豔全場的美貌。

白居易（772～846）〈題周皓大夫新亭子二十二韻〉中：

> 錦領簾高卷，銀花盞慢巡。勸嘗光祿酒，許看**洛川神**。
> 斂翠凝歌黛，流香動舞巾。裙翻繡鸂鶒，梳陷鈿麒麟。
> 【周兼光祿卿，有家妓數十人。】〔註39〕

崔元範（？～853）〈李尚書命妓歌餞有作奉酬〉：

> 羊公留宴峴山亭，**洛浦**高歌五夜情。
> 獨向柏臺為老吏，可憐林木響餘聲。（《全唐詩》第 9 冊，
> 卷 563，頁 6536。）

范元凱（開元年間在世）〈章仇公兼瓊席上詠真珠姬〉：

> 神女初離碧玉階，彤雲猶擁牡丹鞋。
> 應知**子建憐羅襪**，顧步裴回拾翠釵。（《全唐詩》第 5 冊，
> 卷 311，頁 3516。）

〔註38〕唐・孟浩然著，佟培基箋注：《孟浩然詩集箋注》（增訂本）（上海：上海古籍出版社，2013 年 10 月），宋本集外詩，頁 529。

〔註39〕唐・白居易著，謝思煒校注：《白居易詩集校注》（北京：中華書局，2006 年 7 月）第 3 冊，卷 15，頁 1183。

　　詩人們流連青樓，或許是為尋求紅顏知己與滿足對愛情的想像，也就是「追求詩意化的生活情趣和浪漫溫馨的異性友誼」〔註40〕，因此借貌美的洛神來討好眼前佳人，就不足為奇了。

　　為數眾多的唐詩以宓妃指代美人，不管是「精光搖翠蓋，麗色映珠璣」、「媚髮輕垂額，香衫軟著身」、「汗濕偏宜粉，羅輕詎著身」、「斂翠凝歌黛，流香動舞巾」，或是「裙翻繡鸂鶒，梳陷鈿麒麟」，甚至是「阿嬌」、「比紅兒」、「青青」或「真珠姬」，均能為宓妃化身，顯見以宓妃代表動人美女，已為當時詩人所認同。

　　有趣的是，張懷慶（約650前後在世）〈竊李義府詩〉其所竊的正是李義府（614～666）〈堂堂詞〉二首之一：

　　　　鏤月成歌扇，裁雲作舞衣。自憐迴雪影，好取洛川歸。（《全唐詩》第1冊，卷35，頁469。）

　　而張懷慶 〈竊李義府詩〉：

　　　　生情鏤月為歌扇，出性裁雲作舞衣。

　　　　照鏡自憐回雪影，來時好取洛川歸。（《全唐詩》第12冊，卷869，頁9854。）

張懷慶雖只在〈堂堂詞〉加上「生情」、「出性」、「照鏡」及「來時」，卻為原詩做了最好的闡釋。

　　唐詩除了以宓妃來比擬「美人」外，亦產生「贈美人」變體，如李白〈贈段七娘〉：

　　　　羅襪凌波生網塵，那能得計訪情親。

　　　　千杯綠酒何辭醉？一面紅妝惱殺人。〔註41〕

　　武元衡（758～815） 〈贈佳人〉：

　　　　步搖金翠玉搔頭，傾國傾城勝莫愁。

　　　　若逞仙姿遊洛浦，定知神女謝風流。 （《全唐詩》第5冊，

〔註40〕 汪文學：《中國古代性別與詩學研究》（臺北：花木蘭文化出版社，2012年9月），收入《古代文學研究集刊》6編第3冊，頁84。

〔註41〕 唐・李白著，張式銘標點：《李太白集》，卷24，頁232。

卷 317，頁 3570。)

薛韞（約 790 前後在世）　〈贈鄭女郎〉：

豔陽灼灼**河洛神**，珠簾繡戶青樓春。

能彈箜篌弄纖指，愁殺門前少年子。

笑開一面紅粉妝，東園幾樹桃花死。

朝理曲，暮理曲，獨坐窗前一片玉。

行也嬌，坐也嬌，見之令人魂魄銷。

堂前錦褥紅地鑪，綠沈香榻傾屠蘇。

解佩時時歇歌管，芙蓉帳裏蘭麝滿。

晚起羅衣香不斷，滅燭每嫌秋夜短。　(《全唐詩》第 11 冊，

卷 799，頁 8989。)

以宓妃「相贈」，當是讚美對方有宓妃的外在絕美容貌與內在高貴
氣質，受贈對象「一面紅妝惱殺人」、「傾國傾城勝莫愁」、「見之令人魂
魄銷」，若非絕世之姿，亦應有幾分顏色。

（二）將「人神道殊」化為離別的哀傷

曹植與宓妃有著無法終成眷屬的憾恨，詩人也以此為題，如李嶠
〈素〉：

□□□□女，纖腰**洛浦妃**。□□遠方望，雁足上林飛。

妙奪鮫綃色，光騰月扇輝。非君下路去，誰賞故人機。　(《全
唐詩》第 2 冊，卷 60，頁 712。)

武平一（開元年間在世）　〈妾薄命〉：

有女妖且麗，裴回湘水湄。水湄蘭杜芳，採之將寄誰。

瓠犀發皓齒，雙蛾顰翠眉。紅臉如開蓮，素膚若凝脂。

綽約多逸態，輕盈不自持。嘗矜絕代色，復恃傾城姿。

子夫前入侍，飛燕復當時。正悅掌中舞，寧哀團扇詩。

洛川昔云遇，高唐今尚違。幽閨禽雀噪，閒階草露滋。

流景一何速，年華不可追。解佩安所贈，怨咽空自悲。　(《全

— 151 —

唐詩》第 2 冊，卷 102，頁 1083。）

「非君下路去，誰賞故人機」、「解佩安所贈，怨咽空自悲」都有一去不返無法再聚的淒涼。而「有女妖且麗，裴回湘水湄。水湄蘭杜芳，採之將寄誰」明顯出自曹植〈美女篇〉「美女妖且閑，采桑歧路間。柔條紛冉冉，葉落何翩翩」，連結尾「流景一何速，年華不可追。解佩安所贈，怨咽空自悲」的感歎，都與「盛年處房室，中夜起長歎」〔註42〕如出一轍。

除了無法終成眷屬，「相思」與「送別」亦有〈洛神賦〉餘韻，如岑參（715～770）〈夜過盤石隔河望永樂寄閨中效齊梁體〉：

盈盈一水隔，寂寂二更初。**波上思羅襪**，魚邊憶素書。

月如眉已畫，雲似鬢新梳。春物知人意，桃花笑索居。（《全

唐詩》第 3 冊，卷 200，頁 2089。）

「波上思羅襪」，以羅襪指代如洛神般佳人，「魚邊憶素書」源自「呼兒烹鯉魚，中有尺素書」〔註43〕，其中更寓「常相憶」之意。

李群玉（808～862）〈感興四首〉其四：

朔雁銜邊秋，寒聲落燕代。先驚愁人耳，顏髮潛消改。

凝雲蔽**洛浦**，夢寐勞光采。天邊無書來，相思淚成海。（《全

唐詩》第 9 冊，卷 568，頁 6574。）

「先驚愁人耳，顏髮潛消改」，離愁催人老，紅顏華髮霎時改；「天邊無書來，相思淚成海」，心心念念卻毫無音訊，訴不盡相思之苦。

冷朝陽（約 784 前後在世）〈送紅線〉：

採菱歌怨木蘭舟，送客魂銷百尺樓。

還似**洛妃**乘霧去，碧天無際水空流。（《全唐詩》第 5 冊，

卷 305，頁 3473。）

〔註42〕 梁·蕭統編，唐·李善注，清·胡克家考異：《文選附考異》，卷 27，頁 400。

〔註43〕 〈飲馬長城窟行〉，梁·蕭統編，唐·李善注，清·胡克家考異：《文選附考異》，卷 27，頁 397。

白居易〈池上送考功崔郎中兼別房竇二妓〉：

　　文昌列宿徵還日，**洛浦**行雲放散時。

　　鴻鷺上天花逐水，無因再會白家池。〔註44〕

「還似洛妃乘霧去」、「洛浦行雲放散時」，〈洛神賦〉中宓妃最後是「悼良會之永絕兮，哀一逝而異鄉」，詩人亦轉化為「送別」作詩。

（三）將「潛處於太陰」轉為自傷

　　由於宓妃最終是「潛處於太陰」，詩人們亦以此自傷，如庾抱（？～618）〈臥痾喜霽開扉望月簡宮內知友〉：

　　秋雨移弦望，疲痾倦苦辛。忽對荊山璧，委照越吟人。

　　高高侵地鏡，皎皎徹天津。色麗班姬篋，光潤**洛川神**。

　　輪輝池上動，桂影隙中新。懷賢雖不見，忽似暫參辰。（《全
　　唐詩》第 1 冊，卷 39，頁 499。）

慧淨（578～？）〈冬日普光寺臥疾值雪，簡諸舊遊〉：

　　臥病苦留滯，關戶望遙天。寒雲舒復卷，落雪斷還連。

　　凝華照書閣，飛素流琴弦。迴飄**洛神賦**，皎映齊紈篇。

　　縈階如鶴舞，拂樹似花鮮。徒賞豐年瑞，沈憂終自憐。（《全
　　唐詩》第 12 冊，卷 808，頁 9114。）

李播（789～？）〈見美人聞琴不聽〉：

　　洛浦風流雪，陽臺朝暮雲。聞琴不肯聽，似妒卓文君。（《全
　　唐詩》第 11 冊，卷 773，頁 8769。）

五代韋莊（836～910）〈晚春〉：

　　華開疑乍富，華落似初貧。萬物不如酒，四時惟愛春。

　　峨峨秦氏髻，皎皎**洛川神**。風月應相笑，年年醉病身。〔註45〕

不論是「懷賢雖不見」、「沈憂終自憐」、「聞琴不肯聽」，或是「年

〔註44〕唐・白居易著，謝思煒校注：《白居易詩集校注》第 5 冊，卷 31，頁
　　　　2382。

〔註45〕五代・韋莊著，聶安福箋注：《韋莊集箋注》（上海：上海古籍出版社，
　　　　2002 年 4 月），卷 3，頁 145。

年醉病身」，都有著懷才不遇、百年多病的哀傷，詩人以宓妃自況，有
著物傷其類的感慨。

（四）宓妃淪為贈答詩中陪襯角色

宓妃形象深植人心，因此信手拈來，在「贈答」詩中，亦可見宓
妃身影，如上官儀〈和太尉戲贈高陽公〉：

> 薰爐御史出神仙，雲鞍羽蓋下芝田。
>
> 紅塵正起浮橋路，青樓遙敞御溝前。
>
> 傾城比態芳菲節，絕世相嬌是六年。
>
> 慣是**洛濱**要解珮，本是河間好數錢。
>
> 翠釵照耀銜雲髮，玉步逶迤動**羅襪**。
>
> 石榴絞帶輕花轉，桃枝綠扇微風發。
>
> 無情拂袂欲留賓，詎恨深潭不可越。
>
> 天津一別九秋長，豈若隨聞三日香。
>
> 南國自然勝掌上，東家復是憶王昌。　（《全唐詩》第 1 冊，
> 卷 40，頁 507。）

孟浩然〈同張明府碧溪贈答〉：

> 別業聞新制，同聲應者多。還看碧溪答，不羨綠珠歌。
>
> 自有陽臺女，朝朝**拾翠**過。綺筵鋪錦繡，妝閣閉藤蘿。
>
> 秋滿休閒日，春餘景氣和。仙鳧能作伴，**羅襪共凌波**。
>
> 曲島尋花藥，迴潭折芰荷。更憐斜日照，紅粉豔青娥。〔註46〕

另〈和張二自穰縣還途中遇雪〉：

> 風吹沙海雪，漸作柳園春。宛轉隨香騎，輕盈伴玉人。
>
> 歌疑郢中客，態比**洛川神**。今日南歸楚，雙飛似入秦。〔註47〕

李涉（約 806 前後在世）〈醉中贈崔膺〉：

> 與君一言兩相許，外捨形骸中爾女。

〔註46〕唐・孟浩然著，佟培基箋注：《孟浩然詩集箋注》，卷中，頁 217。
〔註47〕唐・孟浩然著，佟培基箋注：《孟浩然詩集箋注》，卷中，頁 222。

揚州歌酒不可追，**洛神**映箔湘妃語。（《全唐詩》第 7 冊，
卷 477，頁 5427。）

韋莊〈奉和左司郎中春物暗度感而成章〉：

纔喜新春已暮春，夕陽吟殺倚樓人。

錦江風散霏霏雨，花市香飄漠漠塵。

今日尚追巫峽夢，少年應遇**洛川神**。

有時自患多情病，莫是生前宋玉身。〔註48〕

以洛神代表神女，祝福對方此去得遇仙緣，但贈答詩不管是「洛
神」、「洛川神」，或是指代宓妃的「羅韤」、「陵波」，都僅為陪襯的角
色，缺少宓妃特有主體性。

（五）詩人偏愛使宓妃徒有虛名

另外，因〈洛神賦〉影響唐代詩人甚深，許多與〈洛神賦〉無關
之詩，卻仍有宓妃身影，如王涯（764～835）〈思君恩〉：

雞鳴天漢曉，鶯語禁林春。誰入巫山夢，惟應**洛水神**。（《全
唐詩》第 6 冊，卷 346，頁 3875。）

皮日休（834～883）〈太湖詩・聖姑廟〉：

洛神有靈逸，古廟臨空渚。暴雨駁丹青，荒蘿繞梁梠。

野風旋芝蓋，飢鳥銜椒糈。寂寂落楓花，時時鬥鼯鼠。

常云三五夕，盡會妍神侶。月下留紫姑，霜中召青女。

俄然響環珮，倏爾鳴機杼。樂至有聞時，香來無定處。

目瞪如有待，魂斷空無語。雲雨竟不生，留情在何處。（《全
唐詩》第 9 冊，卷 610，頁 7041。）

韋莊〈觀軍迴戈〉：

關中群盜已心離，關外猶聞羽檄飛。

御苑綠莎嘶戰馬，禁城寒月搗征衣。

漫教韓信兵塗地，不及劉琨嘯解圍。

〔註48〕 五代・韋莊著，聶安福箋注：《韋莊集箋注》，補遺，頁 370。

昨日屯軍還夜遁，滿車空載**洛神**歸。〔註49〕

李中（920？～974？）〈悼懷王喪妃〉：

花綻花開事可驚，暫來浮世返蓬瀛。

楚宮夢斷雲空在，**洛浦神**歸月自明。

香解返魂成浪語，膠能續斷是虛名。

音容寂寞春牢落，誰會樓中獨立情。（《全唐詩》第 11 冊，

卷 749，頁 8532。）

　　以上所引〈思君恩〉、〈太湖詩·聖姑廟〉、〈悼懷王喪妃〉諸詩，尤其是〈覩軍迴戈〉，詩中若不是以宓妃、洛神為主角，均不會影響意義的完整性，然卻屢屢引借為喻，可見〈洛神賦〉已隱然成為詩人引用化典的重要來源。

（六）宓妃之美由詠物到詠花

　　〈洛神賦〉宓妃除可以襯托美人之外，亦轉化為詠物，如夏侯審（約 779 前後在世）〈詠被中繡鞋〉以「陵波微步，羅襪生塵」典故，詠歎繡鞋：

雲裏蟾鉤落鳳窩，玉郎沈醉也摩挲。

陳王當日風流減，只向波間見**襪羅**。（《全唐詩》第 5 冊，

卷 295，頁 3352。）

　　唐詩對〈洛神賦〉個別意象的轉化，最重要的表現在詠花，宓妃一變而為花神，如唐彥謙〈紫薇花〉：

素秋寒露重，芳事固應稀。小檻臨清沼，高叢見紫薇。

溫麻終有思，暗淡豈無輝。見欲迷交甫，誰能狀**宓妃**。

妝新猶倚鏡，步緩不勝衣。怳似新相得，悵如久未歸。

又疑神女過，猶佩七香幃。還似星娥織，初臨五綵機。

慶雲今已集，威鳳莫驚飛。綺筆題難盡，煩君白玉徽。（《全

唐詩》第 12 冊，卷 885，頁 10004。）

〔註49〕五代·韋莊著，聶安福箋注：《韋莊集箋注》，卷 3，頁 117。

徐凝（806？～830？） 〈牡丹〉：

何人不愛牡丹花，占斷城中好物華。

疑是**洛川神女**作。千嬌萬態破朝霞。 （《全唐詩》第 7 冊，

卷 474，頁 5382。）

許敬宗（592～672） 〈安德山池宴集〉：

戚里歡娛地，園林矚望新。山庭帶芳杜，歌吹協陽春。

臺榭疑巫峽，荷藁似**洛濱**。風花縈少女，虹梁聚美人。

宴遊窮至樂，談笑畢良辰。獨歎高陽晚，歸路不知津。 （《全

唐詩》第 1 冊，卷 35，頁 467。）

溫庭筠（812～870） 〈蓮花〉：

綠塘搖灩接星津。軋軋蘭橈入白蘋。

應為**洛神**波上襪。至今蓮蕊有香塵。 （《全唐詩》第 9 冊，

卷 583，頁 6761。）

　　詩人們以宓妃形容花，仍舊著眼〈洛神賦〉曹植描寫宓妃的美貌
與神采，而且宓妃還是濃淡兩相宜，不管是豔麗的紫薇、牡丹花，素雅
的荷花、蓮花，宓妃均能勝任。

　　值得注意的是，唐詩對〈洛神賦〉的接受由整體意象衍生為個別
意象或局部特徵，宓妃除了代表絕世美人外，還轉化為「無法終成眷
屬」、「相思」、「送別」、「自傷」等個別意象，宓妃的美貌也由詠美人轉
化為詠花。而〈洛神賦〉宓妃「陵波」、「羅襪」等局部特徵則不斷出現
在詩句中，甚至成為宓妃的代名詞。除此之外，「陵波」、「羅襪」詞義
也開始出現轉變，如王維（692～761）在涼州迎神賽會民俗慶典中，以
「女巫紛屢舞，羅襪自生塵」〔註 50〕，形容女巫師的曼妙舞姿；劉禹
錫（772～842）於五月紀念屈原的競渡中，以「綵旗夾岸照鮫室，羅襪
凌波呈水嬉」〔註 51〕，呈現盛大的戲水活動，這都成為後來宋詞對〈洛

〔註 50〕 〈涼州郊外遊望〉，唐·王維著，清·趙殿成箋注：《王右丞集箋注》
　　　　（上海：上海古籍出版社，1984 年 6 月），卷 8，頁 151。
〔註 51〕 〈競渡曲〉，唐·劉禹錫撰，卞孝萱校訂：《劉禹錫集》（北京：中華書

神賦〉個別意象轉化的先河。

三、李商隱的「宓妃情結」〔註52〕

李商隱屢屢在詩中引用洛神故事,或用其辭,或鎔其意,顯見對宓妃有特殊的感情,在〈洛神賦〉的接受過程中,李商隱無疑是對其情有獨鍾,而且對於「感甄說」更是深信不疑。

李商隱在詩中不時以宓妃為主角,如〈襪〉:

> 嘗聞宓妃襪,渡水欲生塵。好借嫦娥著,清秋踏月輪。〔註53〕

清紀昀(1724~1805)箋「偶然弄筆,不以正論。」〔註54〕由於兩地睽隔,故需借宓妃之陵波微步與嫦娥之月輪方得相會,此詩並將「羅韈生塵」拆解為「宓妃襪、欲生塵」。

〈喜雪〉:

> 朔雪自龍沙,呈祥勢可嘉。有田皆種玉,無樹不開花。
>
> 班扇慵裁素,曹衣詎比麻。鵝歸逸少宅,鶴滿令威家。
>
> 寂寞門扉掩,依稀履跡斜。人疑游麵市,馬似困鹽車。
>
> 洛水妃虛妒,姑山客漫誇。聯辭雖許謝,和曲本慚巴。
>
> 粉署闈全隔,霜臺路正賒。此時傾賀酒,相望在京華。〔註55〕

清馮浩(1719~1801)箋「略有寄意。四、五聯閒居之景,七、八聯兼閨中人言之,結慨不得在精華地。」〔註56〕

　　局,1990 年 3 月),卷 26,頁 341。

〔註52〕情結(comples),由一些被意識壓抑的意念(即無意識的思想、感情、知覺、記憶等)所組成的具有類似核心作用的複雜心理現象。它能吸附許多經驗,使當事者的思想行為及情緒易受這種情結的影響而遵循一定的方式進行,形成固定的行為模式。朱志賢主編:《心理學大詞典》(北京:北京師範大學出版社,1989 年 10 月),頁 520。

〔註53〕劉學鍇、余恕誠:《李商隱詩歌集解》(臺北:洪葉文化事業有限公司,1992 年 10 月)下冊,頁 1698。

〔註54〕劉學鍇、余恕誠:《李商隱詩歌集解》下冊,頁 1699。

〔註55〕劉學鍇、余恕誠:《李商隱詩歌集解》上冊,頁 484。

〔註56〕劉學鍇、余恕誠:《李商隱詩歌集解》上冊,頁 487。

又〈蜂〉：

小苑華池爛熳通，後門前檻思無窮。

宓妃腰細纔勝露，趙后身輕欲倚風。

紅壁寂寥崖蜜盡，碧簷迢遞霧巢空。

青陵粉蝶休離恨，長定相逢二月中。〔註57〕

清陸崑曾（約1701前後在世）箋「義山沉淪記室，代作嫁衣，猶蜂之終年釀蜜，徒為人役耳。」〔註58〕

　　兩首詩均有懷想京華之意，所不同的是〈喜雪〉是在閨中賞雪時，〈蜂〉卻是寓幕府寂寥時，自傷如蜂之瘦弱無依。

〈判春〉：

一桃復一李，卅上占年芳。笑處如臨鏡，覷時不隱牆。

敢言西子短，誰覺**宓妃**長。珠玉終相類，同名作夜光。〔註59〕

清程夢星（1679～1755）箋「此煙花月旦也。」〔註60〕雖屬逢場作戲之詩，但仍以宓妃形容美人。

〈涉洛川〉：

通谷陽林不見人，我來遺恨古時春。

宓妃漫結無窮恨，不為君王殺灌均。〔註61〕

程夢星箋「此亦為自己身世而發。當時見憾於綯，必有菶菲之徒使之，故以灌均為喻。玩『我來遺恨古時春』四字可見。」〔註62〕李商隱涉洛川憶曹植、宓妃之事，有感於一生遭讒，最痛恨就是進讒之人，曹植為灌均陷害，感同身受以詩弔古傷今。

〈東阿王〉：

國事分明屬灌均，西陵魂斷夜來人。

〔註57〕　劉學鍇、余恕誠：《李商隱詩歌集解》中冊，頁1030。
〔註58〕　劉學鍇、余恕誠：《李商隱詩歌集解》中冊，頁1032。
〔註59〕　劉學鍇、余恕誠：《李商隱詩歌集解》下冊，頁1793。
〔註60〕　劉學鍇、余恕誠：《李商隱詩歌集解》下冊，頁1794。
〔註61〕　劉學鍇、余恕誠：《李商隱詩歌集解》下冊，頁1828。
〔註62〕　劉學鍇、余恕誠：《李商隱詩歌集解》下冊，頁1828。

君王不得為天子，半為當時**賦洛神**。〔註63〕

屈復箋「東阿被灌均之讒，魏武泉下應悔不立子建也。後二句言多才之累遂至於此耳。」〔註64〕此詩有寄寓身世之感，李商隱詩託豔情以感慨常遭誤解，或成為毀謗者攻擊之口實，才會以曹植自況發出「君王不得為天子，半為當時賦洛神」之語。

李商隱詩作中，明顯受「感甄說」影響有以下數首，〈無題四首〉其二：

颯颯東風細雨來，芙蓉塘外有輕雷。

金蟾齧鎖燒香入，玉虎牽絲汲井迴。

賈氏窺簾韓掾少，**宓妃留枕魏王才**。

春心莫共花爭發，一寸相思一寸灰。〔註65〕

清姚培謙（1693～1766）箋「念賈氏之窺簾，或者憐我之少，如宓妃之留枕，或者憐我之才。要之念念相續，念念成灰，畢竟何意！至此則心盡氣絕時矣。」〔註66〕東南細雨，蓮塘輕雷，淒迷杳冥之景與低徊悵惘之情渾然一片，追求之愛情終如香銷成灰，陷於絕望。

〈代魏宮私贈〉：

來時西館阻佳期，去後漳河隔夢思。

知有**宓妃**無限意，春松秋菊可同時。〔註67〕

姚培謙箋「果係有情人，何必同時！生生世世當相值耳。」〔註68〕代甄后向曹植表達相思之意、阻隔之恨，雖「恨人神之道殊」，但對曹植情意卻是永無絕期。

〈可歎〉：

幸會東城宴未迴，年華憂共水相催。

〔註63〕劉學鍇、余恕誠：《李商隱詩歌集解》下冊，頁1824。
〔註64〕劉學鍇、余恕誠：《李商隱詩歌集解》下冊，頁1825。
〔註65〕劉學鍇、余恕誠：《李商隱詩歌集解》下冊，頁1467。
〔註66〕劉學鍇、余恕誠：《李商隱詩歌集解》下冊，頁1476。
〔註67〕劉學鍇、余恕誠：《李商隱詩歌集解》下冊，頁1817。
〔註68〕劉學鍇、余恕誠：《李商隱詩歌集解》下冊，頁1818。

梁家宅裏秦宮入，趙后樓中赤鳳來。

冰簟且眠**金鏤枕**，瓊筵不醉玉交杯。

宓妃愁坐芝田館，用盡**陳王**八斗才。〔註69〕

劉學鍇（1933～）、余恕誠（1939～2014）按「蓋言無真情而苟合者遂願甚易，有真情者反而分隔相思，不得遂願，故曰『可歎』也。」〔註70〕以「冰簟且眠金鏤枕」、「瓊筵不醉玉交杯」形容宓妃淒清寂寞，為真情相愛卻不得遂願而歎。

　　關於李商隱的「宓妃情結」，楊永從其早年贈紅粉知己柳枝的組詩〈柳枝五首〉及詩序〔註71〕推斷：

　　李商隱借洛神以喻柳枝，寄託自己的現實情感。洛神故事與義山自己的情感經歷出奇相似：李商隱就像才高八斗的曹子建，柳枝就像多情嫻淑的宓妃，而東諸侯就是那位依靠權勢占甄妃的五官中郎將曹丕。甚而甄氏儘管屬身於曹丕卻屬意於曹植也與義山對柳枝出嫁後的情感期待相彷彿。關於這一點，從他言及洛神意象時的前後語境就可明曉。「賈氏窺簾韓椽少，宓妃留枕魏王才」，「宓妃漫結無窮恨，不為君王殺灌均」。〔註72〕

〔註69〕劉學鍇、余恕誠：《李商隱詩歌集解》下冊，頁1737。

〔註70〕劉學鍇、余恕誠：《李商隱詩歌集解》下冊，頁1741。

〔註71〕「柳枝，洛中里孃也。父饒好賈，風波死湖上。其母不念他兒子，獨念柳枝。生十七年，塗妝綰髻，未嘗竟，已復起去。吹葉嚼蕊，調絲擫管，作天海風濤之曲，幽憶怨斷之音。居其旁，與其家接故往來者，聞十年尚相與，疑其醉眠夢物斷不娉。余從昆讓山，比柳枝居為近。他日春曾陰，讓山下馬柳枝南柳下，詠余〈燕臺詩〉。柳枝驚問「誰人有此？誰人為是？」讓山謂曰「此吾里中少年叔耳。」柳枝手斷長帶，結讓山為贈叔乞詩。明日，余比馬出其巷，柳枝丫鬟畢妝，抱立扇下，風鄣一袖，指曰「若叔是？後三日，鄰當去濺裙水上，以博山香待，與郎俱過。」余諾之。會所友有偕當詣京師者，戲盜余臥裝以先，不果留。雪中讓山至，且曰「東諸侯取去矣。」明年，讓山復東，相背於戲上，因寓詩以墨其故處云。」劉學鍇、余恕誠：《李商隱詩歌集解》上冊，頁99。

〔註72〕楊永：《唐人論建安文學——建安文學學術史考察》，頁54。

　　而從歷代學者箋評中分析李商隱詩的「宓妃情結」，亦可為其詩歌解讀找到線索，簡要歸納為以下三項：

　　第一，以宓妃的不幸遭遇自喻，如〈無題四首〉其二「念賈氏之窺簾，或者憐我之少，如宓妃之留枕，或者憐我之才」，〈可歎〉「蓋言無真情而苟合者遂願甚易，有真情者反而分隔相思，不得遂願，故曰『可歎』也」。

　　第二，以曹植遭讒不得志自喻，如〈涉洛川〉「此亦為自己身世而發。當時見憾於繡，必有姜菲之徒使之，故以灌均為喻。玩『我來遺恨古時春』四字可見」，〈東阿王〉「東阿被灌均之讒，魏武泉下應悔不立子建也。後二句言多才之累遂至於此耳」。

　　第三，借宓妃事自賦豔情，如〈襪〉「偶然弄筆，不以正論」，〈判春〉「此煙花月旦也」，〈代魏宮私贈〉「果係有情人，何必同時！生生世世當相值耳」。

　　由此可見李商隱之所以鍾情於〈洛神賦〉，應該源於早期與柳枝的感情創傷，導致充滿情緒的記憶，在感受曹植與宓妃或甄后的不幸遭遇後，產生同病相憐的悲痛，並藉創作以尋求救贖，形成所謂的「宓妃情結」，而李商隱的「宓妃情結」也深深影響後世文人的創作。

　　詩對〈洛神賦〉的接受，在唐代之後仍不乏後繼的作品，但卻不脫唐詩對〈洛神賦〉的接受範疇。對〈洛神賦〉整體意象的接受，如清吳蘭庭（1730～1801）〈陳思王祠〉：

　　　位列東藩忝懿親，明時禁錮漫傷神。

　　　五官自有相思枕，卻與君王使感甄。〔註73〕

「五官自有相思枕，卻與君王使感甄」與李商隱〈無題四首〉其二「宓妃留枕魏王才」有異曲同工之妙。清吳騏（1620～1695）〈題雒神〉：

　　　雒水波光映彩裾，鏤金香枕夢猶虛。

〔註73〕清・吳蘭庭：《脣石詩存》，卷2，據上海辭書出版社圖書館藏民國十年劉氏嘉業堂刻吳興叢書本影印，收入《續修四庫全書》集部第1447冊，頁382。

陳王今在遮須國，惆悵無人與寄書。〔註74〕

不僅呈現洛神「潛處於太陰」孤單，其中曹植為「遮須國」國王亦繼裴鉶《洛神傳》餘緒。除此之外，清梁雲構（1584～1649）〈某姬彈琴〉「曲成漫立雕櫳裏，欲寫驚鴻賦洛妃」〔註75〕，清李重華（1682～1755）〈題洛神賦〉「君王才調本天人，愁絕何心賦感甄」〔註76〕及〈集十三行字八首〉其八「珮攜遠渚要湘女，辭託流波感洛神」〔註77〕等均為對〈洛神賦〉整體意象的接受。

另外，宋楊萬里（1127～1206）〈舟泊吳江〉：

東是吳江西太湖，長橋橫截萬尋餘。

江妃舞倦淩波襪，玉帶圍腰攬鏡初。〔註78〕

以「江妃舞倦淩波襪」形容吳江碧波萬頃，與李嶠〈洛〉詠讚洛水風光，前後呼應。

至於對〈洛神賦〉個別意象的轉化，以宓妃指代美人方面，明徐熥〈隔簾美人〉：

環珮聲聞見不真，多情綽約往來身。

只緣竹緯垂千縷，似對菱花隔一塵。

繡帶暗飄紋外影，秋波潛送隙中春。

重重錦浪生羅襪，彷彿雲間遇洛神。〔註79〕

其弟徐𤊹（1563～1639）〈除夜前二日同徐茂吳金漢孫鄭翰卿汪肇郕

〔註74〕清‧吳騏：《顒頷集》，據清康熙刻本影印，收入《四庫未收書輯刊》（北京：北京出版社，2002年）伍輯第27冊，頁420～421。

〔註75〕清‧梁雲構：《豹陵集》，卷10，據清順治十八年梁羽明刻後印本影印，收入《四庫未收書輯刊》柒輯第17冊，頁251。

〔註76〕清‧李重華：《貞一齋集》，卷9，據清乾隆刻本影印，收入《清代詩文集彙編》（上海：上海古籍出版社，2010年）第251冊，頁83。

〔註77〕清‧李重華：《貞一齋集》，卷7，頁69。

〔註78〕宋‧楊萬里撰，辛更儒箋校：《楊萬里集箋校》（北京：中華書局，2007年9月）第2冊，頁449。

〔註79〕明‧徐熥：《幔亭集》，卷8，收入《景印文淵閣四庫全書》第1296冊，頁113。

宅觀妓分得人字〉：

> 雙飛何日攜蕭史，七步誰能賦**洛神**。
>
> 滿座不愁寒色重，樽前別有可憐春。〔註80〕

兄弟不約而同，將洛神絕美形象付諸於詩，而徐熥以洛神詠妓亦有唐人之風。其他清王培荀（1783～？）〈賀友納姬〉「驚鴻此日翩然出，誰疊紅箋賦洛神」〔註81〕，清陳文述（1771～1843）〈靜女〉其三「擬為洛神留小影，凌波羅襪步珊珊」〔註82〕，除以洛神指代美人外，「驚鴻」、「凌波羅襪」也出自〈洛神賦〉。

而離別哀傷方面，清王士禛（1634～1711）〈悼亡詩哭張孺人十二首〉其九：

> 廿年往事憶前塵，離合神光似**洛濱**。
>
> 自有**宓妃**留不得，那能憐取眼前人。〔註83〕

其對侍妾張孺人生前容貌的追憶與念念不忘的深情，堪稱是箇中佳作。明王世懋（1536～1588）〈無題〉「片時洛浦神遇，兩地巫山夢遙」〔註84〕，清陳夢雷（1650～1741）〈落花詩三十首〉其十一「情傷倩女魂離後，腸斷洛神夢別初」〔註85〕，均以曹植與宓妃的人神殊途，表達銷魂蝕骨相思。

另外，贈別方面，王士禛〈銅雀臺送陳竹居歸臨漳〉：

〔註80〕 明·徐熥：《鼇峰集》，卷13，據北京大學圖書館藏明天啟五年南居益刻本影印，收入《續修四庫全書》集部第1381冊，頁221。

〔註81〕 清·王培荀：《寓蜀草》，卷2，據山東省圖書館藏清道光二十七年刻本影印，收入《續修四庫全書》集部第1526冊，頁398。

〔註82〕 清·陳文述：《頤道堂集》，詩選卷26，據清嘉慶二十六年刻道光增補本影印，收入《清代詩文集彙編》第504冊，頁660。

〔註83〕 清·王士禛：《王士禛全集》（濟南：齊魯書社，2007年6月）第2冊，詩文集6，頁1303。

〔註84〕 明·王世懋：《王奉常集》，卷13，據首都圖書館藏明萬曆刻本影印，收入《四庫全書存目叢書》（臺南：莊嚴文化事業有限公司，1997年6月）集部第133冊，頁167。

〔註85〕 清·陳夢雷：《松鶴山房詩文集》，詩集卷4，據清康熙銅活字印本影印，收入《清代詩文集彙編》第179冊，頁89。

銅雀臺，濁漳路。臺下悠悠漳水流，西陵月照空煙樹。君家
門對濁漳濱，曾向漳流賦**感甄**。今日相思那可道，年年芳草
鄴城春。〔註86〕

由銅雀臺聯想到曹植因懷念甄后而作〈洛神賦〉。徐熥〈三贈驚鴻〉其
一「雲生洛浦宵留枕，月暗秦宮夜捲衣」〔註87〕等，皆有唐詩遺韻。

以宓妃詠花在唐詩之後，歷代皆有佳作，其中又以詠荷為最，如
宋范成大（1126～1193）〈州宅堂前荷花〉：

凌波仙子靜中芳，也帶酣紅學醉粧

有意十分開曉露，無情一餉斂斜陽。

泥根玉雪元無染，風葉青蔥亦自香。

想得石湖花正好，接人雲歸畫船涼。〔註88〕

以「醉粧」、「無染」與「自香」的凌波仙子來形容荷花。

宋朱淑真（1135～1180）〈新荷〉：

平波浮動**洛妃**鈿，單色嬌圓小更鮮。

蕩漾湖光三十頃，為枝葉底是誰蓮。〔註89〕

詩題明明是新荷，結句卻是「為枝葉底是誰蓮」，可見詩人的蓮、荷不
分。

明駱問禮（1527～1608）〈武選署中賞荷〉：

春風繞拂薔薇架，轉眼荷庭又深夏。

碧沼涵芳滿院飄，主人拉客乘清暇。

波澄霧彩浮**洛神**，霓裳宛轉霞標新。〔註90〕

〔註86〕清・王士禎：《王士禎全集》第 1 冊，詩文集之 2，頁 240。
〔註87〕明・徐熥：《鼇峰集》，卷 15，頁 257。
〔註88〕宋・范成大：《范石湖集》（上海：上海古籍出版社，2006 年 4 月），
詩集卷 21，頁 302。
〔註89〕宋・朱淑真撰，宋・魏仲恭輯，宋・鄭元佐注，冀勤輯校：《朱淑真集
注》（杭州：浙江古籍出版社，1985 年 1 月），前集卷 4，頁 60。
〔註90〕明・駱問禮：《萬一樓集》，卷 6，據北京大學圖書館藏清嘉慶活字本
影印，收入《四庫禁毀書叢刊》（北京：北京出版社，1997 年）集部
第 174 冊，頁 171。

　　至於以洛神詠蓮則有宋韓元吉（1118～1187）〈以雙蓮戲韓子師〉「雨洗風梳兩鬥新，凌波微步襪生塵」〔註91〕，宋姜特立（1125～1204）〈次楊元會白蓮二首〉其二「不御鉛華似洛妃，清虛全與道相宜」。〔註92〕宋詞習以「凌波仙子」詠水仙，范成大卻為之詠荷。只見荷花或蓮花「碧沼涵芳滿院飄」、「也帶酣紅學醉粧」、「翠色嬌圓小更鮮」，白色蓮花似美人微醺般暈紅，在青翠荷葉映襯下，吐露淡雅的清香。清郭起元（約1750前後在世）還有詠梅之作，〈溪邊梅〉「漢女珮搖珠燦爛，洛妃影度玉玲瓏」。〔註93〕看來不管是春天牡丹、水仙，夏天荷花、蓮花及紫薇花，甚至是冬天梅花，只要是花之絕美者，洛神都是當之無愧的。〔註94〕

　　詩對〈洛神賦〉的接受在唐代之後未能突破原有的範疇，除唐詩的光芒無法被超越外，或許跟唐代之後詩的發展偏重理趣不無關係。

第三節　宋詞對〈洛神賦〉的轉化

一、宋詞對〈洛神賦〉整體意象的接受

　　宋詞對〈洛神賦〉個別意象的轉化有多元的發展，但相較而言，對〈洛神賦〉整體意象的接受就顯得有限，其中五代牛希濟（872～？）〈臨江仙〉：

> 素洛春光瀲灩平。千重媚臉初生。**凌波羅襪**勢輕輕。煙籠日照，珠翠半分明。　　風引寶衣疑欲舞，鸞迴鳳翥堪驚。也知心許恐無成。**陳王辭賦**、千載有聲名。〔註95〕

〔註91〕　宋・韓元吉：《南澗甲乙稿》，卷6，收入《景印文淵閣四庫全書》第1165冊，頁80。

〔註92〕　宋・姜特立撰，錢之江整理：《姜特立集》（杭州：浙江古籍出版社，2016年1月），頁68。

〔註93〕　清・郭起元：《介石堂詩集》，卷6，據清乾隆刻本影印，收入《四庫未收書輯刊》拾輯第20冊，頁55。

〔註94〕　以上詩例多得力於張則見：《曹植〈洛神賦〉接受史研究——以詩文為討論中心》，頁30～70。

〔註95〕　後蜀・趙崇祚編，楊景龍校注：《花間集校注》（北京：中華書局，2017

從蕩漾的洛水引出宓妃的絕世容貌與飄忽的身影，最後感歎曹植與宓妃雖兩心相許，但難成合歡之好，短短數句，盡得〈洛神賦〉精髓。故明湯顯祖（1550～1616）評曰「洛神寫照，正在阿堵中。驚鴻遊龍數語，已為描盡。」〔註96〕

沈家莊認為：

> 宮體對女性美的欣賞，尚處於男性對女性「物化」的審美階段，即將女性當成美麗的玩物或尤物，其作品帶有較多色情成分。而「花間」詞已將女性作為對象化審美，尤其是「知己」意識與家庭成員意識觀念，使作品飽含著一種真情至愛。〔註97〕

宋代詞人承接「花間」餘緒，發展「花間」詞特有的言情功能，將豐富的兩性感情生活，無論是對愛情的欣慰與激動、懊惱與悲戚盡付諸於作品中。如朱敦儒（1081～1159）〈洛妃怨〉：

> 拾翠當年延佇，解佩感君誠素。微步過南岡，獻明璫。　襟上淚難再會，惆悵幽蘭心事。心事永難忘。寄君王。〔註98〕

不僅詞題為〈洛妃怨〉，內容更重寫〈洛神賦〉，全詞用語多脫胎自〈洛神賦〉「拾翠羽」、「翳脩袖以延佇」、「願誠素之先達兮，解玉佩以要之」、「陵波微步」、「過南岡」、「獻江南之明璫」、「淚流襟之浪浪」、「微幽蘭之芳藹兮」、「長寄心於君王」。

蘇軾〈浣溪沙〉：

> 紹聖元年十月二十三日，與程鄉令侯晉叔、歸善簿譚汲遊大雲寺。野飲松下，乃設松黃湯，作此闋。余家近釀酒，名之

年5月）上冊，卷5，頁478。

〔註96〕後蜀・趙崇祚編，楊景龍校注：《花間集校注》上冊，卷5，頁480。

〔註97〕沈家莊：《宋詞的文化定位》（長沙：湖南人民出版社，2005年1月），頁122～123。

〔註98〕唐圭璋編：《全宋詞》（北京：中華書局，1965年6月）第2冊，頁866。本章詞作多以《全宋詞》此本為據，出處直接括註於作品之後，不另加註。

曰「萬家春」，蓋嶺南萬戶酒也。

　　羅襪空飛**洛浦**塵。錦袍不見謫仙人。攜壺藉草亦天真。　　玉

粉輕黃千歲藥，雪花浮動萬家春。醉歸江路野梅新。〔註99〕

此詞作於惠州，「羅襪空飛洛浦塵」，鄒同慶、王宗堂箋注云「此句謂世
上空留〈洛神賦〉，受壓抑的曹子建早已鬱鬱死去。」〔註100〕對比曹植
的鬱鬱不得志，蘇軾此時雖貶謫至嶺南不毛之地，但四處遊歷豁然自
在，與知己醉酒以歸。

　　由於受限於體類，宋詞對〈洛神賦〉整體意象的接受，繼宮體詩
與唐詩之後顯得不易發揮，不過卻在古典小說與傳統戲曲方面有長足
發展。

二、宋詞對〈洛神賦〉個別意象的轉化

（一）將曹植、宓妃離情化為相思

　　詞為「豔科」，而〈洛神賦〉曹植與宓妃纏綿悱惻又無法終成眷屬
的戀情就成詞人最好的抒情素材。曹植與宓妃的離別，被詞人轉化為
相思之情，這也是婉約派常譜的新詞，李文鈺認為：

　　　　詞人的痛苦與哀愁，或許並不僅在於佳人難尋、情緣已逝，
　　　　更在於其所象徵的華麗時光、青春心境畢竟都已消散凋零。
　　　　〔註101〕

如柳永（987～1053）　〈臨江仙引〉三首之三：

　　　　畫舸、盪槳，隨浪箭、隔岸虹。□荷占斷秋容。疑水仙游泳，
　　　　向別浦相逢。鮫絲霧吐漸收，細腰無力轉嬌慵。　　羅襪凌
　　　　波成舊恨，有誰更賦驚鴻。想媚魂香信，算密鎖瑤宮。遊人

〔註99〕　宋・蘇軾著，鄒同慶、王宗堂編年校注：《蘇軾詞編年校注》（北京：
　　　　中華書局，2002年9月）中冊，頁747。

〔註100〕宋・蘇軾著，鄒同慶、王宗堂編年校注：《蘇軾詞編年校注》中冊，
　　　　頁749。

〔註101〕李文鈺：《宋詞中的神話特質與運用》（臺北：國立臺灣大學中國文學
　　　　研究所博士學位論文，2004年5月），頁247～248。

漫勞倦□，奈何不逐東風。〔註102〕

賀鑄（1052～1125）〈望湘人·春思〉：

> 厭鶯聲到枕，花氣動簾，醉魂愁夢相半。被惜餘薰，帶驚賸眼，幾許傷春春晚。淚竹痕鮮，佩蘭香老，湘天濃暖。記小江、風月佳時，屢約非煙游伴。　須信鸞絃易斷。奈雲和再鼓，曲終人遠。認羅襪無蹤，舊處弄波清淺。青翰棹艤，白蘋洲畔。儘目臨皋飛觀。不解寄、一字相思，幸有歸來雙燕。〔註103〕

「幸有歸來雙燕」乍看似有欣慰之意，但燕雙人隻，燕歸人不還，終究是「何幸之有」，強顏歡笑卻更添悲涼辛酸，將相思的無奈推升至更高層次。

另〈橫塘路·青玉案〉：

> 凌波不過橫塘路，但目送、芳塵去。錦瑟華年誰與度？月橋花院，瑣窗朱戶，只有春知處。　飛雲冉冉蘅皋暮，彩筆新題斷腸句。若問閑情都幾許？一川煙草，滿城風絮，梅子黃時雨。〔註104〕

以凌波形容如宓妃般絕世佳人，「飛雲冉冉蘅皋暮」、「蘅皋」亦出自〈洛神賦〉「爾迺稅駕乎蘅皋」。「錦瑟華年誰與度」則化用李商隱〈錦瑟〉「錦瑟無端五十絃，一絃一柱思華年」〔註105〕，由此可見受到李商隱「宓妃情結」影響甚深。

楊澤民（約1090前後在世）〈瑞龍吟〉：

> 城南路。凝望映竹搖風，酒旗標樹。郊原遊子停車，問山崦裏，人家甚處。　去還佇。徐見畫橋流水，小窗低戶。深

〔註102〕宋·柳永著，薛瑞生校注：《樂章集校注》（北京：中華書局，1994年12月），卷下，頁223。

〔註103〕宋·賀鑄著，鍾振振校注：《東山詞》（上海：上海古籍出版社，1989年12月），卷4，頁453。

〔註104〕宋·賀鑄著，鍾振振校注：《東山詞》，卷1，頁152。

〔註105〕劉學鍇、余恕誠：《李商隱詩歌集解》中冊，頁1420。

沈綠滿垂楊，芳陰婭妮，嬌鶯解語。　多謝佳人情厚，捲
簾羞得，庭花飄舞。可謂望風知心，傾蓋如故。猶嬲香玉，
休賦斷腸句。堪憐處、**生塵羅襪，凌波微步**。底事匆匆去。
為他繫絆，離情萬緒。空有愁如縷。憶桃李春風，梧桐秋雨。
又還過卻，落花飄絮。（《全宋詞》第 4 冊，頁 2999～3000。）

范成大〈一落索・南浦舟中與江西帥漕酌別，夜後忽大雪〉：

畫戟錦車皆雅故，簫鼓留連客住。南浦春波暮，難忘羅襪**生
塵處**。　明日船旗應不駐，且唱斷腸新句。捲盡珠簾雨，
雪花一夜隨人去。〔註106〕

王炎（1138～1218）〈木蘭花慢〉：

細桃花樹下，記**羅襪**、昔經行。至今日重來，人惟獨自，花
亦凋零。青鳥杳無信息，遍人間、何處覓雲軒。紅錦織殘舊
字，玉簫吹斷餘聲。　銷凝。衣故幾時更。又誰復卿卿。
念鏡裏琴中，離鸞有恨，別鵠無情。齊眉處同笑語，但有時、
夢見似平生。愁對嬋娟三五，素光暫缺還盈。（《全宋詞》
第 3 冊，頁 1854。）

石孝友（約 1166 前後在世）〈念奴嬌〉：

平湖閣上，正雌霓將捲，雄風初發。醉倚危欄吟眺處，月在
蓬萊溟渤。蓬葉香浮，桂華光放，翻動蛟鼉窟。踏輪誰信，
宓妃曾借塵襪。　人世景物堪悲，等閒都換了，朱顏雲髮。
遙想廣寒秋到早，閒著幾多空闊。太白詩魂，玉川風腋，自
有飛仙骨。嫦娥為伴，夜深同駕霜月。（《全宋詞》第 3 冊，
頁 2036。）

房舜卿（？～？）〈憶秦娥〉：

與君別。相思一夜梅花發。梅花發。淒涼南浦，斷橋斜月。
盈盈**微步凌波**襪。東風笑倚天涯闊。天涯闊。一聲羌管，暮

〔註106〕宋・范成大：《范石湖集》，石湖詞補遺，頁 482。

雲愁絕。（《全宋詞》第 2 冊，頁 997。）

　　「畫舸、盪槳，隨浪箭、隔岸虹」、「城南路。凝望映竹搖風，酒旗標樹」及「平湖閣上，正雌霓將捲」以蒼茫蕭瑟的淒清場景營造離別時的氣氛。「鶯聲到枕，花氣動簾」、「紺桃花樹下，記羅襪」則記取離別時花前依依不捨情狀，雖言相思，卻有不同筆法。「想媚魂香信，算密鎖瑤宮」、「曲終人遠，認羅襪無蹤」、「離情萬緒，空有愁如縷」、「且唱斷腸新句」、「青鳥杳無信息」、「人世景物堪悲，等閒都換了」、「天涯闊，一聲羌管，暮雲愁絕」，如同「人神道殊」般音信全無，不知遠方情人是否無恙。〈洛神賦〉「陵波微步」與「羅襪生塵」為宓妃特有之輕盈體態，因此繼唐詩之後，普遍出現在宋詞中，不言宓妃，而以「陵波微步」與「羅襪生塵」代之。

　　宋詞亦延續前代，以「洛川」、「洛浦」取代宓妃。

　　如阮華（？～？）〈菩薩蠻〉：

> 玉簫一曲無心度，誰知引入桃源路。邂逅曲闌邊。匆匆欲並肩。　　一時風雨急。忽爾分雙翼。回首洛川人。翻疑化作雲。（《全宋詞》第 5 冊，頁 3896。）

　　周邦彥（1056～1121）〈燕歸梁‧曉〉：

> 簾底新霜一夜濃。短燭散飛蟲。曾經洛浦見驚鴻。關山隔、夢魂通。　　明星晃晃，回津路轉，榆影步花驄。欲攀雲駕倩西風。吹清血、寄玲瓏。（《全宋詞》第 2 冊，頁 619。）

　　蔡伸（1088～1156）〈風流子〉：

> 韶華驚婉晚，青春老、倦客惜年芳。庭樾蔭濃，半藏鶯語，畹蘭花減，時有蜂忙。粉牆低，嫩嵐滋翠葆，零露溼殘妝。風暖晝長，柳綿吹盡，澹煙微雨，梅子初黃。　　洛浦音容遠，書空漫惆悵，往事悲涼。無奈錦鱗杳杳，不渡橫塘。念蝴蝶夢回，子規聲裏，半窗斜月，一枕餘香。擬待自寬，除非鐵做心腸。（《全宋詞》第 2 冊，頁 1029。）

　　陳亮（1143～1194）〈轉調踏莎行‧上巳道中作〉：

洛浦塵生，巫山夢斷。旗亭煙草裏，春深淺。梨花落盡，酴
釀又綻。天氣也似，尋常庭院。　　向晚情懷，十分惱亂。
水邊佳麗地，近前細看。娉婷笑語，流觴美滿。意思不到，
夕陽孤館。（《全宋詞》第 3 冊，頁 2105。）

劉過（1154～1206）〈糖多令〉：

解纜蓼花灣。好風吹去帆。二十年、重過新灘。**洛浦凌波人**
去後，空夢繞、翠屏間。　　飛霧濕征衫。蒼蒼煙樹寒。望
星河、低處長安。綺陌紅樓應笑我，為梅事、過江南。（《全
宋詞》第 3 冊，頁 2157。）

韓淲（1159～1224）〈浣溪沙·次韻伊一〉：

憶把蘭橈繫柳隄。斜風細雨一蓑衣。夕陽回照斷霞飛。　　**洛**
浦佩寒如隔日，高唐夢到又何時。背人挑□獨心知。（《全
宋詞》第 4 冊，頁 2263。）

沈端節（約 1169 前後在世）〈菩薩蠻〉：

楚山千疊傷心碧。傷心只有遙相憶。解佩揖巫雲。愁生**洛浦**
春。　　香波凝宿霧。夢斷消魂處。空聽水泠泠。如聞寶瑟
聲。（《全宋詞》第 3 冊，頁 1681。）

以「一時風雨急」、「向晚情懷」、「夕陽回照斷霞飛」景，寫「寂
寞無依」、「時光流逝」情，更兼有「子規」聲喚「不如歸去」的淒涼。
詞人同情〈洛神賦〉曹植與宓妃遭遇，紛紛將賦中「恨人神之道殊兮，
怨盛年之莫當」、「悼良會之永絕兮，哀一逝而異鄉」的悵惋，加以擴大
及深化，「回首洛川人，翻疑化作雲」、「關山隔、夢魂通」、「無奈錦鱗
杳杳，不渡橫塘」、「洛浦塵生，巫山夢斷」、「洛浦凌波人去後，空夢
繞、翠屏間」、「洛浦佩寒如隔日，高唐夢到又何時」、「夢斷消魂處，空
聽水泠泠」，隔著時空為宓妃同掬相思淚。

（二）將宓妃對曹植的思念轉為閨情

敏感的詞人柔腸百轉愁緒萬端，不約而同以女性口吻將〈洛神賦〉

宓妃的離情與哀思借位發揮。沈家莊指出：

> 所謂的「男子作閨音」，以言志抒情的標準衡量，是為人所輕
> 的；但從文學創作的角度而言，這種「代人言」情或事，這
> 種男子說出女子的心事或想法，言出女子的遭遇和命運，才
> 是真正的文學創作。〔註107〕

因為「代言」或「男子作閨音」，就有虛構的意義和成分，而這種虛構
性的創造，更增加作品文學性的色彩，宋詞作為「新聲」的意義和價
值，很人成分就是由這類作品所賦予的。如晁端禮（1046～1113）〈滿
庭芳〉：

> 淺約鴉黃，輕勻螺黛，故教取次梳妝。減輕琶面，新樣小鸞
> 鳳。每為花嬌玉嫩，容對客、斜倚銀床。春來病，蘭薰半歇，
> 　笰舞衣裳。　　悲涼。人事改，三春穠豔，一夜繁霜。似
> 人歸洛浦，雲散高唐。痛念你、平生分際，辜負我、臨老風
> 光。羅裙在，憑誰為我，求取返魂香。（《全宋詞》第1冊，
> 頁421。）

劉過〈滿庭芳〉：

> 淺約鴉黃，輕勻螺黛，故教取次梳妝。減輕琶面，新樣小鸞
> 鳳。每為花嬌玉軟，慵對客、斜倚銀床。春來病，蘭薰半歇，
> 滿笰舞衣裳。　　悲涼。人事改，三春穠豔，一夜繁霜。似
> 人歸洛浦，雲散高唐。痛念平生情分，孤負我、臨老風光。
> 羅裙在，憑誰留意，去覓反魂香。（《全宋詞》第3冊，頁
> 2153～2154。）

兩闋詞除同一詞牌，內容亦僅更動數字，不知是誤收，抑或是如此有志
一同。

周紫芝（1082～1155）〈西江月〉：

> 畫幕燈前細雨，垂蓮盞裏清歌。玉纖持板隔香羅。不放行雲

〔註107〕沈家莊：《宋詞的文化定位》，頁381。

飛過。　　今夜**塵生洛浦**，明朝雨在巫山。羞蛾且莫鬥彎環。
不似司空見慣。　（《全宋詞》第 2 冊，頁 876。）

岳珂（1183～1234）　〈滿江紅〉：

小院深深，悄鎮日、陰晴無據。春未足、閨愁難寄，琴心誰
與。曲徑穿花尋蛺蝶，虛欄傍日教鸚鵡。笑十三、楊柳女兒
腰，東風舞。　　雲外月，風前絮。情與恨，長如許。想綺
窗今夜，為誰凝佇。**洛浦**夢回留珮客，秦樓聲斷吹簫侶。正
黃昏時候杏花寒，廉纖雨。（《全宋詞》第 4 冊，頁 2517。）

王庭珪（1079～1171）　〈解珮令・本意〉：

湘江停瑟。**洛川回雪**。是耶非、相逢飄瞥。雲鬟風裳，照心
事、娟娟山月。翦煙花、帶蘿同結。　　留環盟切。貽珠情
徹。解攜時、玉聲愁絕。**羅韈塵生**，早波面、春痕欲滅。送
人行、水聲淒咽。　（《全宋詞》第 2 冊，頁 823。）

巧妙化用〈洛神賦〉中「**飄飄兮若流風之迴雪**」、「**陵波微步，羅韈生
塵**」等句，描繪出詞中女子輕盈的體態。以「玉聲愁絕」、「水聲淒咽」
營造出與情人別離時的憂愁哀傷氣氛。

楊無咎（1097～1171）　〈卓牌子慢・中秋次田不伐韻〉：

西樓天將晚。流素月、寒光正滿。樓上笑揖姮娥，似看**羅韈
塵生**，鬢雲風亂。　　珠簾終夕捲。判不寐、闌干憑暖。好
在影落清尊，冷侵香幄，歡餘未教人散。　（《全宋詞》第 2
冊，頁 1191～1192。）

又〈兩同心〉：

秋水明眸、翠螺堆髮。卻扇坐、羞落庭花，**凌波步、塵生羅
韈**。芳心發。分付春風，恰當時節。　　漸解愁花怨月。忒
貪嬌劣。寧寧地、情態于人，惺惺處、語言低說。相思切。
不見須臾，可堪離別。　（《全宋詞》第 2 冊，頁 1203。）

史達祖（1163～1220）　〈步月〉：

翦柳章臺，問梅東閣，醉中攜手初歸。逗香簾下，璀璨鏤金

衣。正依約、冰絲射眼，更荏苒、蟾玉西飛。輕塵外，雙鴛細蹙，誰賦**洛濱妃**。　　霏霏。紅霧繞，步搖共鬢影，吹入花圍。管弦將散，人靜燭籠稀。泥私語、香櫻乍破，怕夜寒、**羅襪先知**。歸來也，相偎未肯入重幃。（《全宋詞》第 4 冊，頁 2347。）

向子諲（1085～1152）　〈西江月〉：

　微步凌波塵起，弄妝滿鏡花開。春心擲處眼頻來。秀色著人無耐。　　舊事如風無跡，新愁似水難裁。相思日夜夢陽臺。減盡沈郎衣帶。　（《全宋詞》第 2 冊，頁 974。）

康與之（？～1158）　〈洞仙歌令〉：

　若耶溪路。別岸花無數。欲斂嬌紅向人語。與綠荷、相倚恨，回首西風，波淼淼、三十六陂煙雨。　　新妝明照水，汀渚生香，不嫁東風被誰誤。遣踟躕、騷客意，千里綿綿，仙浪遠、何處**凌波微步**。想南浦、潮生盡棹歸，正月曉風清，斷腸凝佇。　（《全宋詞》第 2 冊，頁 1202。）

向滈（約 1120 前後在世）　〈小重山〉：

　翡翠林梢青黛山。小樓新卷畫，捲珠簾。碧紗窗外水接藍。憑欄處，相對玉纖纖。　　人散酒闌珊。夜長都睡皺，唾花衫。一彎殘月下風簷。**凌波去**，**羅襪步蹁躚**。　（《全宋詞》第 3 冊，頁 1518。）

王沂孫（1230？～1291？）　〈聲聲慢〉：

　迎門高髻，倚扇清吭，婷婷未數西州。淺拂朱鉛，春風二月梢頭。相逢靚妝俊語，有舊家、京洛風流。斷腸句，試重拈綵筆，與賦閒愁。　　猶記**凌波欲去**，問**明璫羅襪**，卻為誰留。枉夢相思，幾回南浦行舟。莫辭玉樽起舞，怕重來、燕子空樓。謾惆悵，抱琵琶、閒過此秋。　（《全宋詞》第 5 冊，頁 3363。）

詞人眼中的佳人總是多愁善感，且看其「痛念平生情分，孤負我」、

「情與恨，長如許」、「歸來也，相偎未肯入重幃」、「新愁似水難裁」、「斷腸凝佇」、「怕重來、燕子空樓」，對於情郎總是有恁多的顧慮與擔憂。詞人揣摩麗人梳妝打扮，如「淺約鴉黃，輕勻螺黛」、「羞蛾且莫鬥彎環」、「秋水明眸、翠螺堆髮」、「弄妝滿鏡花開」、「迎門高髻」、「淺拂朱鉛」，似乎也能入木三分。詞人也將「思緜緜而增慕，夜耿耿而不寐」的相思，以女性口吻譜寫成閨中之愁，如「憑誰為我，求取返魂香」、「今夜塵生洛浦，明朝雨在巫山」、「春未足、閨愁難寄，琴心誰與」、「珠簾終夕捲，判不寐、闌干憑暖」、「相思切，不見須臾，可堪離別」、「管弦將散，人靜燭籠稀」、「相思日夜夢陽臺，減盡沈郎衣帶」、「凌波去，羅襪步踟躕」、「謾惆悵，抱琵琶、閒過此秋」，將單純思念轉化成不同層次與境界的閨思。

（三）宓妃純化為神女形象

宓妃為古之神女，詞人亦以此為題創作，如吳儆（1125～1183）〈念奴嬌・壽程致政〉：

> 涼生秋早，正梧桐院落，風清月白。簾捲香凝人笑喜，應是瀛洲仙謫。雲遶畫梁，花明綵服，中有人華髮。恩袍藍綠，高年況已逾百。　最是有子宜家，蘭階方競，珠履延佳客。好喚**凌波**來**洛浦**，醉促霓裳仙拍。玉井開蓮，金莖承露，莫惜金尊側。試占弧兆，祥光已映南極。（《全宋詞》第 3 冊，頁 1574～1575。）

陳深（1260～1344）　〈齊天樂・八月十八日壽婦翁，號菊圃〉：

> 秋濤欲漲西陵渡，江亭曉來雄觀。帝子吹笙，**洛妃**起舞，應喜蓬宮仙誕。斗墟東畔。望縹渺星槎，來從河漢。明月樓臺，繡筵重啟曼桃讌。　莊椿一樹翠色，五枝芳桂長，金蕊玉榦。自笑狂疏，尊前起壽，不似衛郎溫潤。一卮汎滿。羨彭澤風流，醉巾長岸。老圃黃花，清香宜歲晚。（《全宋詞》第 5 冊，頁 3531～3532。）

兩闋詞均以神話中的宓妃為對方祝壽。

沈端節　〈念奴嬌〉：

洛妃漢女，護春寒、不惜鮫綃重疊。拾翠江邊煙澹澹。交影
參差朧月。奏虢相將，英娥接武，同宴瑤池雪。層冰連壁，
個中誰敢優劣。　　著意暈粉饒酥，韻多香膩，都與群花別。
娟秀敷腴索笑處，玉臉微生嬌靨。羞損南枝，映翻綠萼，不
數黃千葉。形容不盡，細看一倍清絕。（《全宋詞》第 3 冊，
頁 1685。）

楊澤民　〈少年遊〉：

鷺胎麟角，金盤玉箸，芳果薦香橙。洛浦佳人，緱山仙子，
高會共吹笙。　　揮毫便掃千章曲，一字不須更。絳闕瑤臺，
星橋雲帳，全勝少年行。（《全宋詞》第 4 冊，頁 3010。）

無名氏　〈鷓鴣天・三月初二〉：

羅襪凌波洛浦仙。謫來潭府話賓緣。應嫌曲水香塵浣，誕降
蘭亭楔事前。　　歌窈窕，舞嬋娟。芝蘭滿室慶團圓。殷勤
試問劉郎看，阿母蟠桃種幾年。（《全宋詞》第 5 冊，頁 3789。）

擺脫〈洛神賦〉曹植與宓妃人神戀愛框架，將宓妃純化為神女，
並與眾神女宴遊，以歌詠神仙世界。詞人雖以宓妃為神女代表，卻有不
同表達方式，除借重其遠離人間壽算寓意外，宓妃虛無飄渺不可捉摸，
也因距離產生美感。

（四）為宓妃增添豔色

在宋詞中，致力於「更為細膩的官能享受和情感色彩的捕捉追求」
〔註108〕的詞人，紛紛以曹植所傳釋的宓妃之美與情感，抒發本身的感
動與遭遇。更由於洛神的絕世容貌，以宓妃比喻美人也成為創作題材
的共識，如韓偓〈金陵〉：

風雨瀟瀟，石頭城下木蘭橈。煙月迢迢，金陵渡口去來潮。

〔註108〕李澤厚：《美的歷程》（臺北：蒲公英出版社，1984 年 11 月），頁 156。

自古風流皆暗銷，才魄妖魂誰與招？彩牋麗句今已矣，**羅襪**
金蓮何寂寥。〔註109〕

賀鑄〈苗而秀〉：

吳都佳麗苗而秀，燕樣腰身，按舞華茵，促遍涼州、**羅韈未**
生塵。　　□□□□□透，歌怨眉顰，張燕宜頻，□□□
□、□□□□□。〔註110〕

張孝祥（1131～1169）〈浣溪沙〉：

絕代佳人淑且真。雪為肌骨月為神。燭前花底不勝春。　　倚
竹袖長寒捲翠，**凌波襪小暗生塵**。十分京洛舊來人。〔註111〕

另〈浣溪沙·次韻戲馬夢山與妓作別〉：

羅襪生塵洛浦東。美人春夢瑣窗空。眉山細蹙恨千重。　　海
上蟠桃留結子，渥洼天馬去追風。不須多怨主人公。〔註112〕

張孝祥兩闋詞皆在詠妓，前首細筆描繪佳人風姿，次首著重在美
人的離愁，各有千秋。

晁端禮〈西江月〉：

洛浦神仙流品，姑山冰雪肌膚。誰家池館雨晴初。腸斷風標
白鷺。　　國豔枉教無語，玉顏不待施朱。採菱人散夜蟾孤。
冷落西溪風露。（《全宋詞》第1冊，頁431。）

吳文英（1200～1260）〈東風第一枝〉：

傾國傾城，非花非霧，春風十里獨步。勝如西子妖嬈，更比
太真澹泞。**鉛華不御**。漫道有、巫山洛浦。似恁地、標格無
雙，鎮鎖畫樓深處。　　曾被風、容易送去。曾被月、等閒
留住。似花翻使花羞，似柳任從柳妒。不教歌舞。恐化作、

〔註109〕唐·韓偓撰，清·吳汝綸評注：《韓翰林集》、《香奩集》，卷1，頁116。
〔註110〕宋·賀鑄著，鍾振振校注：《東山詞》，卷1，頁135。
〔註111〕宋·張孝祥撰，宛敏灝箋校，祖保泉審訂：《張孝祥詞箋校》（合肥：
　　　　黃山書社，1993年9月），卷4，頁57。
〔註112〕宋·張孝祥撰，宛敏灝箋校，祖保泉審訂：《張孝祥詞箋校》，卷4，
　　　　頁65。

彩雲輕舉。信下蔡、陽城俱迷，看取宋玉詞賦。（《全宋詞》
第 4 冊，頁 2928。）

史深（？～？）　〈花心動‧泊舟四聖觀〉：

肌雪浮香，見梅花清姿，漫勞凝佇。淡粉最嬌，羞把春□，
長記壽陽眉嫵。綠苔深逕尋幽地，誰相伴、**凌波微步**。翠鴛
冷，芳塵路杳，舊遊何處。　　不信重城間阻。終沒箇因由，
寄聲傳語。寶炬凝珠，綵筆呵冰，密寫斷腸新句。月寒煙暝
孤山下，羞吟□、斷橋邊去。遮愁緒。丹青怎生畫取。（《全
宋詞》第 5 冊，頁 3170。）

宓妃之美深植人心，詞人不禁以宓妃來形容眼前美人。美人或「燕
樣腰身」、「雪為肌骨月為神」、「姑山冰雪肌膚」、「勝如西子妖嬈，更比
人真澹汙」，總是天生麗質，各有特色。其中「玉顏不待施朱」、「鉛華
不御」均脫胎自「鉛華弗御」，〈洛神賦〉除曹植與宓妃人神戀愛情節
外，賦中描寫宓妃的外貌與裝飾，也成為後世文人取法的圭臬。

（五）「陵波微步，羅韈生塵」獨立為新意象

〈洛神賦〉宓妃「陵波微步」與「羅韈生塵」優雅輕盈的移動姿
態，廣為詞人所運用，如向子諲〈浣溪沙〉：

雲外遙山是翠眉。風前楊柳入腰肢。**凌波微步襪塵飛**。　　倚
醉傳歌留客處，佯嗔不語孊人時。風流態度百般宜。（《全
宋詞》第 2 冊，頁 977。）

辛棄疾（1140～1207）　〈南鄉子〉：

隔戶語春鶯，繾掛簾兒斂袂行。漸見**凌波羅襪步**，盈盈，隨
笑隨顰百媚生。　　著意聽新聲，盡是司空自教成。今夜酒
腸難道窄，多情。莫放籠紗蠟炬明。〔註113〕

趙彥端（1121～1175）　〈鵲橋仙‧送路勉道赴長樂〉：

〔註113〕宋‧辛棄疾撰，鄧廣銘箋注：《稼軒詞編年箋注》（上海：上海古籍出
　　　　版社，1993 年 10 月），卷 1，頁 61。

留花翠幕，添香紅袖，常恨情長春淺。南風吹酒玉虹翻，便忍聽、離絃聲斷。　　乘鸞寶扇，**凌波微步**，好在清池涼館。直饒書與荔枝來，問纖手、誰傳冰碗。（《全宋詞》第 3 冊，頁 1449。）

另〈茶瓶兒・上元〉：

澹月華燈春夜。送東風、柳煙梅麝。寶釵宮髻連嬌馬。似記得、帝鄉游冶。　　悅親戚之情話。況溪山、坐中如畫。**凌波微步**人歸也。看酒醒、鳳鸞誰跨。（《全宋詞》第 3 冊，頁 1455。）

趙彥端兩闋詞均以「陵波微步」表示行走如風，緩步輕盈。

而柳永〈荔枝香〉：

甚處尋芳賞翠，歸去晚。緩步**羅襪生塵**，來繞瓊筵看。金縷霞衣輕褪，似覺春遊倦。遙認，眾裏盈盈好身段。　　擬回首，又佇立、簾幃畔。素臉紅眉，時揭蓋頭微見。笑整金翹，一點芳心在嬌眼。王孫空恁腸斷。〔註114〕

「緩步」、「繞看」、「輕褪」、「回首」、「佇立」、「時揭」、「笑整」，詞人的視線片刻都離不開眼前佳人。

賀鑄〈人南渡・感皇恩〉：

蘭芷滿芳洲，游絲橫路。**羅襪塵生**步。迎顧。整鬟顰黛，脈脈兩情難語。細風吹柳絮，人南渡。　　回首舊遊，山無重數。花底深朱戶。何處？半黃梅子，向晚一簾疏雨。斷魂分付與、春將去。〔註115〕

以「羅襪生塵」來描寫美人搖曳生姿的步態。

張則見認為：

「陵波微步，羅襪生塵」在〈洛神賦〉諸多被後世化用的句子中頻率較高，其原因為：第一，語意朦朧，容易引發歧義。

〔註114〕宋・柳永著，薛瑞生校注：《樂章集校注》，卷中，頁 103～104。

〔註115〕宋・賀鑄著，鍾振振校注：《東山詞》，卷 1，頁 162。

　　針對洛神當時究竟是踏水而行還是先踏水後上岸即有不同的理解。「羅襪生塵」的「塵」到底有無深意，如果有，是人與神在行走時是否會留下痕跡的差異還是暗示洛神升天，即將遠行之意？第二，較早描繪了女性的步態，並且別出心裁地用「陵波」、「生塵」進行側面渲染，暗示了洛神活動的地點及其水勢等資訊。〔註116〕

正因為語意朦朧，且別出心裁地描繪女性的步態，或緩步款款而來，或腳步輕盈行走如風，甚至搖曳生姿。因此，「陵波微步，羅襪生塵」自〈洛神賦〉脫穎而出，轉化成為獨立意象。

（六）以「陵波」、「羅襪」歌詠美人纏足

　　韓偓擅寫宮詞，且多豔情，首先以「羅襪」形容美人之足，〈浣溪沙〉：

> 宿醉離愁慢髻鬟。六銖衣薄惹輕寒。慵紅悶翠掩青鸞。　　羅襪況兼金菡萏。雪肌仍是玉欄杆。骨香腰細更沉檀。〔註117〕

「羅襪況兼金菡萏，雪肌仍是玉欄杆，骨香腰細更沉檀」真是香豔無比。

　　繼「羅襪」形容美人之足，到了北宋「羅襪」又用來代表纏足後的小腳，女子纏足之風可見宋人張邦基（約1131前後在世）《墨莊漫錄》所載：

> 婦人之纏足，起於近世，前世書傳，皆無所自。〔註118〕

張邦基於是書自載「宣和中，予客唐州外氏吳家。」〔註119〕由此推斷其應生活於兩宋之交，故纏足應源起北宋，如蘇軾〈菩薩蠻・詠足〉：

> 塗香莫惜蓮承步。長愁羅襪凌波去。只見舞迴風。都無行

〔註116〕張則見：《曹植〈洛神賦〉接受史研究——以詩文為討論中心》，頁60～61。
〔註117〕唐・韓偓撰，清・吳汝綸評注：《韓翰林集》，《香奩集》，卷2，頁143。
〔註118〕宋・張邦基撰：《墨莊漫錄》，據商務印書館1936年版重印（上海：上海書店，1985年10月），卷8，頁5。
〔註119〕宋・張邦基撰：《墨莊漫錄》，卷7，頁15。

處蹤。　　偷穿宮樣穩。並立雙趺困。纖妙說應難。須從掌上看。〔註120〕

纏足舞伎偷穿宮廷弓鞋，迴風起舞，舞姿纖妙。

田為（約1119前後在世）〈江神子慢〉：

玉臺掛秋月。鉛素淺，梅花傅香雪。冰姿潔。金蓮襯、小小**凌波羅襪**。雨初歇。樓外孤鴻聲漸遠，遠山外、行人音信絕。此恨對語猶難，那堪更寄書說。　　教人紅銷翠減，覺衣寬金縷，都為輕別。太情切。銷魂處、畫角黃昏時節。聲嗚咽。落盡庭花春去也，銀蟾迥、無情圓又缺。恨伊不似餘香，惹鴛鴦結。（《全宋詞》第2冊，頁814。）

趙彥端〈念奴嬌〉：

雨斜風橫，正詩人閒倦，淮山清絕。彈壓秋光江萬頃，只欠**凌波羅襪**。好事幽人，憐予止酒，著意溫瓊雪。翠帷低卷，怪來飛墮初月。　　涼夜華宇無塵，舞裙香漸暖，錦茵聲闋。不分金蓮隨步步，誰遣芙蓉爭發。賴得高情，湘歌洛賦，稱作西風客。為君留住，不然飄去雲闕。（《全宋詞》第3冊，頁1456～1457。）

劉過〈沁園春〉：

洛浦凌波，為誰**微步**，輕塵暗生。記踏花芳徑，亂紅不損，步苔幽砌，嫩綠無痕。襯玉羅慳，銷金樣窄，載不起、盈盈一段春。嬉遊倦，笑教人款捻，微褪些跟。　　有時自歌聲。悄不覺、微尖點拍頻。憶金蓮移換，文鴛得侶，繡茵催袞，舞鳳輕分。懊恨深遮，牽情半露，出沒風前煙縷裙。知何似，似一鉤新月，淺碧籠雲。（《全宋詞》第3冊，頁2146。）

馬子嚴（約1175前後在世）〈鷓鴣天‧閨思〉：

睡鴨徘徊煙縷長。日高春困不成妝。步蔉草色金蓮潤，撚

〔註120〕宋‧蘇軾著，鄒同慶、王宗堂編年校注：《蘇軾詞編年校注》下冊，頁842。

斷花鬢玉筍香。　　輕**洛浦**，笑巫陽。錦紋親織寄檀郎。
兒家閉戶藏春色，戲蝶遊蜂不敢狂。（《全宋詞》第 3 冊，
頁 2070。）

「塗香莫惜蓮承步」、「金蓮襯、小小凌波羅襪」、「不分金蓮隨步
步」、「憶金蓮移換」、「步敧草色金蓮潤」，「金蓮」也成了纏足後小腳的
代稱。

晏幾道（1038～1110）〈浣溪沙〉：

已拆鞦韆不奈閒。卻隨胡蝶到花間。旋尋雙葉插雲鬟。　　幾
摺湘裙煙縷細，一鉤**羅襪**素蟾彎。綠窗紅豆憶前歡。（《全
宋詞》第 1 冊，頁 240。）

黃庭堅（1045～1105）〈兩同心〉：

巧笑眉顰，行步精神。隱隱似、朝雲行雨，弓弓樣、**羅鞋生
塵**。尊前見，玉檻雕籠，堪愛難親。　　白言家住天津，生
小從人。恐舞罷、隨風飛去，顧阿母、教窣休裙。從今去，
惟願銀缸，莫照離尊。〔註121〕

史浩（1106～1194）〈如夢令〉：

羅襪半鉤新月。更把鳳鞋珠結。步步著金蓮，行得輕輕瞥瞥。
難說。難說。真是世間奇絕。（《全宋詞》第 3 冊，頁 1284。）

盧祖皋（1174？～1224？）〈更漏子〉：

玉鉤裁，**羅襪**淺。心事漫拈針線。釵半鬕，鬢慵梳。新來消
瘦無。　　江南路。花無數。春夢不知何處。簾影轉，暝禽
西。看看眉黛低。（《全宋詞》第 4 冊，頁 2409。）

鄭文妻（？～？）〈憶秦娥〉：

花深深。一鉤**羅襪**行花陰。行花陰。閒將柳帶，細結同心。
日邊消息空沈沈。畫眉樓上愁登臨。愁登臨。海棠開後，望
到如今。（《全宋詞》第 5 冊，頁 3539。）

〔註121〕宋・黃庭堅著，馬興榮、祝振玉校注：《山谷詞校注》（上海：上海古
籍出版社，2011 年 3 月），頁 62。

詞人用「一鉤羅襪素蟾彎」、「弓弓樣」、「半鉤新月」、「玉鉤裁」、「一鉤羅襪行花陰」，具體形象描繪纏足後小腳如新月樣態，也成為後世文人仿效始祖。

詞人充分轉化〈洛神賦〉豐富的意象與特徵，創作許多膾炙人口的新詞，尤其是曹植與宓妃離別哀怨的內在意涵，宓妃行進時「陵波微步」、「羅韈生塵」的外在樣貌，均自〈洛神賦〉獨立而成個別意象。

三、宓妃與水仙花意象的重合

（一）花比人嬌

以〈洛神賦〉宓妃來比擬花的嬌豔始自唐詩，但宋詞有更出色的表現，如楊纘（1241？～1252？）〈八六子・牡丹次白雲韻〉：

> 怨殘紅。夜來無賴，雨催春去匆匆。但暗水、新流芳恨，蝶淒蜂慘，千林嫩綠迷空。　那知國色還逢。柔弱華清扶倦，輕盈洛浦臨風。細認得凝妝，點脂勻粉，露蟬聳翠，蕊金團玉成叢。幾許愁隨笑解，一聲歌轉春融。眼朦朧。憑闌干、半醒醉中。（《全宋詞》第 5 冊，頁 3075。）

牡丹如宓妃般「柔弱」、「輕盈」、「點脂勻粉」、「露蟬聳翠」，真是花比人嬌。

再者，劉辰翁（1232～1297）〈虞美人・詠海棠〉：

> 魏家品是君王后。豈比昭容袖。風吹滿院繡囊香。誰賜大師師號、退昭陽。　飛霞一落無根蒂。空墮重華淚。離披正午盛時休。閒為思王重賦、洛神愁。（《全宋詞》第 5 冊，頁 3217。）

「魏家品是君王后」，牡丹花以姚黃為王，魏紫花為后〔註122〕；「豈比

〔註122〕〈洛陽牡丹記花・釋名〉「錢思公嘗曰『人謂牡丹花王，今姚黃真可為王，而魏花為后也。』」宋・歐陽修《歐陽修全集・居士外集》（北京：中國書店，1986 年 6 月）上冊，卷 22，頁 528。

昭容袖」語出杜甫〈紫宸殿退朝口號〉中「戶外昭容紫袖垂」〔註123〕，藉昭容紫袖垂形容紫海棠。劉辰翁酷愛紫海棠，因此借宓妃為海棠增色。

　　詞人偏好以宓妃來歌頌荷花或蓮花之美，或許是受〈洛神賦〉形容宓妃神采的「迫而察之，灼若芙蕖出淥波」所影響，如李彌遜（1089～1153）〈蝶戀花·西山小湖，四月初，蓮有一花〉：

> 小小芙蕖紅半展。占早爭先，不奈腰肢軟。**羅襪凌波**嬌欲顫。向人如訴閨中怨。　　把酒與君成眷戀。約束新荷，四面低歌扇。不放遊人偷眼盼。鴛鴦葉底潛窺見。（《全宋詞》第2冊，頁1054。）

張掄（約1262前後在世）〈醉落魄〉十首之九詠秋：

> 湖光湛碧。亭亭照水芙蕖折。綠羅蓋底爭紅白。恍若**凌波**，仙子步**羅襪**。　　如今霜落枯荷折。清香無處重尋覓。浮生似此初無別。及取康強，一笑對風月。（《全宋詞》第3冊，頁1414。）

王沂孫〈水龍吟·白蓮〉：

> 翠雲遙擁環妃，夜深按徹霓裳舞。鉛華淨洗，涓涓出浴，盈盈解語。太液荒寒，海山依約，斷魂何許。甚人間、別有冰肌雪豔，嬌無奈、頻相顧。　　三十六陂煙雨。舊淒涼、向誰堪訴。如今謾說，仙姿自潔，芳心更苦。**羅襪**初停，玉瓏還解，早**凌波**去。試乘風一葉，重來月底，與脩花譜。（《全宋詞》第5冊，頁3355。）

楊澤民〈塞翁吟·芙蓉〉：

> 院宇臨池水，橋邊繞水朧匆。橋左右，水西東。水木兩芙蓉。低疑**洛浦凌波**步，高如弄玉凌空。葉百疊，蕊千重。更都染輕紅。　　沖沖。能消盡，憂心似結，看豔色、渾如夢中。

〔註123〕唐·杜甫著，清·仇兆鰲注：《杜詩詳注》第2冊，卷6，頁436。

為愛惜芳容未盡，好移去，滿插家園，特與培封。年年對賞美質，朝朝披翫香風。（《全宋詞》第 4 冊，頁 3007。）

趙以夫（1189～1256）〈解語花・東湖賦蓮後五日，雙苞呈瑞。昌化史君持以見遺，因用時父韻〉：

紅香溼月，翠影停雲，**羅襪塵生**步。並肩私語。知何事、暗遣玉容泣露。閒情最苦。任笑道、爭妍似妒。倒銀河，秋夜雙星，不到佳期誤。　擬把江妃共賦。當時攜手，煙水深處。明珠濺雨。凝脂滑、洗出一番鉛素。憑誰說與。莫便化、彩鸞飛去。待玉童，雙節來迎，為作芙蓉主。（《全宋詞》第 4 冊，頁 2665。）

「芙蕖」、「蓮花」與「芙蓉」在詞人眼中似是同一種水生植物，只見其「不奈腰肢軟、羅韈陵波嬌欲顫」、「綠羅蓋底爭紅白」、「鉛華淨洗，涓涓出浴，盈盈解語」、「葉百疊、蕊千重，更都染輕紅」、「明珠濺雨。凝脂滑、洗出一番鉛素」，佇立水中婀娜多姿。

黃談（約 1150 前後在世）〈念奴嬌・過西湖〉：

午風清暑，過西湖隱約，曾遊堤路。雲徑煙扉人境絕，真是珠宮玄圃。倦倚闌干，笑呼艇子，同入荷花去。一杯相屬，恍然身在何許。　休怪夢入巫雲，**凌波羅襪**，我在迷湘浦。縹緲驚鴻飛燕舉，卻怨嚴城鐘鼓。百斛明珠，千金駿馬，豪氣今猶故。歸來清曉，幅巾猶帶香露。（《全宋詞》第 3 冊，頁 1723。）

史達祖〈隔浦蓮・荷花〉：

洛神一醉未醒。俯鑒窺紅影。萬綠森相衛，西風靜、不放冷。侵曉鷗夢穩。非塵境。棹月香千頃。錦機靚。　亭亭不語，多應嗔賦玉井。西湖遊子，慣識雨愁煙恨。只恐吳娃暗折贈。耿耿。柔絲容易縈損。（《全宋詞》第 4 冊，頁 2338～2339。）

兩闋詞乍看是在寫景，品味再三才知是在詠荷，洛神也成為荷花的代稱。

黃庭堅〈清平樂〉：

> 冰堂酒好，祗恨銀杯小。新作金荷工獻巧，圖要連臺捬倒。
> 採蓮一曲清歌，急檀催捲金荷。醉裏香飄睡鴨，更驚**羅襪凌**
> **波**。〔註124〕

陳三聘（約 1162 前後在世）〈滿江紅·雨後攜家遊西湖，荷花
盛開〉：

> 紺縠浮空，山擁髻、晚來風急。吹驟雨、藕花千柄，豔妝新
> 浥。窺鑒粉光猶有淚，**凌波羅襪**何曾溼。訝漢宮、朝罷玉皇
> 歸，凝情立。　　尊前恨，歌三疊。身外事，輕飛葉。恨當
> 年空掔，誓江孤檝。雲色遠連平野盡，夕陽偏傍疏林入。看
> 月明、冷浸碧琉璃，君須吸。（《全宋詞》第 3 冊，頁 2021。）

無名氏〈念奴嬌〉：

> 雨肥紅綻，把芳心輕吐，香噴清絕。日暮天寒，獨自倚修竹，
> 冰清玉潔。待得春來，百花若見，掩面應羞殺。當風抵雨，
> 犯寒則怕吹霽。　　瀟瀟愛出牆東，途中遙望，已慰人心渴。
> 鬥壓闌干，人面共花面，難分優劣。嚼蕊尋香，**凌波微步**，
> 雪沁吳綾襪。玉纖折了，瓣人須要斜插。（《全宋詞》第 5
> 冊，頁 3604。）

陳人傑（1218～1243）〈沁園春·賦月潭主人荷花障〉：

> 雲錦亭西，記與詩人，拍浮酒船。看洛川妃子，錦衾照水，
> 漢皋遊女，玉佩搖煙。秋老芳心，波空豔質，惟見寒霜凋
> 碧圓。爭知道，有西湖五月，長在尊前。　　素綃紅障相
> 鮮。更澹靜一枝真葉仙。向風軒搖動，但無香耳，蓼叢掩
> 映，自是天然。猊背生煙，蠟心吐月，贏得吳娃歌採蓮。
> 陳公子，似日休鍾愛，興滿吟邊。（《全宋詞》第 5 冊，
> 頁 3084。）

〔註124〕宋·黃庭堅著，馬興榮、祝振玉校注：《山谷詞校注》，頁 189。

荷花素有「香噴清絕」、「冰清玉潔」的特徵，而賞荷最好有「冰堂酒好」，然後「拍浮酒船」於「蓼叢掩映」中尋得「素靮紅障相鮮」。

（二）以宓妃詠水仙

水仙在料峭的初春開出芬芳的白色花瓣，不與其他花卉爭奇鬥豔，由於超塵絕俗與宓妃形象相似，因此詞人特喜以宓妃詠水仙，如辛棄疾〈賀新郎·賦水仙〉：

> 雲臥衣裳冷。看蕭然風前月下，水邊幽影。**羅襪塵生凌波去**，湯沐煙波萬頃。愛一點嬌黃成暈。不記相逢曾解佩，甚多情為我香成陣。待和淚，收殘粉。　　靈均千古懷沙恨。記當時匆匆忘把，此仙題品。煙雨淒迷僝僽損，翠袂搖搖誰整。謾寫入、瑤琴幽憤。絃斷招魂無人賦，但金杯的皪銀臺潤。愁殢酒，又獨醒。〔註125〕

先以宓妃比喻水仙的脫俗，接著藉水仙抒發心中的感慨，詞中水仙因宓妃故事，被賦予人性。

之後黃庭堅詩作〈王充道送水仙花五十枝欣然會心為之作詠〉：

> **凌波仙子生塵襪**，水上輕盈步微月。
> 是誰招此斷腸魂，種作寒花寄愁絕？
> 含香體素欲傾城，山礬是弟梅是兄。
> 坐對真成被花惱，出門一笑大江橫。〔註126〕

最早將水仙比作「凌波仙子」，從此凌波仙子與水仙就有了不解之緣，宋人也紛紛為之詞。張茜指出：

> 宋代文人常常把水仙譬喻做洛神宓妃，並賜予它「凌波仙子」的美名。洛神與水仙花的形象出現融合，並對後世產生

〔註125〕宋·辛棄疾撰，鄧廣銘箋注：《稼軒詞編年箋注》，卷2，頁135～136。

〔註126〕宋·黃庭堅著，宋·任淵、史容、史季溫注，黃寶華點校：《山谷詩集注》（上海：上海古籍出版社，2003年12月）第1冊，卷15，頁378。

了重要影響。至今荊楚地區仍把「凌波仙子」作為水仙花的
別稱。〔註127〕

韓玉（約1170前後在世）〈賀新郎・詠水仙〉：

綽約人如玉。試新妝、嬌黃半綠，漢宮勻注。倚傍小闌閒佇
立，翠帶風前似舞。記**洛浦**、當年儔侶。**羅襪塵生**香冉冉，
料征鴻、**微步凌波女**。驚夢斷，楚江曲。　　春工若見應為
主。忍教都、閒亭邃館，冷風凄雨。待把此花都折取。和淚
連香寄與。須信道、離情如許。煙水茫茫斜照裏，是騷人、
九辨招魂處。千古恨，與誰語。（《全宋詞》第3冊，頁
2057。）

以擬人的手法「倚傍小闌閒佇立，翠帶風前似舞」，將水仙比作宓妃憑
倚闌干，衣帶凌風飛舞。並將「陵波微步、羅韈生塵」擴展為「羅襪塵
生香冉冉，料征鴻、微步凌波女」，水仙不僅搖曳生姿，更發出淡淡幽
香。

高觀國（約1180前後在世）〈金人捧露盤・水仙花〉：

夢湘雲，吟湘月，弔湘靈。有誰見、**羅襪塵生**。凌波步弱，
背人羞整六銖輕。娉娉嫋嫋，暈嬌黃、玉色輕明。　　香心
靜，波心冷，琴心怨，客心驚。怕佩解、卻返瑤京。杯擎清
露，醉春蘭友與梅兄。蒼煙萬頃，斷腸是、雪冷江清。（《全
宋詞》第4冊，頁2349。）

另〈菩薩蠻・詠雙心水仙〉：

雲嬌雪嫩羞相倚。**凌波**共酌春風醉。的皪玉臺寒。肯教金琖
單。　　只疑雙蝶夢。翠袖和香擁。香外有鴛鴦。風流煙水
鄉。（《全宋詞》第4冊，頁2352。）

高觀國兩闋詞寫的是水仙，但從頭至尾沒有點出，視其鋪陳，似乎都在
刻畫一位纖塵不染的美人，實際卻是筆筆在寫水仙。

〔註127〕張茜：《洛神宓妃形象演變研究》，頁15。

趙長卿（約 1208～1234 在世）〈惜奴嬌·賦水仙花〉：

洛浦嬌魂，恐得到、人間少。把風流、分付花貌。六出精神，臘寒射、香試到。清秀。與江梅、爭相先後。　　薝蔔粗疏，怎似妖嬈體調。比山樊、也應錯道。最是殷勤，捧出金盞銀臺笑。拚了。仙源與、奇葩醉倒。（《全宋詞》第 3 冊，頁2347。）

吳文英〈淒涼犯·重臺水仙〉：

空江浪闊。清塵凝、層層刻碎冰葉。水邊照影，華裾曳翠，露搔淚溼。湘煙暮合。□塵襪、**凌波**半涉。怕臨風、□欺瘦骨，護冷素衣疊。　　樊姊玉奴恨，小鈿疏脣，洗妝輕怯。汜人最苦，粉痕深、幾重愁靨。花隝春濃，猛熏透、霜綃細摺。倚瑤臺，十二金錢暈半掐。（《全宋詞》第 4 冊，頁2927。）

趙聞禮（約 1247 前後在世）〈水龍吟·水仙花〉：

幾年埋玉藍田，綠雲翠水烘春煖。衣薰麝馥，**鞦羅塵沁，凌波步淺**。鈿碧搔頭，膩黃冰腦，參差難翦。乍聲沈素瑟，天風佩冷，蹁躚舞、霓裳遍。　　湘浦盈盈月滿。抱相思、夜寒腸斷。念香有恨，招魂無路，瑤琴寫怨。幽韻淒涼，暮江空渺，數峰清遠。粲迎風一笑，持花酹酒，結南枝伴。（《全宋詞》第 5 冊，頁 3161。）

劉將孫（1257～？）〈江城子·和子昂題水仙花卷〉：

雲濤白鳳賀瑤池。仗葳蕤。路芳菲。十月溫湯，賜浴卸羅衣。半點檀心天一笑，瓊奴弱，玉環肥。　　風流誰合婿金閨。露將晞。雪爭暉。貝闕珠宮，環佩月中歸。誤殺**洛濱**狂**子建**，情脈脈，恨依依。（《全宋詞》第 5 冊，頁 3527。）

「嬌黃半綠」、「華裾曳翠」、「娉娉嫋嫋」、「霜綃細摺」、「花隝春濃」、「衣薰麝馥」，將水仙花色、體態及香氣完整呈現。李文鈺認為宓妃形象之所以會與水仙花意象重合，主要是因為：

　　洛神在詞人的水仙吟詠中成為美淨芳潔的象徵，同時也正是
處在特殊情境中的詞人，緣於自愛自潔之本能驅使而自我責
求的理想人格與精神境界。〔註128〕

　　除此之外，宓妃乃洛水之神，亦可名為水仙，且水中之花「髣髴
兮若輕雲之蔽月」、「飄颻兮若流風之迴雪」增添距離的美感。最重要的
是，宓妃的「陵波微步」、「羅韤生塵」恰如水仙佇立水中，通體芳潔出
淤泥而不染，而水仙淡雅清香又襯托宓妃高貴的氣質。因此，詞人才會
將宓妃與水仙花意象重合。

　　詞對〈洛神賦〉的接受與轉化，在宋代之後顯得後繼乏力，其中
對〈洛神賦〉整體意象的接受，有清張應昌（1790～1874）〈望湘人・
題闕文山畫洛神〉：

> 認驚鴻照鬢，迴雪動裾者般波際微步。秀項修眉，明眸皓
> 腕，豈是高唐神女。溁水紅芙，絢霞丹日，翱翔仙渚。想
> 畫工，身入衛臯，不讓陳思能賦。　　拈得明珠翠羽，待
> 揚袿解珮，訴微波夫。怕離合神光，掩涕莫通誠素。春風
> 省識，目搖心眩。驀地飛鳧延佇。況當日，麗矚雲車，怎
> 不魂銷交甫。〔註129〕

整闋詞除主題承繼〈洛神賦〉外，連洛神神采、容貌、信物、動作等都
據〈洛神賦〉重新改寫。清張琦（？～？）〈燕山亭・題洛神小影〉：

> 冰雪肌膚，綽約風標，姑射仙人如許。掩抑清光，含睇凝愁，
> 牽惹柔情無數。天與娉婷，還更與，悽涼情緒。延佇，恁洛
> 浦鉛波，一般傾注。　　不信當日江臯，解玉佩，相要恰逢
> 交甫。微波渺渺，獨自愁予，含情待將誰訴。此年華，更消
> 得，傷心幾度。知否，空目斷桂旗翠羽。〔註130〕

〔註128〕李文鈺：《宋詞中的神話特質與運用》，頁248。
〔註129〕清・張應昌：《煙波漁唱》，卷2，據清同治二年西昌旅舍重刻本影印，
　　　　收入《清代詩文集彙編》第568冊，頁860。
〔註130〕清・丁紹儀輯：《國朝詞綜補》，卷29，據南京圖書館藏清光緒刻前五
　　　　十八卷本影印，收入《續修四庫全書》集部第1732冊，頁260。

「掩抑清光，含睇凝愁，牽惹柔情無數」、「獨自愁予，含情待將誰訴」亦延續宓妃「潛處於太陰」的孤單。

對〈洛神賦〉個別意象的轉化，則有清葉昌熾（1849～1917）〈木蘭花慢‧費芝雲兵部感懷詞六首悼其亡姬作也，出以見示為賦此闋〉：

> 彩雲吹易散。渺天上與人閒。歎鈿盒空留，香篝未冷，夢醒燈殘。新詩鬱伊善感。斷么絃悽絕不勝彈。已是舜華易萎，空教好夢微蘭。　　瑤台何處佩珊珊。不見有青鸞。憶碧玉初來，胥江一舸，共挂煙帆。長安十年如夢，芰荷衣偕隱負青山。異日五湖深處，**凌波羅襪**重還。〔註131〕

「瑤台何處佩珊珊，不見有青鸞」由相思衍生為悼亡，盼來世「五湖深處，凌波羅襪重還」。明劉玉（約1496前後在世）〈瑞鶴仙〉「驚鴻縹緲凌波處，無塵跡。」〔註132〕亦是類似寫法。

至於為為宓妃增添豔色方面，清納蘭性德（1655～1685）〈浣溪沙〉：

> 旋拂輕容寫**洛神**，須知淺笑是深顰。十分天與可憐春。　　掩抑薄寒施軟障，抱持纖影籍芳茵。未能無意下香塵。〔註133〕

畫中似洛神絕美女子纖細身影在花叢中掩抑，發出陣陣香氣，似笑實顰模樣惹人憐惜。

雖然宋代以後詞對〈洛神賦〉的接受顯得乏善可陳，但詩對從宋詞「陵波微步，羅襪生塵」獨立為新意象的延續卻有可觀之處，如元盧琦（1306～1362）〈美人折花〉：

> 曉綰香雲出戶來，**凌波微步**下瑤階。
> 潛身折處香凝指，正面看時影在懷。

〔註131〕清‧葉昌熾：《奇觚廎詩集》，遺詞，據民國十五年刻本影印，收入《清代詩文集彙編》第766冊，頁708。

〔註132〕明‧劉玉：《執齋先生文集》，卷8，據上海圖書館藏明嘉靖二十八年傅鎮濟南刻本影印，收入《續修四庫全書》集部第1334冊，頁385。

〔註133〕清‧納蘭性德撰，趙秀亭、馮統一箋校：《飲水詞箋校》（北京：中華書局，2005年7月），頁108。

　　鶯踏露珠沾翠袖，蝶隨春色上金釵。

　　石欄干外莓苔滑，歸院應須換繡鞋。〔註134〕

以「陵波微步」形容美人下臺階，搖曳生姿的步態。

　　明費元祿（約 1570 前後在世）〈芳塵春跡〉：

　　弓鞋細襲鳳頭新，窄映香泥宛似真。

　　步幄虛留蓮落瓣，**凌波暗想襪生塵**。

　　花間的的臨芳砌，露下盈盈濕淺茵。

　　最恨風流人去後，無情煙草易相親。〔註135〕

形容美人穿著弓鞋緩步走來，似宓妃「陵波微步，羅襪生塵」。陳文述〈漢南秋思〉其一「湘女乍來香冉冉，洛妃將去步珊珊」〔註136〕，亦承此意。而明陳顥（1414～？）〈踏車婦〉：

　　破裙風颭足移頻，長夏隨夫歷苦辛。

　　那似美人梳洗罷，一鉤羅襪步香塵。〔註137〕

更以長夏跟隨丈夫辛苦勞動的農婦，對比梳妝打扮後曳著金蓮小腳揚起香塵的美人。

　　另外，清陳錦（1821～？）〈水僊花〉：

　　好花今日月前身，洗煉芳姿出水濱。

　　湘子明璫涼有韻，**洛妃羅襪靜無塵**。〔註138〕

步宋詞將超塵絕俗水仙花與宓妃意象重合遺風。〔註139〕總之，詞對〈洛

〔註134〕元・盧琦：《圭峰集》卷上，收入《景印文淵閣四庫全書》第 1214 冊，頁 725。

〔註135〕明・費元祿：《甲秀園集》，卷 13，據北京大學圖書館藏明萬曆刻本影印，收入《四庫禁毀書叢刊》集部第 62 冊，頁 341。

〔註136〕清・陳文述：《頤道堂集》，詩選卷 26，頁 471。

〔註137〕明・曹學佺：《石倉歷代詩選》，卷 341，收入《景印文淵閣四庫全書》第 1391 冊，頁 655。

〔註138〕清・陳錦：《補勤詩存》卷 17，據清光緒三年至十年刻橘蔭軒全集本影印，收入《清代詩文集彙編》第 687 冊，頁 209。

〔註139〕以上詩例、詞例多得力於張則見：《曹植〈洛神賦〉接受史研究——以詩文為討論中心》，頁 30～70。

神賦〉的接受，在輝煌的宋代後已別無新意了。

第四節　小結

　　《文選》在唐、宋時期因科舉取士及鄉學的推廣，出現所謂「選學」，不僅大家輩出，唐高宗時李善及玄宗時呂延濟、劉良、張銑、呂向、李周翰等五人都分別為之作注，其中李善注因引證賅博，體例嚴謹，對《文選》的傳播造成深遠影響。〈洛神賦〉就憑藉著《文選》在唐、宋時期的特殊地位，滲透至當代詩人及詞人，使唐、宋詩詞不斷出現宓妃身影。而李善注〈感甄記〉除為〈洛神賦〉增添迷離色彩外，曹植與甄后才子佳人的浪漫傳說更別開蹊徑，對後世的傳播立下不世之功。

　　唐代詩人除沿襲宮體詩對〈洛神賦〉美人形象與宓妃典故的接受外，還能在〈感甄記〉影響下，讓宓妃可以是神女，亦能為甄后的化身，擴大〈洛神賦〉的傳播內涵。而唐詩對〈洛神賦〉的接受最重要的是由整體意象衍生為個別意象或局部特徵，〈洛神賦〉「悼良會之永絕兮」與「潛處於太陰」，被詩人們轉化為「無法終成眷屬」與「自傷」的個別意象，分別訴說自身處境與哀傷。宓妃是無與倫比的美女，因此其動人形象可以出現在詠美人、贈美人，甚至贈答主題詩作中，連無瓜葛的〈悼懷王喪妃〉、〈思君恩〉、〈太湖詩·聖姑廟〉與〈覯軍迴戈〉都能有宓妃身影，可見唐代詩人對〈洛神賦〉的偏愛，但不可否認的是，宓妃形象不只世俗化，且流於空泛化。〈洛神賦〉宓妃的美貌與神采也被詩人用來形容豔麗紫薇、牡丹或素雅的蓮花、荷花。李商隱對〈洛神賦〉情有獨鍾，不僅以宓妃事自賦豔情，更以宓妃的不幸遭遇及曹植遭讒不得志自喻，李商隱不斷化身宓妃與曹植，在同病相憐的悲痛中，尋求救贖，而李商隱的「宓妃情結」也紛紛引起後世文人效法。

　　宋詞對〈洛神賦〉整體意象的接受在宮體詩、唐詩之後，顯得欲

振乏力，但在〈洛神賦〉個別意象的轉化，卻有突出的表現。詞為「豔科」，〈洛神賦〉描寫的是曹植與宓妃纏綿悱惻的戀情，因此詞人承接「花間」詞特有的言情功能，在〈洛神賦〉的傳播上有更蓬勃的發展，尤其是曹植與宓妃「思綿綿而增慕，夜耿耿而不寐」的相思，更為詞人盡情發揮，甚至轉化成閨愁、離恨，在宋詞中占有一席之地。〈洛神賦〉中「陵波微步」與「羅襪生塵」為宓妃獨有之特徵，因此繼唐詩之後，普遍出現在宋詞中。宋代以來，婦女們為顯現搖曳生姿的步態，逐漸有纏足之風，詞人們以〈洛神賦〉「動無常則，若危若安。進止難期，若往若還」的「陵波微步」來比擬婦女纏足後走路顫顫巍巍的模樣，以「羅襪」比喻纏足後如新月的小腳。正因「陵波微步，羅襪生塵」語意朦朧，除為宓妃的代名詞外，「陵波微步」與「羅襪生塵」就脫離〈洛神賦〉獨立而成新生命。「芙蕖」、「芙蓉」、「蓮花」、「荷花」與「水仙」都是佇立水中的植物，尤其是水仙超塵絕俗與宓妃高貴的氣質不謀而合，詞人以凌波仙子歌頌水仙，將宓妃與水仙花意象重合，或許也是企求著理想人格與精神境界吧！

　　關於唐詩宋詞對〈洛神賦〉的接受，張屹認為〈洛神賦〉正是藉由「互文性」重置了文本的邊界，促使人們以新的方式關注詩歌文本的意義生成：

> 　　根據互文性理論，此在的詩歌文本空間能夠擴展、延伸到歷
> 史的某個時期，此刻，歷史與現實互動，此在文本與其他文
> 本遙相呼應、多向聯繫、互相引發，共同生成了詩歌意義的
> 繁複。〔註140〕

唐詩宋詞對〈洛神賦〉的整體意象的接受與個別意象的轉化，就是有意識地互相孕育、互相滋養、互相影響，同時又從來不是單純而又簡單的相互複製或全盤接受。

〔註140〕張屹：〈古詩用典的「互文性」研究〉，《海南大學學報（人文社會科學版）》第27卷第4期（2009年8月），頁451。

　　有別於六朝文學，唐詩宋詞對〈洛神賦〉的接受，最特別貢獻就是在〈洛神賦〉個別意象的轉化，讓〈洛神賦〉不只局限在曹植與宓妃的戀情，除了延續歌詠宓妃為絕世美女外，並將曹植與宓妃的相思之情、宓妃的自傷之悲自〈洛神賦〉獨立出來，尤其「陵波微步」與「羅襪生塵」的傳統意象更從此有了新生命。